防衛大臣 山本五十六

シミュレーション小説

MINISTER OF DEFENSE
ISOROKU YAMAMOTO

吉田親司
Chikashi Yoshida

エムディエヌコーポレーション

この物語のいっさいは架空のものであり、物語で起こった事象・登場人物・団体名等は創作となります。たとえ類似する点があっても、実際の事象・人物・団体名等とは無関係であり、それらはすべてフィクションであることをあらかじめお断りしておきます。

防衛大臣　山本五十六——目次

第1部　回天篇

第2部　怒濤篇

アジア太平洋軍事拠点図
ロシア
アルタイ
カザフスタン
モンゴル
新疆ウイグル
北京
北朝鮮
呉
青島
中国
韓国
日本
太平洋
横須賀
寧波
佐世保
湛江
香港
台湾
インド
ミャンマー
ラオス
三亜
グアム
タイ
ベトナム
カンボジア
フィリピン
スリランカ
マレーシア
ブーゲンビル
シンガポール
インドネシア
パプアニューギニア
ソロモン諸島
インド洋
ダーウィン
オーストラリア
ニュージーランド

第1部

回天篇

プロローグ

提督、南溟に散る

――二〇三X年四月一八日　午前八時一五分

1　護衛艦

南太平洋の海原《うなばら》は、視線を刺激するまでのビリジアンブルーに輝いていた。

自然美の極致とも称して差し支《つか》えない絶景だが、それに無粋《ぶすい》な染《し》みをつける輩《やから》が、この惑星には存在する。

人類という愚《おろ》かしさを極《きわ》めた生命体だ。

万物の霊長を自称する彼らは、美麗な海洋を汚《けが》す道を選んだ。それに用いた染料が己《おのれ》の血液であったのは、せめてもの弁明だったのかもしれない。

そして、人間は驚くべき短期間に同一の過《あやま》ちを繰り返そうとしていた。どれほど時間が経過し、幾たび輪廻《りんね》が巡《めぐ》ろうとも、彼らの本性が是正《ぜせい》されることはないようだ。

不運にも、再び戦場に選ばれてしまった青海原に浮かぶ絶島――ひとはそれをブーゲンビルと呼んでいた……。

＊

一隻の艨艟《もうどう》が滄海《そうかい》を切り裂《さ》いて南下していた。

一見すると、武威に乏《とぼ》しい姿にも思える。素人目《しろうと》でわかるのは前甲板に据《す》えられた単装砲のみであり、全体的に傾斜している船体は異様さのほうが際立《きわだ》つ。丸みさえ帯びた舳先《へさき》に到っては商船のようでさえあった。

一瞥《いちべつ》しただけでは理解できないのが現代艦船の真価であった。鋭利な刀剣を想起させるフォルムや、秘匿《ひとく》された低い煙突、そして執政官ガイウス・ケスティウスがローマに建造した細長いピラミッドを連想させる艦橋構造物は、すべてレーダー反射断面積《RCS》を小さくし、ステルス性を確保するための工夫なのだ。

ＦＦＭ–19〈みょうけん〉――ＦＦはフリゲートを、そしてＭは多目的《MULTI》と機雷《MINE》を意味している。改もがみ型に属する全長一三三メートル、基準排水量三万九〇〇〇トンの新鋭護衛艦であった。

旧帝国海軍で似た大きさの軍艦を探すのであれば、軽巡洋艦の天龍《てんりゅう》型が近いだろう。ただ〈天龍〉の乗組員が三三四名だったのに対し、〈みょうけん〉は九〇名とスリム化に成功している。

かぎりなく軍艦に近い存在である護衛艦という艦種を考慮するのならば、これは驚異的なまでに少ない。とはいえ、それを預かる責任者の負担が減るわけではない。

常在戦場《じょうざいせんじょう》——艦長室の壁に額装されていた能文を睨《にら》みつけていた山本三七十《やまもとみなと》2佐は、その言葉の重さを噛《か》みしめていた。

この護衛艦《フネ》を三九歳で預かり、半年が経《た》つ。操艦に問題はなく、乗組員の練度も向上していた。単艦での派遣だが、支障はあるまい。

だが、向かう場所が問題だ。ブーゲンビル島である。常在戦場をスローガンとした連合艦隊司令長官山本五十六《やまもといそろく》元帥《げんすい》が撃墜され、戦死された場所ではないか。

三七十自身は、旧帝国海軍に関する知識など教科書レベルだが、船務士を務める大南泰三《おおみなみたいぞう》2尉は超がつく軍事オタクであり、様々な豆知識を披露してくれた。山本元帥がここで戦死したと教えてくれたのも彼である。

三七十は山本という苗字を持つが、出身は沖縄であり、新潟の山本元帥と血の繋《つな》がりは皆無だ。

それでも因縁めいたなにかを感じずにはいられなかった。海軍軍人と海上自衛官という敗戦によって生じた立場の違いこそあるが、同じ日本人であり、フネを扱う職務であり、部下の命を預かっている点に変わりはない。

そして、三七十は最悪の覚悟も固めていた。発足後《ほっそく》、八〇年以上にわたって戦死者を一名も出していない海上自衛隊だが、その偉大な記録を途切れさせるのは私かもしれないと。今回の派遣任務《ソーティ》は外的要因が多すぎる。相手が無法を極めてくれれば出血は必至《ひっし》。それを回避する知恵と術《すべ》が私にあるだろうか。

艦長という立場上、部下の前で逡巡《しゅんじゅん》する様子を見せることなど許されない。だからこそ個室が与えられているわけだが、三七十はここが気に入っていなかった。

舷窓《げんそう》がないのだ。これでは憧《あこが》れ続けてきた大いなる海を見つめて気分転換を図《はか》ることができない。ステルス性を向上させるための措置《そち》だが、やりきれない思いは募《つの》った。

少し早いが、艦橋に顔を出しておくか。

三七十は藍色迷彩《ブルーカモ》の作業服の袖《そで》まくりを戻すや、愛用するキャップを被《かぶ》り、自室をあとにした。すぐブリッジに繋がるラッタルにたどり着くと、片足に力を込めて踏み込む。

「艦長があがられます！」

それに気づいた見張り員の鈴成巧《すずなりたくみ》３曹が大声を張りあげた。今日は航海科の彼が当直に就《つ》いている。三七十は、わざと大きな足音を発し、注意を喚起《かんき》したわけである。

改もがみ型の〈みょうけん〉は艦橋も自動化が進んでおり、科員の席は三つしかない。左舷《ひだりげん》から順にレーダー員、操舵・操縦員、航海指揮官であり、これに見張り員がひとり常駐している。

四名は一斉に挙手の敬礼をしようとしたが、三七十はそれを制して言った。

「そのままでよろしい。なにぶんこの人数だ。たとえ一秒でもモニターから視線を外《はず》してはならない」

結局、敬礼をしたのはやや手の空《あ》いている鈴成3曹だけだった。三七十は丁寧な答礼をしてから、赤と青のストラップが結《ゆ》わえられている双眼鏡《めがね》を取り出し、右舷《みぎげん》側の角にある艦長席へと向かった。

やはり赤と青のシートがかけられている専用席に腰を下ろすと、航海指揮官の席に座る航海長の原実雄紀《はらみゆうき》3佐が潑剌《はつらつ》とした調子で言う。

「艦長、おはようございます。この挨拶は、できれば朝食の際にすませておきたいものですな。たまには科員食堂までおいでください。みんなで食べたほうが、味わいが増すってもんですよ」

原実は当直士官であり、操艦全般を預かる身だ。半年間、その腕前を見てきたが、いちおう合格点を与えられる技倆《ぎりょう》は持っていた。

「私の顔を見ながらでは、飯が喉《のど》を通らない者も多い。士官室で喫飯《きっぱん》できないのは本艦が抱える最大の欠陥かもしれない」

自衛艦では通常、幹部は士官室で食事を取るが、改もがみ型では科員食堂で乗組員と一緒に食べる習慣になっている。乗組員を九〇名まで切り詰めた結果、専用の士官室係を確保できなくなったからだ。

　だが、三七十はあえて艦長室に食事を運ばせていた。特権を濫用《らんよう》したのではなく、上役《うわやく》が隣にいては食事が進まない事実を認識しているためであった。

「喉を通り過ぎて、ちょっと太りすぎた奴もいますぜ。艦長が来て下さればダイエットができるんじゃないか？　笠松《かさまつ》1尉」

　原実3佐が隣の女性自衛官《WAVE》に、そう語りかけたが、操舵・操縦員席を占領している笠松絹美《きぬみ》1尉は、仏頂面《ぶっちょうづら》を崩《くず》さずに口を開いた。

「航海長。今の発言はセクハラに該当《がいとう》します。横須賀《よこすか》に帰港後、然《しか》るべき筋に報告させていただきますので、お覚悟を」

　笠松1尉は身長一五八センチ、体重九五キロという巨漢であり、たしかに痩身《そうしん》の必要があるだろう。だが、その指はピアニストのように細く、巧《たく》みに端末を操っている。

「航海長。女性艦長や隊司令も普通にいる時代ですよ。昨日今日始まったことじゃありません。旧陸軍にも女子通信隊や女性タイピストは存在しました。言葉は凶器にもなるんですから、注意しませんと」

　レーダー員の大南泰三2尉が言った。船務士として戦闘指揮所《CIC》に詰めることも多いが、今日は当直でここの配置に就いている。

　この朝、〈みょうけん〉艦橋に居座っていたのはこの四名だけだ。特別、少ないわけではない。これで定員であり、全員が三七十と同じ作業服に袖を通している。

少子化をはじめとする様々な要因が絡《から》み、自衛官の志願者は減少し続けていた。平時の軍隊の主任務は兵隊集めだが、それが上首尾《じょうしゅび》にいかない以上、フネを現実にマッチさせた設計にするしかあるまい。

こうして自衛艦は自動化と省力化が徹底されていったが、もがみ型とその後継艦である改もがみ型は、それがひときわ顕著だ。旧来の護衛艦は二〇〇名超で動かしていたが、実に半分以下である。また交代勤務制が導入され、稼働率は高くなっている。

四名でもフネの運用に支障はないが、三七十が気になっていたのは、隊司令席が空《あ》いていることだった。艦長席の反対にそれが設《しつら》えられていたが、今回の出撃に隊司令は乗艦していない。

艦長に大幅な現地裁量権が与えられたと言えば聞こえはいいが、三七十は双肩にかかる重圧にやりきれない思いを抱くだけであった。

横須賀の自衛艦隊司令部の思惑は理解できていた。本艦の派遣は、あくまで邦人退避の地ならしだという体裁《ていさい》をキープしたいのだろう。

三七十は嘆《なげ》かずにはいられなかった。オーストラリアのダーウィン港で実施された日豪合同訓練〝ウルルⅣ〟で回転翼機《ヘリコプター》の事故さえ起こらなければ、日本への帰路に就いていたはずなのにと……。

　重大アクシデントを起こしたのはオーストラリア海軍のＭＨ‐60Ｒ〝シーホーク〟だ。同型艦である僚艦ＦＦＭ‐21〈ざおう〉と艦隊を組み、定例の日豪海軍演習に参加していた〈みょうけん〉だが、三月二二日の午後に事件が起こった。

　空中給油を実施しようとしたシーホークがバランスを崩し、〈みょうけん〉の後部飛行甲板に衝突したのだ。

　ヘリコプターを着艦させず、護衛艦の側でホバリング中に給油ホースを接続し、補給を実行するのが空中給油だ。海上自衛隊は何年も前から技術として確立させていたが、オーストラリア海軍はまだ不得手であった。

　水面下ではＦＦＭシリーズを豪州へ売却する計画も取り沙汰《ざた》されており、ここで汎用性《はんようせい》の高さを証明しようと望んだわけだが、事態は悪い方向へと動いてしまったのだ。

　マスコミは激突や墜落だと書き立てたが、実際は不時着に近かった。炎上も爆発もせず、搭乗員も軽傷で助かった。〈みょうけん〉も飛行甲板の塗料がハゲた程度だったが、事故調査のため、長逗留《ながとうりゅう》を余儀なくされたのである。

　隊司令の蓑田《みのだ》篤彦《あつひこ》１佐は〈ざおう〉で早々に帰国してしまい、ダーウィン港には〈みょうけん〉だけが取り残された。

　一週間に及ぶ究明の末、操縦士の空間失調症が主因とされ、〈みょうけん〉側に落ち度はないとされたが、三七十の経歴に傷がついたのは確実であった。

早々に帰国して厄払《やくばら》いをしたかったが、それは実現しなかった。予想外の命令が横須賀から飛んで来たのである。

ブーゲンビル島のキエタで邦人保護の必要性が生じた。〈みょうけん〉はすみやかに現地に赴《おもむ》き、治安維持に努《つと》めよと……。

ままならぬ現実に三七十は独白めいた言葉を舌に乗せる。

「言葉が間接的な凶器だとすれば、本艦は直接的な凶器だ。中国海軍が角《つの》を出すのも無理からぬ話かもしれない」

艦橋の空気が一気に張り詰めた。口に出すのは憚《はばか》られる脅威の指摘に、原実3佐がわざと明るい調子で返す。

「ビスマルク海に駆逐艦〈大連《だいれん》〉〈咸陽《かんよう》〉が急行中との連絡が入っていましたが、アラワ湾には到着していないはずです。連中が直接の脅威となる前に、我々は〈たちばな丸〉を護衛して帰国の途についていますタッチの差で逃げられますよ」

航海長が言った〈たちばな丸〉とは、南太平洋汽船が保有する一万トン級の高速貨客船である。予定どおりならば、本日午後一時にキエタ埠頭《ふとう》に着岸し、一五二名の邦人をすべて乗せて帰国する手はずになっている。

航海長の発言に応じたのは笠松1尉だった。

「ビスマルク海からブーゲンビル島までは六〇〇キロ内外。０５５型に属する〈大連〉と〈咸陽〉は排水量一万トン超の大型で、巡洋艦と称しても違和感のない存在。そして、搭載している対地巡航ミサイルのＣＪ‐10は射程二〇〇〇キロと推定されております。現状でも安堵《あんど》はできません」

　面白くない現実の羅列《られつ》に、大南2尉がこう言った。

「でも、ありえないでしょう。民間軍事会社《PMC》が兇行《きょうこう》に及んだとはいえ、いきなりロケット射場にミサイルを撃ち込んだりしませんよ。奇襲効果はあるでしょうが、宣戦布告なしに攻めたんじゃ、真珠湾攻撃と同様、国際社会が黙っていません」

　甘い見通しに三七十はすぐさま反論した。

「北京《ペキン》の連中にとって、社会とは自分たちを中心とする狭い世界のことだ。それに国際という単語が付随《ふずい》することなど、彼らにとっては奇異な現実にすぎない。北京は一度《ひとたび》やると言ったらやるだろう」

　数秒後、鈴成3曹が見張り員としての職責を全《まっと》うすべく、こう報告してきたのだった。

「キエタ基地が見えます！　スカイ・ペンシルの姿を肉眼で確認！」

　三七十も双眼鏡で一二時方向を凝視した。右舷に展開するブーゲンビル島の南東部から突き出た半島の一角に、白亜の細長い人工物が確認できる。

原実航海長が忌々《いまいま》しげな調子を隠そうともせずに言う。

「内乱で土地が安かったんだろうが、ダークネビュラ社の連中は厄介《やっかい》な場所にロケットの発射基地を拵《こしら》えてくれたもんですな」

笠松1尉が淡々とした口調で、それに応じた。

「地代など付属的要因にすぎません。人工衛星の打ち上げ基地は赤道に近ければ近いほど有利とされています。地球の自転をそのまま飛翔体の速度に上乗せできますから。つまり、同一のロケットであっても重たい人工衛星を搭載できるのです。増加分の重量を軌道制御の推進剤に回せば、衛星の寿命を延ばせます。地球低軌道《LEO》を周回する監視衛星は基本的に使い捨てですが、コストパフォーマンスは劇的に改善するでしょう」

レーダー画面に目を落としたまま、大南2尉もそれに続いた。

「ダークネビュラ社は二一世紀初頭にアメリカで乱立したスペース・ヴェンチャー企業のひとつですけど、後発組であったため米国内でのシェア争いに敗れ、アジアに拠点を求めたんでしたね。安価な固体燃料ロケット一本槍ですが、ドル箱の宇宙観光ビジネスを潔く放棄し、衛星打ち上げビジネスに絞《しぼ》ったのが奏効したとネットニュースで読みましたよ。

最初は鹿児島の内之浦《うちのうら》を借りてましたが、一昨年にブーゲンビル島のキエタに大規模な基地を完成させ、本拠地を移したんでしたね。高給に惹《ひ》かれて、宇宙航空研究開発機構《JAXA》の技術者が大勢で転職したため、いまやキエタ基地に詰めている技師のうち日本人が七割。

これでは霞ヶ関も無視もできません」

ふたりの言い分は真実ばかりであった。ブーゲンビル島を巡る状勢は各国の思惑と実情が複雑に絡み合い、ひと筋縄《すじなわ》ではいかない状況に陥《おちい》っていたのだ……。


元来、ブーゲンビル島はパプアニューギニア共和国の一部であったが、銅山の管理権に端を発する動乱が勃発《ぼっぱつ》し、一時は過激な内戦状態に陥った。

ひとまず自治領となる恰好で落ち着きを見せたが、二〇一九年の住民投票で帰属派が壊滅状態となり、一〇年前に悲願の独立を果たした。

いわゆるブーゲンビル共和国の誕生である。

そこまではよかったが、経済が立ち行かなかった。人口が三〇万人程度と少なすぎるのがネックだった。これでは産業を興《おこ》す基板として心許《こころもと》ない。国民を飢《う》えさせないためには外貨を導入する必要があった。

当初、ブーゲンビル共和国が協力を仰《あお》いだのは日本であった。もともと対日感情は良好であり、援助も容易と考えられていたが、見通しは甘かった。日本も平成から延々と続く不況により、大規模な海外支援は難しい状況だったのだ。

そこで挙手したのが、ダークネビュラ社であった。赤道に近いブーゲンビル島はロケットの射場として好位置にあり、創設者兼ＣＥＯで日系四世のジョージ・ムライは本格的な基地の建設をプランニングし、日本側も後押しを約束した。

　ブーゲンビル共和国もこれを歓迎した。インフラの設営には現地民《ネイティブ》を積極的に雇用《こよう》するとムライCEOが明言してくれたからだ。島の東岸に位置し、埠頭《ふとう》がある点からキエタが選ばれ、築造が開始された。

　ところが、これに露骨な横槍を入れてきた組織があった。

　宇宙強国を目指す中国共産党である。

　衛星打ち上げビジネスで一定のシェアを握る彼らにとって、介入を試みる新参者は叩《たた》き潰《つぶ》すべき仇《かたき》であった。それが仮想敵国たる日本の関連企業ならなおさらだ。

　中共は常套《じょうとう》手段として浸透策を採用した。ブーゲンビル共和国の政府関係者と財界人に賄賂《わいろ》を惜しみなくバラまき、反対運動を本格化させたのである。

　なかでも脅威となったのは、金で雇ったプロ市民を用いての扇動《せんどう》活動だった。純朴《じゅんぼく》なるブーゲンビルの人々は、キエタに建造中なのはロケット発射場ではなく、ミサイル基地だという中共の姑息《こそく》なプロパガンダを無邪気《むじゃき》に信じてしまったのだ。

　投石や放火など過激な行動に走る市民団体から作業員を守るため、ダークネビュラ社はワグネルUSAという民間軍事会社《PMC》と契約を結んだ。

　結果的に、これが悪手となった。ロシア系アメリカ人のエゾガニー・アナゴジンを創設者とするワグネルUSAだったが、そのCEOが抱く偏見や差別意識が末端の兵士にまで行き届いていた。彼らにとってブーゲンビルの現地民など未開の部族にすぎず、遠慮なしに銃口を向けて差し支《つか》えない相手だったのだ。

スカイ・ペンシル型ロケット第一三号機が射場に姿を見せた今年四月一五日、デモ隊の一部が暴徒化し、防護フェンスを乗り越えようとした。ワグネルＵＳＡのガードマンはこれに発砲し、市民団体に死傷者が生じた。

中共は、このタイミングを見逃したりはしなかった。すでにブーゲンビル共和国政府は密命を受けた華僑《かきょう》に牛耳られており、北京の意思がダイレクトに伝えられる仕組みができあがっていた。

中共のスポークスマンを務める外交部の史天佑《シィチンヨウ》報道官は、記者会見にて堂々と主張したのだった。

『キエタを不法占拠し、無辜《むこ》の住民を苦しめる狼藉者《ろうぜきもの》を排除するため、我らは南海艦隊の全力出撃を検討中だ。すでに偵察部隊としてミサイル駆逐艦を先発させた。世界は新秩序誕生の瞬間を目《ま》の当たりにするだろう』

それは脅しではなかった。過剰な債務《さいむ》を武器に、パプアニューギニアとの関係を色濃くする中国は、ビスマルク海に〈大連〉〈咸陽〉の二隻を急派していたのだ……。

「望遠カメラの映像が来ました！」

興奮した調子で大南2尉が報告するや、液晶モニターのひとつにデジタル補正が施されたロケットのリアルタイム動画が表示された。

全長二七メートルのスカイ・ペンシルだ。月に二回の頻度《ひんど》で打ち上げられており、失敗は一回もない。小型の人工衛星しか搭載できないが、衛星そのもののダウンサイジングが進んでいる現状では欠点とはなりえなかった。

原実航海長が、各種スポンサーのロゴが大量に描かれた円柱形の人工物を見据えて、

「中国はあれがミサイルに見えるらしいですな。そして、キエタは大陸間弾道弾《ICBM》の発射施設だそうです。視察団を受け入れ、あらゆる資料を提出しても、疑惑はますます深まったとしか言いません。話し合う気のない相手と話し合うのは骨が折れますね」

と言った。それに三七十は生真面目《きまじめ》に応じる。

「同じモノでも観測者によって名称が異なるのは珍しくない。被害者が防犯カメラと呼ぶ物体を、加害者は監視カメラと言うではないか」

「艦長。では、ロケットとミサイルの違いは？」

「他の惑星に到着するのがロケット。地球に着弾するのがミサイル」

真剣に返したつもりだったが、冗談めいて聞こえたらしく、艦橋には笑みがこぼれた。

しかし、そんな雰囲気を大南2尉が打ち破る。

「ＯＰＹ－2Mレーダーに未確認機《アンノウン》反応！　機数は一。右六〇度。距離四万。時速二五〇キ

ロで本艦へと接近中！」

血管に血液以外のなにかが駆け抜けたような錯覚《さっかく》が三七十を貫く。冷静さを装う彼に、原実航海長が話しかけた。

「中国海軍のヘリコプター《HS》です。お馴染《なじ》みのZ－9型でしょう。航続距離は一〇〇〇キロ弱だったはず。こりゃ脅威対象のミサイル駆逐艦は案外近くにいますよ」

Z－9型は中国海軍が艦載機として採用した対潜ヘリコプターだ。

フランスのAS365〝ドーファン〟を哈爾浜《ハルビン》飛機製造がライセンス生産し、独自の改良を施したマシンである。初飛行は四〇年も前だが、安価で数を揃《そろ》えやすいためか、現在もなお第一線に投入されていた。

その多くが駆逐艦で運用中で、哨戒機《しょうかいき》として任務にあたることもある。水上レーダーで敵艦をキャッチし、艦対艦ミサイルの誘導を補助するわけだ。

つまり、Z－9型の飛来は〈みょうけん〉が狙われる可能性が激増した現実を意味していた……。

牽制《けんせい》措置として、こちらもヘリコプターを発進させたいところだが、〈みょうけん〉は艦載機を搭載していない。飛行甲板と格納庫はあるが、主力回転翼機のSH－60Lはまだ調達数が少なく、フリゲートにはなかなか回ってこないのだ。

暗澹《あんたん》たる結論に三七十が行き着いたときであった。戦闘指揮所《CIC》で配置についていた副長の八塚厚志《やつづかこうし》2佐が、恐るべき報告をもたらしたのである。

『こちら副長。海上幕僚監部より緊急連絡。ビスマルク海に侵入した中国海軍の駆逐艦がミサイルを発射した模様！』

スピーカーから流れた上擦《うわず》った声に、三七十は冷静に返す。

「総員配置を命じてくれ。副長は引き続きＣＩＣにて任務にあたるように。私は艦橋から指揮を執《と》る」

作戦行動中、艦長と副長は別行動が求められる。被弾でフネの首脳陣が全滅することを避けるためだ。基本は艦長がＣＩＣに詰めるべきだが、三七十はもはやポジションを入れ替える暇《ひま》はないと判断したのだった。

すぐ艦内放送《マイク》にて八塚副長の指示が流れた。

『総員配置につけ。救命胴衣《カポック》と鉄帽《テッパチ》を装着せよ。中華イージス艦がミサイルを発射した。演習ではない。繰り返す。これは演習ではない！』

大南2尉がモニターを凝視して叫ぶ。

「索敵衛星からのデータが入りました。飛翔体はＣＪ−10の公算が大。巡航速度はマッハ0・8。推定到達時間は二五分前後！」

改もがみ型は戦闘指揮システムとしてＯＹＱ−2と呼ばれる情報処理装置を搭載している。前級のＯＹＱ−1よりリンケージ能力が格段に強化されており、秒単位で流動する戦況に対応できた。

それを可能にしたのが6Gの衛星ネット専用回線だ。安定性と秘匿性を向上させた新型ネットワークは、電子の海からあらゆるデータをピックアップできる。

だからこそ、不快さを極める動画を直視しなければならない場合もあった。それにいち早く気づいた見張りの鈴成3曹が、モニターの一角を指して言った。

「中共の宣伝担当が記者会見をやってます！」

そこに映っていたのは史天佑であった。

五一歳という年齢を思わせない容姿《ようし》と、英語とフランス語を自在に操る会話力で抜群の知名度を誇る報道官であり、次期国家主席の声さえある傑物だ。

中国外交部を代表する男は、記者会見の会場にて堂々と宣言を始めたのだった。

『……本日、中華人民共和国は誇りと悲しみを同時に抱きつつ、この放送を全世界に対し発するものである。

我が人民解放軍海軍はブーゲンビル共和国政府の懇願に基づき、キエタの戦略ミサイル基地へと打擲《ちょうちゃく》を開始した。

原因はすべて日帝とその支援を受けたワグネルUSAにある。非道にも連中は無抵抗の市民に武器を向け、虐殺《ぎゃくさつ》行為に邁進《まいしん》しているのだ。軍事力による現状変更は決して許されないが、彼らは事態を一段階悪化させた。ワグネルと通じる日帝は強力な戦闘艦を急派したのだ。

あらゆる平和的手段を模索した人民解放軍だが、現地民の生命を守るにはキエタのミサイル基地を破壊する以外に方法はないとの結論に到った。

不意打ちなど望まない人民解放軍は、ここに堂々と宣言する。ミサイル駆逐艦〈大連〉は正義の弓矢を撃ち放った。着弾は現地時間の午前一〇時五分だ。大いなる慈悲とともに警告しよう。命が惜しい者はキエタ基地から離れるがよかろう。

なお我がミサイルを迎撃した場合、撃墜の成否にかかわらず、中華人民共和国に対する宣戦布告とみなし、人民解放軍は即座に適切な行動を取る……』

傲岸不遜《ごうがんふそん》な言い分だが、それを口にしても大言壮語と評されることはない。中国海軍は莫大《ばくだい》な軍事予算と三〇年以上の年月を費やし、海軍力を発展させてきたのだ。威張《いば》るだけの実力を保持していると評してよい。

それを熟知する三七十は、艦長としてあらゆる手段を行使する決断を下したのだった。

「艦長からＣＩＣの砲雷長へ。寄代《よりしろ》砲雷長、聞いているか？」

火器全般を司《つかさど》る寄代三雄《みつお》３佐が野太い声で対応した。

『はい。ご命令をどうぞ』

「中国製ミサイルの迎撃準備に入ってくれ」

瞬時にして艦橋の体感温度は零下《れいか》にまで下がった。誰もが絶句するなか、砲雷長の短い返事が聞こえた。

「はい！　艦長命令に従い、ＳＭ－６の発射準備に入ります！」

改もがみ型の〈みょうけん〉には垂直発射装置《VLS》としてMk41型が装備されている。弾薬庫と発射機を兼ねるセルは一六基あり、うち半数が新鋭の艦対空ミサイルＳＭ－６で占められていた。

護衛艦では分業制が徹底されており、艦長は方針として指令を出すだけだ。武器選定や発射指示は砲雷長に一任される。

悪《あ》しき方向へ流れ始めた運命に耐えきれなくなったのか、笠松１尉が落ち着きを失った声で言った。

「艦長。本艦は現在、防衛大臣が発動した海上警備行動に基づいて行動中です。ですが、迎撃戦闘を実施するとなれば、防衛出動が適用されなければなりません。それには内閣総理大臣の命令が不可欠。独断専行は自衛官として絶対に許されません」

「わかっている。しかし、正式な命令があってから用意したのでは間に合わない。本艦は存続危機事態、もしくは武力攻撃事態に該当する状況に置かれている。それを永田町の連中がどれだけ早く気づいてくれるかだ。本艦の情報処理装置のデータは横須賀基地とリンクしている。戦闘態勢に入った事実を知れば、政府の重い腰に鞭《むち》を入れられよう」

そう言いつつも、三七十は絶望的な思いにとらわれていた。いまの首相は七九歳と高齢でおまけに根っからの親中派で有名だ。まず、防衛出動など発令されまい……。

三分という無限にも思われる時間が経過したあと、八塚副長がＣＩＣから報告を入れてきた。

『東京から緊急連絡です。発射態勢に入るな、絶対に撃つなと言っています。現在、破壊措置《そち》命令の検討に入ると同時に、駐日大使を呼び出し遺憾《いかん》の意を伝えていると……』

全員がため息を辛抱《しんぼう》しているのが、手に取るようにわかる。フネの士気が危機に瀕《ひん》したと察知した三七十は、マイクを手に取ると、こう語りかけたのだった。

「艦長より全乗組員に告げる。現在、〈みょうけん〉は非常に厳しい立場にある。中国海軍のミサイルを撃墜できる技術と技倆を持ちながら、現状では座視しかできないのだ。私は文民統制《シビリアンコントロール》に置かれている自衛官として、命令に違反する道は歩めない。

だが、しかし、それでも――私には諸君ら九〇名の生命を守る義務がある。これ以降、想定外の命令が続くことになるが、一糸《いっし》乱れぬ行動を取ってもらいたい。以上だ」

三七十は原実３佐に向き直り、まずこう命じた。

「航海長。方位二七〇度。最大戦速でブーゲンビル島から離れろ」

反駁《はんばく》したかったはずだが、あらかじめくぎを刺しておいたせいか、原実はすぐさま命令を実行に移した。

「了。本艦は南西方向へと針路を取り、三〇ノットに増速します！」

五秒としないうちに〈みょうけん〉は猛烈な増速を開始した。

搭載機関のCODAG――ディーゼルとガスタービンの二つのエンジンを併用し推進力を得るシステムは、その加速力において比類なき性能を誇っており、満水排水量五五〇〇トンの物体をたちまちトップスピードまで押しあげていく。

沈着な笠松1尉が、声を裏返した。

「艦長……逃げるのですか。キエタ基地の同胞を見殺しにするんですか!?」

艦橋に詰めた全員が共有する疑念に、三七十はこう答えるのだった。

「違う。〈みょうけん〉は敵の狙いを明白にし、被害を及ばさないために距離を取る」

「お言葉の真意が理解できません」

「中華製ミサイルの標的は本当にキエタ基地だろうか？」

そのひと言で笠松を黙らせた三七十は、さらに続けるのだった。

「中国も暗愚ではない。建設中からずっとキエタは軍事基地だと言い張っているが、国際的には民間のロケット発射基地だと理解されている。デモ隊とワグネルＵＳＡが衝突したとしても、いきなり武力介入をやらかせば非難を浴びよう。

それに本艦がここにいると知りながら、つまり迎撃される危険性があると承知しつつもあえて撃ってくるだろうか？

北京は計算づくでなければ動かない。キエタ基地破壊という目標を成し遂げるためには、まず本艦の排除が必要となる」

鈴成3曹が悲鳴《ひめい》混じりの声をあげた。

「宣戦布告もなしに〈みょうけん〉を沈めるのですか!?」

「誤射と言い張るか、お前がそこにいたのが悪いという謎のマイルールを適用すればよいだけだ。海自の護衛艦を撃沈したとあれば、関係者は全員出世コースに乗れるだろう。しかし、私には連中の生贄《いけにえ》となるような趣味はない。本艦が直接脅威に曝《さら》されたと判断した場合、官邸からの防衛出動の命令を待たず、自衛戦闘に入る」

その刹那《せつな》、CICの八塚副長から連絡が入った。

『敵ミサイルが針路を変更しましたッ！　キエタへの直進コースから南東へわずかに転針したもよう。速力も急激に上昇中！』

軽く頷《うなず》いてから三七十は言った。

「対地ミサイルのCJ-10〝長剣《ちょうけん》〟ではない。対艦ミサイルのYJ-18〝鷹撃《おうげき》〟だ。最終速度はマッハ2・5に達する。もはや猶予《ゆうよ》はなくなった。砲雷長、照準はどうか」

寄代3佐の反応は反射的だった。

『諸元値の入力完了。命令ありしだい、いつでも発射できます』

「発射を許可する。対空戦闘指揮を砲雷長に一任。全火器を自由に用いて、あらゆる脅威対象を排除せよ」

『了。ただちに対空戦闘を開始します！』

それから一秒と経過しないうちに、すでに解放されていた垂直発射装置《VLS》の四角いハッチから、不格好な安定翼がいくつもついた円柱が火炎に包まれながら飛び出した。

アメリカ製のＳＭ－６だ。全長六・五五メートル、自重一・五トンのそれは二〇年以上にわたって第一線で使用されている艦対空ミサイルである。

改もがみ型では標準装備とされた垂直発射装置を活用するため、多機能レーダーとしてＯＰＹ－２Ｍが設置されていた。イージス艦同様とまではいかないが、ミサイル管制機能も備わっている。

飛翔を続けるＳＭ－６は、〈みょうけん〉から約一二キロの位置で接近する敵弾を的確に捉《とら》え、見事に四散して果てた。

戦後日本が堅持してきた〝戦わない自衛隊〟が、その枷《かせ》を自らの手で外《はず》した歴史的瞬間であった。

艦橋からも勝利と安全を約束する爆炎は明瞭に視認できた。喚声《かんせい》が艦橋に満ちるなか、鈴成３曹が大声で報じる。

「撃墜！　撃破成功ですッ！」

しかし、大南２尉が吉報に水を差した。

「いいえ！　レーダー画面から飛翔中のミサイル反応が消えません！」

航海長が張り詰めた口調で反論する。

「そんな馬鹿な！　あの爆炎が見えなかったとは言わさんぞ！」

すかさず三七十は己の推理を述べるのだった。

「敵のミサイルは二発だったようだ。一発目の航跡を、二発目がすぐ後ろからトレースして追尾する。飛翔中の相互干渉が問題になるはずだが、中国はもう実現化していたのだな。単純ながらレーダーの眼を欺《あざむ》くには充分だろう。我らのＯＰＹ－２Ｍも万能ではなかったわけだ。哨戒ヘリコプター《ＨＳ》さえあれば、まだ状況は違っていただろうが」

この状況でも、まだ打つ手はあった。寄代砲雷長の新たな報告が響く。

『残存ミサイル、なおも接近中。距離あと八〇〇〇メートル。シーＲＡＭ《ラム》と主砲で撃墜を試みます！』

直後、艦尾の航空機格納庫トップに据えられている一一連装型のシーＲＡＭ発射装置が細長い艦対空ミサイルを連続して射出した。

全長二八二センチ、直径一四・六センチ、一発あたり八八・二キロの噴進弾だ。射程は約一〇キロ。発射機自体に各種センサーやレーダーが内蔵されており、単体で防空戦闘が可能なシステムとなっている。

近接防御兵器としては定評があったが、それでも駄目だった。敵弾の最終加速は予想を上回り、なんとマッハ３・２を超える勢いで突っ込んで来たのだ。シーＲＡＭが連射した小型対空ミサイル《SAM》は、それに対応しきれず、虚空に散っていった。

そして、三七十は目撃したのだ。中国海軍がここ二〇年の間、着々と実用度を高めていた対艦ミサイルＹＪ－18〝鷹撃〟の姿を。

棒状の点にしか見えなかったそれが、正体を現すまでに要した時間は数秒だ。中央部の安定翼が確認できた次の瞬間──大空でＹＪ－18が爆《は》ぜた。

自爆ではない。撃墜されたのだ。

ＹＪ－18を叩き落としたのは、〈みょうけん〉が保有するもっともクラシックな兵器であった。

前甲板に一基だけ据えられた単装砲である。

正式名称はMk45－Ｍｏｄ４──六二口径の五インチ砲だ。完全無人の砲塔から撃ち出される主砲弾の発射速度は一分あたり最大二〇発にも及ぶ。偶然と必然が幾重《いくえ》にも絡んだ結果、そのうちの一発がＹＪ－18の弾頭を砕いたのである。

だが、それは安全や勝利を意味してはいなかった。中華ミサイルは飛散したが、かなりの質量と運動エネルギーを有した塊《かたまり》が、〈みょうけん〉のステルスマストの根元へと落下してきたのだった。

艦橋の四角形の強化ガラスが粉砕され、朱色の炎が束《たば》になって押し寄せた。

苦痛と後悔、そしてなぜか抱いた爽快感に頭蓋《ずがい》を支配された山本三七十は、意識を喪失《そうしつ》する直前、白く濁《にご》った目線の一角に、見慣れない黒い影を確かに見いだした。

それは、葉巻《はまき》のような太い胴体を持つ双発プロペラ機のシルエットであった……。

2　時空の旅人

時に昭和一八年四月一八日。午前九時三六分――。

連合艦隊司令長官山本五十六大将は死の淵に置かれていた。

前線視察に赴《おもむ》いたブーゲンビル島の上空において、アメリカ陸軍航空隊のP―38戦闘機による待ち伏せに遭《あ》い、乗機する一式陸攻《いっしきりくこう》を手荒く撃ち抜かれたのだ。

敵弾は機内を駆け巡り、同乗していた連合艦隊首脳陣の数名が即死した。山本の躰《からだ》にも同様の厄災《やくさい》が訪れており、胸から出血が始まっているのが自覚できていた。

これは当然の報《むく》いだ。敵味方を問わず、多くの兵を死地に追いやった代償は、この身と命で支払うしかあるまい……。

次の瞬間、光があった。

熱が総身を襲い、視野が暗黒に染まった。苦痛は瞬間で消え、音も光もない世界が到来した。気づけば煩悩《ぼんのう》すら消え失《う》せていた。

――そうか……私は死んだのか……。

人間であった頃の常識に基づいた認識が形成されようとした直後、山本五十六であった存在に対し、こう語りかけるものがいたのである。

「それは真実の一端ではあるが、すべてではない。すべての生命体に死という概念を安易にあてはめてはならぬ」

時間と空間が連鎖《れんさ》するなかにおいて、遥《はる》か彼方《かなた》から緑と黄色の筋が飛んで来た。やがて、それは四肢《しし》を持ち、二足歩行をする哺乳類《ほにゅうるい》に酷似《こくじ》したアウトラインを形成した。

――貴様は……なんだ？　神か？　それとも悪魔か？

「好きに呼んでくれて差し支えない。実質は上位存在に仕える監察官にすぎないが」

――つまりは公僕か。私と一緒だ。やりたくないことを必死でやらねばならん立場というわけか。それで、なにゆえに現れた？　わざわざ人間の形を選んで具現化したからには、人間の問いに答えてもらおう。

「戻れ。そして、やり直せ。ＩＦ《もしも》の世界でやり直せ。寡兵《かへい》でやり直せ」

――人生が終わった私にＩＦ《もしも》などあるまい。どのみち過去をやり直せる理屈はないのだから。

「過去にＩＦ《もしも》はない。ＩＦ《もしも》があるとすれば未来だ。あり得ぬ過去から来た生命体よ。あり得たかもしれない未来を変えよ」

そして、光が、あった……。

第一章　提督の華麗なる復活

1　奇妙な依頼

――二〇三X年六月五日　午前一〇時一五分

蜂野洲弥生《はちのすやよい》は、いわゆる〝歴女《レキジョ》〟であった。

小学五年生の夏、学級文庫に並べられていた偉人伝を信長、秀吉、家康の順で読み漁《あさ》ったことが彼女の行く末を決定づけた。

その物語性《ストーリーテリング》と活動性《ダイナミズム》に魅了され、日本史を読み解く愉悦を見つけ出した弥生は、さらなる刺激を欲して歴史書を読破し続け、結果として成績は急上昇した。

父が開業医、母が薬剤師、そして兄が現役の医大生という医師一族としては、長女の学力向上は実に好ましかった。家族の全面的バックアップのもと、東大予備校とまで呼ばれる私立の中高一貫教育校に合格した弥生は、ここで頭角を現した。

中高生を対象とした『大江戸新聞』歴史論文懸賞に、米沢藩《よねざわ》の視線から幕末を俯瞰《ふかん》した内容で応募し、文部科学大臣賞を受賞したのである。当時の文科大臣が山形出身だったというアドバンテージはあったが、弱冠《じゃっかん》一六歳での快挙を武器に、弥生は両親に訴えた。

大学は史学科に進み、将来は歴史学者の道を歩みたいと。

父母は大反対だったが、兄の睦月《むつき》が味方になってくれた。医者の子供が医者にならねば駄目という法はないし、これだけの実績を残した以上、才覚を認めてやるべきだと。

ただし、弥生にこうくぎも刺した。日本史だけでなく、西洋史と東洋史も学べと。そして、針路は歴史専門ではなく、政治と経済も学べる大学にしろと。

歴史学者で食べていくのはなかなか難しい。現状、歴史を収入に結びつけるには経世救民に絡《から》めていくのが適切だぞと、兄はアドバイスしたのだった。

弥生は反発したが、最後には折れた。政治と経済は、それ自体が歴史の一部を形づくっている要素だと理解できたからだ。彼女は現役で東京大学の文科二類に合格すると、政治史と経済史を専攻し、卒業後はそのまま大学院へと進んだ。

ここで弥生が研究テーマに選んだのは昭和史――特に軍閥《ぐんばつ》興亡史だった。経済界と軍が相利共生にも似た関係に陥《おちい》ると、常に悪《あ》しき結果を招く。その現実を大東亜戦争で立証しようとしたのだ。

なかでもメインテーマに選んだのが海軍の拡張であった。

大艦巨砲という四字熟語に惹《ひ》かれた弥生は、金食い虫と称された軍艦の存在意義を調査していくうち、鉄《くろがね》の城に深い魅力を抱き始めた。

当初は八八《はちはち》艦隊の立案と挫折に関する是非を、政財面に絡めた視点を軸に描写していたのだが、やがて艦《フネ》の持つ個性とそれを操っていた軍人の人生に惹かれ始めた。

実家が横須賀《よこすか》で、アメリカ海軍の艦艇や海上自衛隊の護衛艦を見慣れていたという体験も影響したようだ。いつしか彼女は日本海軍の生誕から終焉《しゅうえん》を諳《そら》んじるまでに知見を増やしていった。二七歳で博士課程を修了し、歴史系の老舗《しにせ》出版社である略伝《りゃくでん》パブリッシングに就職が内定した頃、睦月から連絡が入った。

二〇年前に両親がクリニックを開業するにあたり、世話になった鬼怒川《きぬがわ》医科大学の陸稲《おかぼ》浩《ひろし》名誉教授だが、次の参議院選挙に出馬すると決まった。彼は私設秘書を募集しており、お前さえ望めば推挙してやれると。

睦月は町医者で終わる気など毛頭なかった。鬼怒川《きぬがわ》医科大学附属病院で精神科の副部長を務める兄は、整形外科専門である実家のクリニックに心療内科を開設し、ひと回り大きな総合病院に拡張することを目論《もくろ》んでいた。

それには縄張りの打破が必要だ。地道な策ながら、やはり政治家の力を借りるのがいちばんだろう。秋津洲《あきつしま》医師会と政権与党たる自立民権《じりつみんけん》党の根深い関係を思えば、今後は政界とのパイプが必要になる。

その役目を妹に担わせようとしたのは、ある意味、自然な行為ともいえた。政治と経済に興味が向くように仕向けたのも、実はこういう状況を想定していたからだ。

弥生は、兄の深謀遠慮を半ば承知しつつ、あえてそれに乗った。

自立民権党の公認のもと、比例代表で立候補した陸稲だが、当選は確実視されていた。勝ち馬に乗るのは成功のセオリーであるし、歴史家の視点からいちど国会議事堂を見ておくのも悪くはあるまい。

こうして弥生は出版社の内定を蹴《け》って陸稲浩の私設秘書のひとりとなり、選挙活動の全般を通じてサポートに尽力した。大学院という権威主義の魔窟《まくつ》でサバイバルしてきた彼女には、立候補者の事務作業など生ぬるい片手業《かたてわざ》でしかなかった。

陸稲は選挙戦全般を通じ有利に戦いを進め、下馬評どおり当選した。弥生は還暦《かんれき》の新人代議士に従い、永田町の住人となったが、半年も経《た》たないうちに自己都合で秘書を廃業したのだった。

「私は尻を撫《な》でられるために秘書になったのではない」

国会を去るにあたり、蜂野洲弥生が残した過剰なまでにダイレクトな言葉は、その年の新語・流行語大賞に選ばれてしまった……。

第五次海軍軍備充実案――すなわち⑤計画《まるご》にて完成する予定であった超大和《やまと》型戦艦の鎮守府《ちんじゅふ》配置予想を一覧表に書き起こしているとき、タブレットが電子音を奏《かな》でた。

六年以上愛用しているポンム社のμ《ミュー》パッドだった。電子書籍の購入にしか使っておらず、性能的に不都合はないが、バッテリーがあまり持たなくなっている。数世代前の代物で、そろそろ買い替えの時機だが、いっそ奮発してスマートグラスにすべきかしら。

統合コミュニケーションアプリのプレーン《Plane》が着信を伝えていた。睦月からだ。

すぐに弥生は音声会話モードに切り替えた。放置したところで、いつまでも鳴らし続けるに決まっているからだ。

「兄さん。もう秘書はやらないわよ」

詰《なじ》るような声でそう言うや、睦月は苦笑まじりでこう返してきた。

『どうやら、お前はその挨拶を死ぬまでやめてくれないようだね。もう百回は聞いたよ。いつまでも根に持つのは得策ではない。国も兄妹も未来志向でいかなければ』

諭すような口調だが、その裏面には冷徹な計算が秘められているかのようだ。まったくこの兄はつかみどころがなく、なにを考えているのかさっぱりわからない。

蜂野洲の兄妹は疎遠ではなかった。年齢が八歳も離れている間柄にしては、親を交《まじ》えて頻繁《ひんぱん》に会うし、たまに会食もする間柄だ。

それでも弥生は謎めいた存在として睦月を認識していた。妹にとって、兄は永遠に解き得ない異性の代表格なのだろう。

「未来を全損した女には響かない言葉ね。私は二度と永田町にも大学院にも戻れない身よ。

不義理をした略伝パブリッシングにお情《なさ》けで拾ってもらい、糊口《ここう》を凌《しの》ぐ毎日。その原因をつくったひとに辛辣《しんらつ》になるのは当然でしょう」

『陸稲に引き合わせたのは俺の失策だ。医者と坊主と教師に助平《すけべい》が多いのは知っていたが、まさか当選後にセクハラに走るとはね。お前の辞職で奴の株は急降下しているから、どうせ次の選挙は通らないさ。もう少しすれば溜飲《りゅういん》が下がるんじゃないか』

「待つのは苦手《にがて》なのは知っているでしょう。さっさと本題に入って。それと手短かにね」

『手短かには話せない。とても複雑で面倒な案件なのだよ……』

泰然自若《たいぜんじじゃく》を旨《むね》とする睦月にしては、珍しくひと呼吸おいてから、こう続けた。

『海上自衛官の山本《やまもと》2佐を知っているか？』

「あいにく自衛官に知り合いは少ないのよ」

そう言いながら、弥生はタブレットの画面を分割し、ＡＩ検索エンジンを起動させた。見飽《みあ》きた広告と一緒に、選別されたニュースのラインナップが表示される。

「山本三七十《みなと》……護衛艦〈みょうけん〉の艦長……ブーゲンビル島にて中国海軍の攻撃を受け、重傷を負った男性ね。大変な災難に巻き込まれた御仁だとは思うけど、彼がどうしたの？」

『ウチの精神科に入院中なんだが、厄介《やっかい》な患者でね。自分は海上自衛官ではなく、旧帝国海軍の提督だと言い張っているんだ』

「一次妄想という症例かしら？」

『ああ。精神的衝撃が強烈で、現実を直視できなくなった者が陥《おちい》りがちな状態だ。脆弱《ぜいじゃく》な自我が崩壊し、権力者や英雄に己《おのれ》を同一視してしまうんだな。西洋ではナポレオン妄想、日本では天皇妄想が有名だが、まさか海軍提督と自分を同一視してしまうとは』

「それで……自分のことを誰だと？」

『連合艦隊司令長官山本五十六《やまもといそろく》大将』

弥生は沈黙を保ち、心臓が爆《は》ぜたのを悟られぬように願った。インパクトのありすぎる固有名詞で、兄が連絡を入れてきた理由が完璧に理解できた。

『こういった患者には、穏《おだ》やかに矛盾《むじゅん》点を指摘し、徐々に落ち着かせていくのが最適なのだが、手強《てごわ》くてな。まるで本物の帝国海軍軍人じゃないかと錯覚《さっかく》するくらいに博学なのだ。お前は海軍史の専門家だろう。こっちに来て論破してくれないか』

「私には、そういう患者さんと相対した経験がないわ。余計なことを言って、逆に症状が重くなったら責任が取れない。それに……正直、ちょっと怖いし」

『いや。いわゆるパワー系ではない。これまでいちども暴れたことはないし、本当に理性的な男だ。知的で好奇心に富み、英語も巧《たく》みに操る。精神科医としては詐病《さびょう》の疑いを抱きたくなるくらいだ』

弥生は画面分割されたブラウザでニュースを黙読した。もちろん、あらましは見聞きしていたが、把握していたのは護衛艦がブーゲンビル島沖合で中国海軍のミサイルを撃墜し、その破片で負傷者が出たことだけだ。

あれから二カ月が経過し、連日連夜の報道合戦に明け暮れていたマスコミも沈静化していた。昭和史、それも戦前に興味の矛先《ほこさき》を向けていた弥生は、まだ海上自衛隊という組織への理解が薄く、熱心に報道を追いかけてはいなかったのである。

テキストを速読し、違和感を抱いたのは各紙の対応だった。右傾化を極《きわ》めた一部の新聞を除き、基本的に中国政府の公式見解をそのまま事実として報じていた。

迫るミサイルは警告用の模擬弾であり、その点は日本政府にも伝えられていたのだが、〈みょうけん〉の艦長は職務中にプレッシャーで精神に支障を来《きた》し、命令を無視して迎撃弾を発射してしまった。悲劇の原因は艦長にあるが、彼もまた哀れな犠牲者なのだと。

呆《あき》れたのは海上自衛隊の反応であった。事態の調査を放棄し、まるでマスコミの言い分を丸呑《まるの》みしたかのような態度を取り続けていた。悪《あ》しき現実を招いた要因は現場の誤った判断であり、上層部のミスがあるとすれば艦長の人選のみだ。今後は選抜過程を硝子《ガラス》張りにし、二度と命令違反が起こらぬよう戒《いまし》めなければならぬ。

もちろん、海自は政権与党と結託し、その方針を採用したのだろう。事なかれ主義こそ平和構築への道と信じる自立民権党は、中国政府に謝罪と補償を求めてはいるが、それは形ばかりで終わりそうだ。いちおうブーゲンビル島のキエタ射場の運用を条件つきで認めるという提案がなされているが、実現の見通しは不透明のままである……。

出版に携《たずさ》わるひとりである弥生は、商売根性が己のなかに生じるのを感じ取っていた。取材対象としては恰好《かっこう》の相手だ。面白いインタビューが取れれば、少しは会社に貢献できるかもしれない。

「書くわよ。いいわね」

『それが代償か。俺には医者としての守秘義務があるから、はいどうぞとは言えないな。本人の許可を取りつけてみせろ。そこから先はお前の勝手さ』

「いつ行けばいいの？」

『可及的すみやかにだ。さっき全自動運転車《クレィン》を迎えに出した。着替えを持ってくるんだな。多分、長逗留《ながとうりゅう》になるから』

2　アドミラル・ペイシェント

——同日、午後二時三〇分

鬼怒川医科大学附属病院は栃木県の北西部に位置しており、都内からは全自動運転車＝クレィンで約三時間の行程だった。

弥生が乗るクレィンは、プリンツ自動車が一昨年から販売を開始した新型だ。誰も座っていない運転席でハンドルが回り続けるシュールな様子を無視しつつ、弥生は助手席にてμパッドを開き、兄が送りつけてきた関連資料を読んでいた。

これから相対する自衛官の人間像を理解するために、である。

山本三七十。沖縄県出身。一三歳で両親が離婚し、母親の実家がある長崎県佐世保《させぼ》市に移住。防衛大学校に現役合格し、卒業後は海上自衛官として順調に経歴を積み重ねている。私生活では三〇歳の時に結婚したが、数年で離婚したと記載されていた。子供はおらず、両親もすでに他界している。

昨年、2佐に昇進し、三九歳にしてフリゲート艦〈みょうけん〉の艦長に抜擢《ばってき》され、今回の事件に巻き込まれたようだ。

敵ミサイルの残骸《ざんがい》が激突した〈みょうけん〉だが、損害は艦橋側面が破壊されただけに留《とど》まった。自力航行も可能で、月末には横須賀まで戻ってきた。時間はかかるが、修理は可能だと公表されている。

幸運にも戦死者こそ出なかったが、艦橋にいた五名は重傷を負い、全員が療養中である。加えて一二名の軽傷者も生じた。山本艦長は肋骨《ろっこつ》を六本骨折し、頬《ほお》に深い裂傷を負ったが、肉体的なダメージはその程度だった。

ただ、心理的障害のダメージが大きすぎた。よもや自分を九〇年以上前に戦死した海軍提督と同一視してしまうとは。

恐らく惨烈な現実に耐えきれず、空想の世界に逃避してしまったのだろう。心身を支えてくれるパートナーさえいれば、状況は違っていたのかもしれないが、天涯孤独の身では心が折れるのも仕方ない。

実に哀れな男性だ。いったいどんな会話をすればよいのか？　思い悩む弥生は病院前の無人《アンマン》タクシー乗り場に兄の姿を認めるや、もうひとつため息をつくのだった。

「全自動運転車を受け入れる気になったか。てっきりお前は自分でハンドルを握って来ると思っていたよ」

睦月はいつもと変わらぬ苦《にが》み走った表情と、清潔な白衣で妹を迎えた。

身長一八五センチと大柄だが、細身であるためか、数字以上に背は高く見える。時代に取り残されたツーブロックの髪形と、ラグビー選手を思わせる四角ばった顎《あご》は、頑固さを如実に示していた。眼光も若い頃から鋭いが、薄いサングラスをかけているため、いまは窺《うかが》い知ることはできない。これでもてないわけがないが、意図的に女性を遠ざけており、三十代後半にして独《ひと》り身のままだった。

弥生は助手席から降車すると、

「三時間あればいろいろ勉強ができるわ。アクティブに動ける人生の残り時間は少ないの。有効に使うには、技術革新を甘受する必要もあると判断しただけ」

「なら骨董品《こっとうひん》みたいなタブレットは捨てて、いい加減にスマートグラスを買えよ。時間の節約にこれほど寄与するものもないんだぞ」

「なら今回の報酬《ほうしゅう》はポンム社のμグラスでいいわ。フラッグシップ・モデルをお願い」

それが七〇万円超の商品であると知ったうえでの発言だったが、睦月は事もなげにサングラスのテンプル《つる》を軽く叩いて言った。

「いいだろう。これと同じモノを予備にもうひとつ買ってあるから、それをくれてやる。さあ、海軍提督の山本五十六元帥《げんすい》がお待ちかねだぞ」


海上自衛隊山本三七十2佐の部屋は病棟の最上階である一二階の角に位置していた。

当然ながら個室だ。入院費は一日あたり四万円を超え、鬼怒川大学附属病院でもっとも高価な病室であった。

山本2佐は、この一カ月半の間、ここに軟禁されていた。睦月の話では支払いはすべて海上自衛隊が負担しているという。せめてもの補償のつもりなのか？

磁気カードでロックを開ける。さすがに室内は広かった。

体調管理ＡＩシステムを搭載したメディカル・ベッドだけでなく、ＩＨコンロとワイヤレス充電器が内蔵されたデスクも置かれ、清潔なリクライニング・ソファがそれを挟んでいた。当然トイレとシャワーの設備もあり、快適な入院生活が保障されている。

ただ、テレビだけは撤去されていた。心を病《や》んだ患者には、一方的に垂れ流しにされる情報は毒になることも多い。その危惧を排除するための措置《そち》だろう。

すると——懐かしい香りが鼻腔《びこう》をくすぐった。それが墨《すみ》の匂いだと弥生が気づく前に、居住者が話しかけてきた。

「蜂野洲先生が聞き取り調査のために若い女性を寄こすと話していたが、あなたがそうですか。申しわけないが少し待ってほしい。あと少しで書き終わる……」

山本2佐はソファに座り、こちらに背を向けたまま、卓上で筆を走らせていた。

ゆったりとした浴衣《ゆかた》の病衣を着ているが、背筋は鉄の棒でも通ったかのように真っすぐ伸びているのが印象的だった。筆の動きが止まるのを待ってから、弥生は訊《たず》ねた。

「山本さん。なにを書いておられるのでしょうか？」

「日記ですよ。記憶を遡《さかのぼ》り、どこでなにをしていたか思い出せるかぎり全部書けと蜂野洲先生に言われたものでね。最初は筆ペンというものを渡されたが、どうにも使いにくいので無理を言って硯《すずり》と墨を貸してもらった。やはり慣れたものがいちばんですな」

こちらに振り返った人物に睨《にら》みつけられた弥生は、瞬時にして総毛立つ感覚に支配されるのだった。

右頬に刻まれた深い疵痕《きずあと》に気圧《けお》されたのではない。眼差《まなざ》しにやられたのだ。令和初期を生きる者の眼光ではない。昭和初期の男が放つそれであった。

「君は……かなりの確率で蜂野洲先生の御令妹《ごれいまい》だと思うのだが、真相は如何《いか》に？」

ストレートな質問を繰り出してきた山本2佐に、こう返した。

「蜂野洲弥生です。睦月は八歳年上の兄です。私のことは聞いていませんか？」

「先生は必要最低限の情報しか僕に与えようとしないのでね。まあ、聞かずともわかる。君と蜂野洲睦月の顔には共通点がありすぎるよ」

違和感を抱く弥生だった。これまでずっと蜂野洲の兄妹はちっとも似ていないと言われ続けてきたからだ。

「お言葉を返すようですが、そんなに似通っていると自覚してはおりません」

「表情ではないんだよ。骨相が瓜二《うり》つだ。僕は水野《みずの》君というその道の達人にイロハを教えてもらったから、少しはわかるんだ」

「水野……もしや水野義人《よしと》さんのことでしょうか？」

それは海軍航空本部に嘱託《しょくたく》として雇用された奇妙な占術師だった。人相、骨相、手相を得意とし、航空兵の適性試験を任されていたという。

そして、水野を採用する最終判断を下したのが山本五十六だ。弥生は思った。これは想像以上に難敵だわと。防衛大学校を出た人なら山本五十六は全員が知っているだろう。でも、水野義人の存在を把握している人など、そうそういないはずだ。

山本2佐は相好《そうごう》を崩《くず》して言った。

「そうだよ。よく知っているね。海軍史の専門家と聞いていたが、嘘《うそ》じゃなかったみたいで安心した。それならきっと僕が死んだ日も教えてくれるだろうね」

「あなたは……山本三七十2佐はまだ生きていらっしゃいますよね？」

「それは、この肉体の本来の持ち主だね。僕だって自覚しているさ。別人の体を乗っ取ってしまったってね。目が醒《さ》めてすぐ気づいた。顔も違えば背も高い。痩身《そうしん》で頬に傷もある。いちばん驚いたのは、左手の指が五本とも揃《そろ》っていたことだ」

思わず息を呑む弥生だった。山本五十六は少尉候補生の頃、装甲巡洋艦〈日進《にっしん》〉に乗り組んで日本海海戦に参戦し、左手の人指し指と中指を失っていたのだ。

「つまり……山本三七十2佐の肉体に山本五十六元帥の霊魂が転生したと主張されるわけですか？」

「僕が体験したことをそのまま伝えてもいいが、どのみち信じてはもらえんだろう。改めて聞きたい。山本五十六が、いつ死んだのかを知っているかね」

「昭和一八年四月一八日。遺体は翌日に回収され、荼毘《だび》にふされたうえ、戦艦〈武蔵《むさし》〉で内地に運ばれました。お葬式は同年六月五日。国葬でしたよ」

露骨に表情を歪《ゆが》めてから、山本2佐は言葉を続けた。

「国葬か。大勢の将兵を死地に追いやった僕に、そんな資格などあろうはずもない。葬式も戒名《かいみょう》も不要だったのに。長岡《ながおか》の墓で静かに眠りたかったが、あんな奴と遭遇してしまった以上、まだ休めそうにないな……」

「あんな奴？　いつ誰に出会ったのでしょうか？」

「一式陸攻《いっしきりくこう》が墜落する最中、人ならぬ人の姿を見た。神か悪魔か仏か鬼かはわからないが、僕はそいつに命令されたんだ。〝IF《もしも》の世界でやり直せ〟ってね」

　妄想の設定としてはわかりやすいほうだ。弥生は推理を廻《めぐ》らせた。

　要するに、ひと昔前に出版界を賑《にぎ》わせた異世界転生モノの変奏曲《ヴァリエーション》にすぎない。山本2佐はそうした小説やマンガを読み込み、虚構と現実の違いがわからなくなってしまったか、あるいは意図的にそう振る舞っているのだろう。

「異世界に行くにはトラックに跳《は》ね飛ばされるのが定番ですよ」

「なにを言っているのかわからないねえ。とにかく、僕は現在のところ、間借り人としてこの体に居座り、違う世界で生を許されている。その意味を考えずにはいられない……」

　しばらくの間、沈黙を保っていた山本2佐だが、やがてこう切り出してきた。

「いまは令和という時代だそうだね。前が平成で、昭和はその前だと聞いた。それぞれの年号が何年続いたか知らないが、僕が生を得ていた頃より遥《はる》かな未来なのは確実だ。医療も格段に進んだらしい。肋骨が折れているそうだが、ニソキロンとかいう痛み止めは実に効《き》く。これだけでも別世界だとわかるよ。できることなら、この錠剤を買い占めてガダルカナル島に送ってやりたいものだなあ……」

「最悪の戦場と呼ばれた死の島ですね。連合軍の反攻作戦は昭和一七年八月から始まり、日本軍は苦戦の末、翌年二月に転進という名目の撤退を実施しました。死者は二万名弱。半分以上は戦死ではなく、餓死と病死であったと伝えられています」

「ふむ……君は本当に研究者なのだね。ここの看護婦に訊《き》いても、そうした類《たぐい》の話は全然してくれないからなあ。山本五十六という名前すら知らない者が大半だよ」

「無理もない話かもしれませんわ。玉石混交《ぎょくせきこんこう》の情報が飛び交《か》う現代で昭和史を学ぶ機会があるとすれば学校くらいですが、入試にあまり出題されないという理由で軽視されているのが現状ですから」

「看護婦ならば基礎教養があって然《しか》るべきだろう。日米戦争を始めた張本人だぞ」

「昭和は遠くなりにけり、です。それから、もう看護婦という表現は使われておりません。看護シと呼んでいます」

「婦人の婦という漢字が消えたのかい。武士の士になったのかな」

「師団の師です。女性だけではなく、普通に男性もいますから」

「そう言えば、医者には見えない男がかなりいたな。ナースも職務の半分は力仕事だから野郎が増えたのもわかるが、ちと多すぎるぞ。暴れる患者を押さえつけるためかな。ああ……なるほどね。得心がいった。つまり、僕は癲狂院《てんきょういん》に入れられたというわけだ」

「その単語も現在では許されません。メンタル・クリニックと呼称してくれませんか」

「言い換えたところで本質は変わらんよ。さっき君は山本2佐と言ったが、それは中佐と解釈していいのだろう。軍隊や軍人は侮蔑《ぶべつ》の対象となっているわけか。人前で口にすれば顰蹙《ひんしゅく》を買う立場になってしまったようだが、本当に相手の職業を尊重するのなら名詞ではなく待遇を是正すべきだ。給料さえあがれば、社会的な敬意などあとから勝手についてくるものさ」

「まるで政治家みたいな口振りですね。昭和一二年から海軍次官を務めておられたはずですが、ゆくゆくは総理大臣のポストも視野に入れていたとか？」

弥生の発言は的外《まとはず》れなものではなかった。海軍次官は数年後には海相を狙える地位だ。そして、海軍大臣から首相に選ばれた前例ならば五回もある。

山本2佐は頭をかくような仕草を見せると、言葉を選んで言った。

「僕は人望に富んでいるとは言えないからなあ。味方も多かったけれど、敵も多かった。総理になれても短命政権で終わっただろうさ。けれども、これだけは断言できるぞ。僕の就任中は一命を賭《と》してでも日米戦争には踏み切らないよ。仮に陸海軍が相打つ状況に突入したとしても……」

深みのありすぎる表情に、弥生は確信した。悪意ある詐病ではない。このひとは本気で自分を山本五十六だと思い込んでいるのだ。

「たしかにそうです。太平洋戦争の終盤を思えば、内戦をやらかしてでも開戦だけは阻止《そし》すべきでしたね」

「そんなに酷《ひど》い負けっぷりだったのかい」

「勝ったのかと訊ねないのはさすがですね。兄や看護師から終戦に到るまでの悲劇を教わっていないのですか？」

「蜂野洲先生は意図的に情報を与えないようにしている。僕が山本五十六かを試すような質問はしてきたが、回答は寄こさないんだ。看護婦さんは歴史に疎《うと》いひとばかりで、日本とアメリカが戦争したことすら知らないのもいたね。それに正直に言えば、積極的に知りたくはない。おおよその結末は読めているし」

「興味深いですね。山本五十六は自分の死後、つまり昭和一八年春以降の戦局をどのように読んでいたのでしょうか？」

「僕の後継は序列からして古賀峰一《こがみねいち》だろう。彼なら積極策は採らないな。攻勢限界線を見極め、絶対防衛線をマリアナあたりに設定するはずだ。基地航空隊と空母艦隊を統一して機動防御を試みたはず。

　しかし、連合軍の物量作戦に圧迫され、グアムやサイパンといった要地は奪われてしまうだろう。そこから四発の長距離爆撃機が内地を襲う。敵はフィリピンを無視し、沖縄か台湾に上陸。その頃には連合艦隊も壊滅していよう。継戦能力を失った日本は、もう白旗を掲《かか》げるしか手があるまい」

　弥生にとって、その回答は想定内であった。かなりの精度で歴史に迫っていたが、山本

2佐が自分の記憶をもとに構成しただけにも思える。

彼女はここでカマをかけてみることにした。

「本土決戦が強行されましたよ。アメリカ軍は鹿児島と千葉に上陸し……」

「それは嘘だね。陸軍の好戦的な連中が一億総決戦を叫ぶかもしれないが、その前に御聖断が下るだろうさ。それに、この国はまだ日本と名乗っているし、北海道から沖縄まで統一国家として統治されているようだ。連合軍に分割占領されていたならば、ここまで平和で住みよい社会であるはずもない。

窓外を刮目《かつもく》したまえ。数え切れないほどの自動車と、病人を運ぶ回転翼機が見えるね。日本が敗戦から復興した揺るぎない証拠じゃないか。

もちろん代償は大きかったはずだ。どれだけの国民が死地に追いやられたかを知れば、僕は再起不能になるだろう。実際、もう再起不能にかぎりなく近いけどね」

「人間はどのような状況下でも現実を直視する勇気を持たなければなりません」

弥生はバッグからμパッドを取り出し、ヴォイスGPTを起動した。

「太平洋戦争の概略を開戦から終戦まで箇条書きで表示して。テキストは二〇〇〇文字以内でお願い」

音声入力から数秒と経たないうちに、有機ELディスプレイに文字情報が表示された。

弥生はμパッドを裏返してから、それを手渡した。

「あなたが山本三七十ではなく、あくまでも山本五十六を名乗るのであれば、これが読めるはずです」

山本2佐は沈黙のうちにタブレットを受け取ると、

「看護婦たちが四六時中触っている硝子《ガラス》の板と同じモノだね。持ち運びができる百科事典みたいなモノだと聞いた。情報を表示する機械なのだろうが、壊《こわ》すと言って触らせてくれんのだ。いいのかい？」

「古い型ですから駄目になっても惜しくはありません。それに新しいのを兄からせしめる予定なので」

弥生が対面のソファに腰を下ろすのと同時に、彼はμパッドをひっくり返し、視線を画面に落とした。

入院患者にしては良好だった血色が秒単位で闇に包まれていく。凝縮された真実の羅列《られつ》に耐えきれるかで、この人物の真贋《しんがん》が見極められるかもしれない。

そう考える弥生をよそに、山本2佐は双眸《そうぼう》に大量の涙を浮かべると、人目を憚《はばか》らず嗚咽《おえつ》を漏《も》らし始めた。

「本土空襲で四一万人が死亡……広島と長崎が原子爆弾によって消滅……進駐軍が帝都を蹂躙《じゅうりん》……」

絞《しぼ》り出せた言葉はそれだけだった。頬の縫合《ほうごう》に涙が滲《にじ》み、照明で乱反射している。異形《いぎょう》かつ異様な姿を目撃した弥生は、異世界からの来訪者という途方もない可能性に、信憑性《しんぴょうせい》の欠片《かけら》を見いだしたのだった。

肩で息をしながら号泣《ごうきゅう》する男は、絶対に海上自衛官ではなかった。かつて存在した帝国海軍に所属していた軍人でなければ、ここまでの反応は示さないだろう。

ひとしきり差《さ》し含《ぐ》んでいた山本2佐だが、やがて落ち着きを取り戻した、弥生は冷蔵庫から冷えたお茶を出し、湯飲みに注《つ》いで机に置いた。それをひと息に呷《あお》ってから、彼は静かにこう語り始めた。

「いま僕は悟った。現世《うつしよ》と冥府《めいふ》の狭間《はざま》で会った奴の真意を。あいつは、悪しき未来をやり直せと言った。よろしい。ならば完璧にやり直して御覧に入れようじゃないか」

射竦《いすく》めるような視線を繰り出してきた山本2佐は、こう言い放ったのだった。

「勝つにはまず情報だ。弥生さん。これからいろいろとお願いするが、まず最初の頼みがある。この硝子板を譲ってほしい。ロハとは言わない。この日記を進呈しよう。昭和史の研究家であれば興味があるはずだ」

手渡された帳面は崩し字で書かれており、部分的にしか読めなかった。日付は昭和一八年四月一八日から始まり、月日を逆行する形で書かれている。いったん画像データにしてから光学文字認識《OCR》ＡＩに解析させれば、簡単にテキスト化できるだろう。

弥生は少しだけ迷った。骨董品のμパッドなど惜しくはないが、ネットの怖さを知らない初心者に貸し与えて大丈夫だろうか？

　しかし、考えてみればこのタブレットは電書専用機だし、銀行と紐付《ひもづ》けもしているが、口座残高は一万円弱。適当に使われてもダメージは少ない。

「いいでしょう。取引成立です。それは硝子板ではなくタブレットと呼んでください。簡単に使い方を教えます」

「電源の入れ方と電池の充電方法だけでいいよ。あとは触って覚えるから。普及しているところを見れば、誰でも扱える設計になっているはずだ。君が話しかけて動いていたから、音声で命令入力ができるんだろう。

　物凄《ものすご》い発明だ。特許を取った奴は億万長者になったに違いない。この時代の若人《わこうど》が羨《うらや》ましいぞ。瞬時に情報にたどり着ける道具があるのだ。勉学も効率的にできるだろう」

　それが理想的な使用法だが、現代人は食事や猫の写真を撮ってＳＮＳにアップしたり、人の悪口を書き散らしてばかりだとは、とても恥ずかしくて言えなかった。

「山本さん。あなたとの会話は主治医の兄に逐一《ちくいち》報告しなければなりません。あるいは、そのタブレットは没収されるかもしれませんが」

「構わないよ。まあ、その心配はないけれどね。どのみち盗み聞きされているんだ。駄目なら、すぐ看護婦が飛び込んで来たはずさ」

　覚悟だけでなく、洞察力も半端《はんぱ》ではないようだ。これ以上、ここにいては丸裸にされる危険さえある。いったん退《ひ》かなければ。

「情報収集の邪魔をしたくありませんので、今日はこれで。近いうちに必ずまた来ます。なにか希望するものは？」

「できるだけ早く退院したいから、その旨《むね》を賢兄にお伝え願えれば幸いだ」

ナースセンターを通過しようとしたとき、そこから出てきた睦月に呼び止められた。

「厄介なことをしてくれたものだな。できるだけ外界の情報をシャットダウンし、内省を促すつもりだったのに」

「やっぱり覗《のぞ》き見をしていたのね」

「当然だ。この病院に防犯カメラのない病室などない。自殺だけは防がなければならないからな。それにしても愛用してたタブレットをくれてやるとは。μグラスをねだられたときから予測しておくべきだった」

「どうします？　力づくで取りあげる？」

「できないとわかっているくせに聞くな。まあ、いい頃合いかもしれないな。山本2佐が未来の記憶とやらに触れ、どんなリアクションをするかで治療方針が決まるから。会話に一貫性さえ現れれば、海上自衛隊からの要望を却下《きゃっか》できようし」

「山本さんの雇用主は、どんな厄介事を言ってきたの？」

「成年被後見人に指定してくれとさ。昔風に言うならば禁治産者だな。責任能力がないという恰好にしてしまえば、国民にも北京にも言い訳ができるそうだ」

自己防衛に走る組織がどれだけ卑怯《ひきょう》になるかを思い知らされた弥生は、睦月にこう願い出るのだった。

「もっと山本2佐のことが知りたいわ。あのひとの家を調べなきゃ。本棚さえ見れば、そのひととなりがわかるから……」

3　官舎

――二〇三X年六月一四日　午前一一時三〇分

尋常《じんじょう》ならざる山本三七十2佐との出会いから九日後のことである。

蜂野洲弥生は横須賀市鴨井《かもい》に向かっていた。海上自衛隊の官舎が居並ぶ地区だ。以前は古めかしい団地であったが、数年前に立て直されて綺麗《きれい》になっていた。

もっと早く訪れたかったが、睦月が裏から手を回してくれたにもかかわらず、許可がなかなか下りなかったのだ。海上自衛隊はよほど山本2佐に触れてほしくないらしい。

事前に連絡しておいたため、官舎の管理人が待っていてくれた。七〇を過ぎた女性で、やはり海自のOBであった。

名前は廻山梅子《まわりやまうめこ》。八戸《はちのへ》航空基地隊の経理隊長を定年まで勤めあげ、そのまま嘱託《しょくたく》として、ここの管理人に就任したようだ。

本人から聞き出したわけではない。管理人に会った瞬間に、それらの情報がμグラスの視野にディスプレイされたのである。

黎明《れいめい》期に存在したヘッド・マウント・ディスプレイ《HMD》とは違い、μグラスは完全に眼鏡型の個人端末だ。バッテリーを埋め込んでいるためテンプルの部分が太いが、外見は一般的なサングラスと大差ない。

ただし、性能は革命的と称すべき代物であった。建物や交通機関など、目に見えるモノすべてに注釈がリアルタイムで表示されると、万能感に近いフィーリングを堪能《たんのう》できた。

重宝したのは個人特定システムだった。他人の顔に興味がなく、覚えるのが苦手《にがて》だった弥生にとって、相手の名前とプロフィールが表示されるのは大助かりであった。

顔認証のシステムはここ一〇年で飛躍的に進化しており、整形手術を施したあとであっても九割九分の確率で個人の特定ができる。

プロテクトをかけていれば名前の表示は制限可能だが、ネット第一世代は各種ＳＮＳの登録を放置している場合も多く、そこからデータが引っ張れた。

この世代だが、なにがなんでも個人情報を死守しようとする者は少ない。むしろ逆に、名前すらオープンにできない奴は信用を得られなくて当然と考える。

廻山梅子もそうした思いを抱いていたのか？　それとも単に無用心なだけか？

すぐに後者だとわかった。管理人は質問する前から勝手にいろいろと話してくれたのだ。

「山本さんは独り身でしてねえ。以前は妻帯者でしたが、離婚したんですって。なんでも奥方は陸自のヘリコプター搭乗員と駆け落ちしたって話ですよ。いいえ、子供はいませんでした。山本さんは買ったばかりのマンションを売却し、財産をきれいに折半してからここに引っ越してきたんです。もう七年も前になりますかねえ。ああ、そこの奥の部屋です。電子鍵はいま遠隔操作で解錠《かいじょう》しました。終わったら管理人室までお声がけください」

二階の角部屋の扉を開けると、すぐ異臭が漂い始めた。ドアストッパーを挟み、空気の入れ替えを図《はか》る。明らかなペット臭だと気づいた頃、かん高い鳴き声が聞こえてきた。

「ヨーソロー。オカエリ。ヨーソロー。オカエリ」

声の主はセキセイインコだった。窓際近くの梁《はり》に鳥籠《とりかご》が吊《つ》るされており、そのなかで一羽の小鳥が賑《にぎ》やかに鳴きわめいている。

孤独の寂しさを紛《まぎ》らわせるために、ペットを飼う単身者は多い。犬や猫、熱帯魚と比較して小鳥は手がかからないとは聞くが、誰が餌《えさ》を与えている？　やはり管理人だろうか。

室内は、いかにも質実剛健な独身男性の居住者用といった造りであった。清潔感に満ち、無機質かつ機能的。壁にはカレンダーすらない。

戸棚や机の引き出しも開けてみたが、タブレットやスマホの類《たぐ》いもなかった。情報漏洩《ろうえい》を恐れた海上自衛隊が、一時的に没収したと考えるべきだろう。

本棚に近づいてみる。複数のカラーボックスには軍事関係の書籍が詰め込まれていた。戦史と兵器に大別され、几帳面《きちょうめん》に時代ごとに分類されている。

目についたのはフォークランド紛争以降の現代戦を扱った書籍だった。湾岸戦争およびイラク戦争など、アメリカ海軍が空母艦隊を投入した戦場に関する資料が揃《そろ》っていた。

だが、弥生が期待した太平洋戦争や帝国海軍に関する文献は、通史を扱った薄いムック本が数冊あるのみだった。いわゆる架空戦記と呼ばれる娯楽本が数冊あったが、これだけで山本五十六になりきるのは難しい。旧海軍の知識はどこで得たのだろうか？　電子本をタブレットで読んでいたとか？

すでに弥生は詐病の可能性は薄いと思い始めていた。

根拠となったのは、山本2佐が提供した日誌である。年月日を遡《さかのぼ》って綴《つづ》られたそれは、あくまで山本五十六が筆を取った体裁《ていさい》になっており、帝国海軍に通暁《つうぎょう》する者でなければ知り得ない情報に満ちていた。

連合艦隊司令部の面々の動向やラバウルを訪れた陸軍将校はもちろん、戦闘で落命した搭乗員の名前までが事細かに書き込まれている。記録と突き合わせてみたが、間違いは皆無と評してよいレベルだった。記憶だけでここまで再現できるとは思えない。

弥生が着目したのは「い号作戦」に関する記述だった。昭和一八年四月七日から一週間にわたって実施され、のべ六八三機もの海軍機が投入された一大航空撃滅戦である。
ガダルカナルやポートモレスビーなど連合軍の要衝に対しての空襲であり、山本2佐は大成功と強調していたが、戦後の調査では戦果の割に損害が大きく、痛み分けと評するのが妥当《だとう》とする意見が強い。

資料本を丸暗記しているだけなら「い号作戦」が金的を射当てたとは評せないはずだ。山本2佐の歴史認識と我々のそれは微妙に違いがある。

まるで山本五十六本人しか知り得ない事実であるかのような……。

「そこにいるのは誰？」

不意に呼びかけられた弥生が振り向くと、肥満体と称しても文句は言えない外見の女性が玄関で仁王立ちとなっていた。手にはホームセンターのマークが印刷されたビニール袋を提《さ》げている。

相手も廉価版《れんかばん》ながらμグラスを使用しており、アクセス許可を求めてきた。弥生は目線でパーソナル・データの提供レベルをミニマムに切り替え、データを共有させた。

「山本2佐の主治医の代理人です。患者が保有する資料の確認にお邪魔しております」

相手のデータが表示された。女性自衛官《WAVE》の笠松絹美《かさまつきぬみ》1尉とだけある。外見からはとても自衛官には思えない。広い額を前髪で不自然に隠しているのが印象的だった。山本2佐の関係者だろうか？

「蜂野洲……さん。下の名前は未公開と。露呈すると困る立場なのですか？」

率直に言ってイエスなのだが、相手が手の内を曝《さら》しているのだ。弥生はここで拒絶するほど卑怯ではなかった。提供レベルをミニマムから一段階あげると、笠松1尉はすぐさまこう言い放った。

「ああ、セクハラされて議員秘書を辞めたひとですか。あれは災難でしたね。いまは略伝パブリッシングに在籍……ということはマスコミ関係者。要するに私たちの敵ですね。ここにあなたの求めるモノはなにひとつありません。早急にお引き取りを」

「ちょっと待ってください。こっちは正式な許可を得て入室しました。あなたはどのような権限のもと、ここにいるのでしょうか」

笠松1尉は淀みなく答えた。

「権限ではありません。義務に基づいての行動です。私には護衛艦〈みょうけん〉乗組員九〇名を代表し、艦長が復帰なさるその日まで、この部屋をベストな状態にキープする責任があるのです」

彼女は弥生の脇を通り過ぎ、鳥籠へと向かった。持参していたのは小鳥の餌だ。慣れた手つきで水と餌を補充し、鳥籠の底の新聞紙を取り換えた。セキセイインコはその間も忙《せわ》しなく喋《しゃべ》り続けている。

「ヨーソロー。オカエリ。ヨーソロー。オカエリ」

ペットと縁のなかった弥生にとっては耳障《みみざわ》りにも思えたが、寂寥《せきりょう》を埋めてくれる存在であるのは確実だった。

「そのインコは山本2佐が飼っていたのですか？」

「教えません。どうせマスコミは『小鳥とばかり遊び、他者との交流を拒《こば》んだ結果、頭がイカれてしまった哀れな海上自衛官』とか書くでしょうから。私は一切の情報提供を拒みます」

どうもマスコミを蛇蝎《だかつ》の如く忌《い》み嫌《きら》っているらしい。まあ、〈みょうけん〉の関係者なら、無理のない話かもしれない。

ブーゲンビル島沖海戦――この呼称すら新聞各紙は避忌《ひき》していた――を伝えるマスコミの姿勢は、確かに決めつけと偏見と忖度《そんたく》に満ちていた。

今回の悲劇は、すべて山本三七十艦長の命令無視が導いたものであり、日中両国政府に一切の咎《とが》はないと。また山本艦長は精神に異常を来《きた》しており、長期間の裁判にも耐えられないため、誰も処断されることはないと。自衛隊は軍隊ではなく、従って軍事法廷も軍法会議も開廷されない。すべては終わったことであると……。

誰ひとり責任を取らない日本社会の悪癖を煮詰めたような現実に、笠松1尉は心底嫌気《いやけ》が差しているのだろう。マスコミがその一翼を担《にな》っているのもまた事実だ。憎悪《ぞうお》の対象とされるのも仕方ない。

こうした輩《やから》を振り向かせるには実利あるのみ。弥生はこう切り出した。

「先日、山本2佐と直接会話をしました」

相手が凝固するのを確認してから、追撃を繰り出した。

「パーソナル・データに書かれているとおり、兄の睦月は鬼怒川医科大学附属病院の精神科副部長です。私は昭和史の専門家としてスカウトされ、山本2佐と面談しました。もちろん治療の一環ですよ。彼のバックボーンをより深く理解するため、こうして自室を訪ねたところなのです」

「艦長はもう話ができる状態なのですか!?」

食い気味に距離を詰めてきた笠松1尉に、弥生は真実の一端を告げた。

「肉体的には健康体に近いです。ただ、精神が混乱しています」

「会わせてください！」

「あいにくですが、面会謝絶は継続しなければなりません。彼は自分のことを山本三七十だと自認できていないのです。恐らく、あなたを認識できないでしょう」

まさか山本五十六を名乗っていると言うわけにもいかず、弥生は情報をそこで制限するのだった。

「治療をよりよい方法へ導くため、患者の過去を詳《くわ》しく知らねばなりません。笠松1尉、あなたは山本艦長の部下だったのですね。それなら、是非ともお話を聞かせてはいただけませんか」

憤怒《ふんぬ》と混迷を極めた表情でこちらを睨《にら》んでいた笠松1尉だったが、

「書くなというのは無理ですよね。ならば、すべて解決するまで一切を公表しないと約束してください。それなら教えます」

と申し出てきた。弥生は肯《うなず》くと、こう断言するのだった。

「もちろんです。わたしは主治医の代理として来ているのです。守秘義務のなんたるかは熟知しています。山本2佐が心身ともに完治し、本人の許可が得られるまで記事にはしません。それに公表するとしても、山本2佐に筆を取ってもらい、回顧録という恰好にしたいと考えています」

笠松1尉は沈黙したまま冷蔵庫を開け、ミネラルウォーターを二本取り出すと、食卓にそれを置いてから言った。

「ますは文明人らしく座るべきです。長い話になります」

笠松絹美1尉は、堅苦しい口調ではあったが、話し始めると饒舌《じょうぜつ》であった。たぶん、話し相手に飢《う》えていたのだろう。

聞き出す能力に長《た》けていると自負する弥生は、わずか十数分の会話で山本三七十2佐の人物像が理解できたと断じるまでになっていた。

真っ先に聞き出したのはブーゲンビル島沖海戦における山本2佐の指揮ぶりだ。新聞やテレビでは、山本2佐の命令違反を強調するばかりで、実情は藪《やぶ》のなかであった。

護衛艦〈みょうけん〉の艦橋《ブリッジ》で操舵を担当していた笠松1尉の証言を信じるかぎり、現実は想像の数段階上を行く凄惨《せいさん》なものであったらしい……。

「つまり、山本艦長は〈みょうけん〉が被弾すると判断し、迎撃を命じたのですね」

「そうです。与党と防衛省、そして中共海軍は威嚇《いかく》目的の無弾頭ミサイルをキエタ射場へ発射したと主張していますが、大嘘です。艦長の決断がなければ〈みょうけん〉は沈み、大勢の殉職者《じゅんしょくしゃ》が出ていたはず。怪我人《けがにん》こそ生じましたが、九〇名の乗組員がひとりも欠けることなく帰投できたのは、すべて艦長の功績です」

「艦橋配置員が負傷したと聞きました。もしやあなたも？」

笠松1尉は前髪をかき上げ、額を見せた。そこには大きな裂傷ができていた。縫合痕《ほうごうこん》が痛々しかった。

「破片でやられましたが、大したことはありません。居合わせた五名のうち、重篤《じゅうとく》だったのは艦長のみ。敵弾の残骸《ざんがい》が艦橋へ落下してきたのですが、爆発はしませんでした。無弾頭という主張だけは、あるいは事実だったのかも」

「フリゲート艦の〈みょうけん〉も調査したいのですが、いまどこに？」

「岡山の玉野《たまの》でドック入りしていますが、取材の許可は絶対に出ません」

「どうしてそう言い切れるのです？」

「乗組員である我々でさえ帰艦を許されていないからです。ブーゲンビル島沖海戦を経験した九〇名は散り散りにされ、地上勤務か他の同型艦に転属させられています。どうやら〈みょうけん〉は廃艦となり、実弾射撃の標的として海没させられるようです……」

政府与党の自立民権党は本気で臭《くさ》いものに蓋《ふた》をする気らしい。現実の脅威である中共を恐れるあまり、真実を闇に葬《ほうむ》る腹づもりなのだ。

そこまで言い終わると、笠松1尉は右手で前髪を直した。女性である以上、額の傷に無《む》頓着《とんちゃく》ではいられまい。弥生は親切心で言った。

「皆さんの怪我が軽くて幸いでした。しかし、その程度の傷であれば、整形で跡形もなく治せますが……」

「あえて放置しています。鏡を見るたびに悔《くや》しさを思い出すためです。艦長の冤罪《えんざい》が晴れるその日まで、わたしはこの傷を抱えて生きる覚悟。この身だけではありません。〈みょうけん〉の旧乗組員は心をひとつにしています。今後なにがあろうと全力で艦長をサポートすると。絶対に懲戒《ちょうかい》免職処分になどさせるものですか！」

それは自衛官が受ける処断のうち最悪のものだった。アメリカ軍で言うところの不名誉除隊だ。すべての権利を剝奪《はくだつ》され、犯罪者扱いで放逐《ほうちく》されてしまう。

弥生は笠松1尉の台詞《セリフ》に、自衛官というよりも女性としての意地を感じ取った。目的が達成されるまで、彼女はあらゆる説得を押しのけてしまうだろう。

「もうひとつ教えてください。山本2佐は旧帝国海軍に詳しかったのでしょうか？」

眉《まゆ》を少しだけひそませてから、笠松1尉は答えてくれた。

「常識として知見は得ていたでしょうが、浅く広いものではなかったでしょうか。そこの書棚を見ればわかるように、艦長は現代戦の研究に注力していました。帝国海軍に関するデータは、船務士の大南《おおみなみ》2尉に訊ねていたようです。彼はそちらの専門家ですから」

「では……艦長の口から山本五十六という名前を聞いたことは？」

「記憶しているかぎり一回もありません」


笠松1尉とμグラスで連絡先ナンバーを交換した弥生は、管理人へ挨拶をすませると、駐車場に向かった。

もう聞き出せることはないだろう。被弾時に艦橋にいた残りのメンバーを捜し出し、話の整合性を確保したいところだが、笠松1尉の態度を見るかぎり、その必要も薄い。まずは帰宅して睦月へ提出するレポートに着手しなければ。

生体認証が通り、勝手に助手席のドアが開いた。シートに腰を落ち着けると、すぐさま弥生は命じた。

「クレィン。エンジン始動。完全自動運転で自宅へ向かって」

了解を意味するチャイムが鳴った。普通は合成音声が流れるが、弥生はそれを毛嫌いしており、重要度が高くないものは電子音ですませている。

シートベルトを固定すると同時に、μグラスに遠隔充電開始のメッセージが流れ、すぐさま全自動運転車《クレィン》が走行を開始した。

視線でアイコンを操作し、テキスト化した山本2佐の日誌を開こうとした瞬間だった。

クレィンのヴォイス・アシスタントがやわらかい男性声優の声で、こう言ったのである。

『重要度の高いメールを受信しました。μグラスに表示しますか？』

初めて聞く案内だった。弥生はすぐさま聞き返した。

「送信元はどこ？」

『NCA——日本セントラル競馬会からです』

わけがわからなかった。弥生はギャンブルに疎《うと》く、手を出したことがないのだ。

その昔、迷惑メールという厄介な代物がネットを駆け巡《めぐ》っていたと聞いている。しかし、マイナカードの導入後に普及し始めたネクスト・ウェブ4・0で徹底対策が施され、被害はゼロに近くなっているはず。あるいは新手が蠢動《しゅんどう》でも始めたか？

「ウィルス・チェックにかけて。問題がなければ表示して」

一秒とかからないうちにテキストが現れた。内容も別に警戒すべきものではなかった。

馬券の高額配当を称えつつ、来年の確定申告に自動で登録できるサービスがあるので、活用を検討されたいと書かれていただけだ。

　文末でリンクが点滅していた。誘導先の安全が確保されていなければ、絶対に表示されないはずだ。弥生が瞬《まばた》きでクリックすると、オンライン・ゴールド銀行のホームページが表示された。

　一万円を切っていたはずの預金残高が三〇〇万円を超えていた。

　心当たりなどまったくない。しかし、この事態を招いたであろう人物の顔は浮かんだ。同時に後悔が胸に去来した。タブレットを貸したのは大間違いだった。

「クレィン。行き先を鬼怒川大学附属病院へ変更。高速を使っていいから、可能なかぎり急いで！」

第二章　提督、ラスベガスを征服

――二〇三X年六月一四日　午後四時三〇分

1　出馬宣言

『第四コーナーを曲がったところで先頭は二番のライスシャマランだ。およそ一馬身差のリードは変わらず。外側から追走するのは九番のイーストオーシャン。さらに二番のミスチービーも続く。直線に入ったところで各馬いっせいに鞭《むち》が入った。内枠から抜けだしたのは六番のオシボリクバルフ！　これは意外すぎる展開！　物凄《ものすご》い差し脚だ！　七番人気のオシボリクバルフ、そのまま一着でゴールイン！　二着はライスシャマランか、それともイーストオーシャンか。これは写真判定でしょう。確定までしばらくお持ちください』

病室に鳴り響いていたのは競馬の実況中継にほかならなかった。アナウンサーの興奮しきった声をよそに、山本三七十《やまもとみなと》2佐は冷静さを極《きわ》めた表情でμ《ミュー》パッドを見据えていた。

「単勝と複勝、枠連と三連複を取ったか。まず二〇倍は堅いが仕込みが少なすぎた。これじゃあ、実入りはしれたものだな」

蜂野洲弥生《はちのすやよい》はツカツカと歩み寄ると、大声を張りあげた。

「山本さん！　私の口座でいったいなにをやってるんです！」

悪びれた様子も示さずに、山本三七十はこう返すのだった。

「まあ、そう怒りなさんな。きちんと色をつけて返すから。でも、なぜわかったのかね。僕が馬券を買っていると」

「銀行から連絡が来たんです。来年納付分の税金に気をつけろと。ずいぶん儲《もう》けたみたいですね」

「この時代、大卒の初任給は三〇万円弱だろう。その一〇倍じゃ、大したことはない。それにしてもこのタブレットとやらは便利すぎるな。馬券が遠隔で買えるし、その生中継まで見られるとはね。情報産業革命、ここに極まれりだ」

弥生は卓上で充電中のμパッドに手を伸ばした。画面は見たことのないアイコンで埋め尽くされている。様々なウェブサービスを勝手に導入したようだ。日本セントラル競馬会の馬券購入アプリが、タップしやすい角地にセットされていた。

「馬券を買うには銀行口座を登録しなければならないはずです。私の暗証番号をどうやって手に入れたのですか？」

「看護婦から銀行のそれは四桁の数字だと教えてもらった。次に、こう聞いたんだ。暗証番号に使ったら危険とされているのは、どんな数字かなと。何人かに訊《たず》ねたが、答えは一緒だった。生年月日か自動車のナンバーは使わぬほうがよいことになっているらしい。

要するに、それを使っている輩《やから》が多いというわけだ。君の誕生日はわからないが、それとなく訊《たず》ねたところ、睦月《むつき》先生は……」

「ええ！　そうです！　一〇月一八日！　兄の生年月日を暗証番号に登録したのは本当に迂闊《うかつ》でした！」

「兄妹の間柄が親密なのは結構なことじゃないか。怒りの矛先《ほこさき》を過去の自分に向けるのは建設的ではないよ。変化した状況を活用し、未来に繋《つな》げる道を模索すべきだ」

実に楽しそうな山本2佐を横目に、弥生はμグラスに日本競馬の歴史を簡単にまとめてと小声で指示した。

山本五十六が博奕《ばくち》に精通しており、ブリッジや将棋《しょうぎ》に強かったのは知っていたが、競馬に詳《くわ》しかったか否《いな》かまでは知見がなかったのである。

すぐさまテキストが表示されてきた。予想はしていたが、競馬と軍の関連は深い。特に旧陸軍は馬匹《ばひつ》を安定確保する必要から、競馬法の制定を強く要請し、大正一二年にそれは現実化した。明治時代には合法と非合法の境目を行き来していた馬券だが、ここにお咎《とが》めなしとなり、競馬人気は急上昇していった。昭和七年には第一回東京優駿大競走——日本ダービーも開催されている。

娯楽の少なかった時代だ。山本五十六が競馬を嗜《たしな》んでいても不思議はない。弥生はダイレクトに質問をぶつけるのだった。

「それだけ的中させているということは、山本さんは競馬にも詳しいのですか？」

「博奕はなんでもござれさ。大手を振ってできるギャンブルは実にありがたいね。僕の頃は単勝と複勝だけだったが、馬券もずいぶんと種類が増えている。おかげでちょっと稼がせてもらったよ」

もういちどμパッドを検分した弥生は新聞購読アプリ内に複数の競馬新聞を見つけた。

「競馬はまったくわかりませんが、これで本命や穴馬を決めたりするのでしょうか」

「それは参考にしかならないね。必勝法は別にあるよ」

「後学の参考に教えていただけますか」

「八百長《やおちょう》さ」

事もなげに断言した山本2佐は、立て板に水を流す勢いで語った。

「令和の現在、競馬は国営のセントラル競馬と自治体運営のローカル競馬に分かれているね。さすがにお国がやってるほうじゃ無理だろうが、田舎じゃ融通《ゆうずう》がまだ効《き》く。競馬でいちばんの権力者は誰かわかるかな。やっぱり馬主なんだよ。連中はライバルで敵対しているかのように見えるが、実際は相互依存している。一方的に勝ちすぎると、怨《うら》みを買うからね。丹念に記録を調べたところ、馬主で勝ちを回しているのがわかった。なんのことはない。昔から全然変わっていないな。それに気づけば、勝ち馬は自動的に見えてくる。相撲《すもう》部屋が星の貸し借りをやってるだろう。あれと同じさ」

「申し訳ないのですが、大相撲《おおずもう》にもあまり詳しくはないのです。それにしても、どうしてギャンブルなんかに手を出したのですか」

「決まってるだろう。軍資金の調達だよ。現在の僕は停職中に等しい身分だから、俸給《ほうきゅう》はさして期待できない。稼ぐには博奕しかないじゃないか」

「軍資金……いったい何をする気なのです？」

「なすべきことをさ。この時代に再び生を得た人間として、やらねばならんことが山ほどある。そのためには現金がいくらあっても足りやしないよ。競馬は足がかりさ。旅費を確保したらモナコに出向き、カジノを何軒か破産させてみせよう」

山本五十六が若き頃からギャンブルを嗜《たしな》んでいたのは弥生も把握していた。大正一二年にヨーロッパに出張した際、南仏に位置するモナコ公国を訪れて博奕に没頭。あまりにも強すぎるためカジノから出禁を頂戴《ちょうだい》したという逸話が残っている。

「訪欧したとき、どなたと御一緒でしたか？」

「軍事参議官の井出謙治《いでけんじ》中将。帰国後に昇進したが、昭和五年に退役《たいえき》されたはずだ」

弥生は直感した。そこまで空《そら》で言えるのは、私と負けず劣らずの専門家か、そうでなければ山本五十六本人かだと……。

「井出さんはいつ天に召されたのかな。ヘイ！　タブレット！　海軍大将だった井出謙治は昭和何年に亡くなっている？」

すぐにμパッドが音声で解答を寄こした。

『海軍軍人だった井出謙治氏は昭和二一年に七六歳で死去しています』

タブレットに小さく合掌《がっしょう》してから、山本2佐は続けた。

「敗戦を見届けてから靖国《やすくに》に旅立たれたか。実にあの御仁らしいな。無責任にも、三年も早く死んでしまった自分が恨《うら》めしい。ならばこそ、次は絶対にしくじらんぞ。破滅に瀕《ひん》したこの国を救うには、僕が起つしかないようだ」

山本2佐は弥生に向き直り、一礼してから、こう申し出たのだった。

「弥生さん。僕は日本の手綱《たづな》を取る立場に戻りたい。どうか力を貸してほしい」

「具体的に、なにをする計画なのでしょうか」

「次の衆議院議員選挙に立候補し、代議士として永田町に殴《なぐ》り込みたい」

求めていたなかで最悪に近い回答に、弥生は軽い目眩《めまい》を覚えた。かろうじてソファへと腰を落ち着け、こう聞き返す。

「私が国会議員の秘書だったことは検索ずみなんでしょう」

「尻を触られて辞《や》めたそうだね。二回、驚かされたよ。最初は、それくらいでせっかくの秘書という地位を投げ捨てるのかと呆《あき》れ、次に令和では大変な罪になると聞かされて驚愕《きょうがく》した。昭和ではじゃれ合いの一種だったものだが、時代は変わったのだな。郷に入っては郷に従えだ。約束しよう。僕は君の体には、許可なき場合、指一本触れぬようにする。だから秘書として国会に戻ってほしい。経験と知恵を僕に貸したまえ」

奇想天外すぎる申し出に、弥生は呼吸を整えてから、こう答えた。

「山本さん。あなたはメンタル・クリニックに入院中の身です。旺盛なチャレンジ精神には感服しますが、まずは心と体を充分に癒《いや》すことが先決です」

「それじゃ時機を逸する。調べたが、この時代は障害者に優しい社会じゃないか。自分で動くこともできないような大病を抱えつつも議員となり、活躍している者がいる。当選は同情票が多かった事実を差し引いても、純粋に凄いと思うぞ。僕は健康体だし、神経もやられちゃいない。ただ、山本三七十という個性が欠落しているだけだ。これは致命傷とはなるまいさ」

「いいえ。それが回復しないかぎり、兄は退院許可を出さないでしょう」

「思い出した演技ならできるし、そもそも身元引受人さえいれば退院は可能なはずだ」

「私にその役目を期待されても困ります」

「主治医の妹ではないか。保護者としてはうってつけだ。他人の行為に甘えてばかりなのは自覚しているが、こうでもしなければ手遅れとなってしまう」

「手遅れ？　なにがでしょうか？」

山本2佐は問いかけに応じず、片目を閉じた。頬《ほお》が歪《ゆが》み、そこに刻まれた裂傷が陽光に照らされ際立《きわだ》って見えた。彼は視線を落としたまま、自らに語りかけるように言葉を絞《しぼ》り出した。

「このまま座していれば、日本は再び敗戦の憂《う》き目《め》に遭《あ》う。いま動き始めても、間に合うかどうかは微妙なのだ。次に負ければ、日本は自治を失い、属州のひとつにされてしまう。それは民族の終焉《しゅうえん》を意味する……」

「中国と戦争になると言いたいのですか。可能性は極めて小さいはずです。もし火を噴《ふ》くとすれば台湾でしょう。つまり、共産党に追われた蔣介石《しょうかいせき》率いる国民党が……」

「戦後の極東情勢は頭に入っているよ。中共にとって台湾併合は国是《こくぜ》だ。可能ならば世界第二位にまで肥大化した経済力を用いて、戦わずして屈服させたかったろうが、ここ数年の外資の撤退は笑えるレベルだからな。ひとつ訊ねたいがバブルとはなんの隠語《いんご》だろう。経済解説のそこかしこに出てくるが、泡がどうかしたのかな？」

「過熱した投機などで実態の額面を超えた評価のことを泡に喩《たと》えているのです。我が国はそれで四〇年以上も苦しんでいます」

「共産匪《ひ》の親玉——毛沢東《もうたくとう》の後継者も同じ失策を繰り返したのだね。国庫が払底《ふってい》したからには、金のあるところから横取りするしかあるまい。戦争とは外貨獲得の手段でもあるのだから。台湾で動乱が起これば、必ずや日本にも飛び火する。現状でそうなれば、日本は必敗する」

「それはどうでしょう。日本には陸軍も海軍もありませんけれど、陸海空の自衛隊があります。練度は世界でも屈指ですし、なによりアメリカという軍事同盟国がいます。中共もおいそれと攻撃はできないはず。台湾を攻めるにしても、できるだけ日米を刺激しない形になるのでは？」

山本2佐は、歴史に詳しい君ならわかるだろうと続けた。

「現在の中国は一二〇年前の清《しん》国末期に酷似《こくじ》しているよ。地方軍閥《ぐんばつ》を中央が制御しきれていない。そして、彼らはアメリカを挑発し、海上自衛隊を攻撃した。

たしかに合衆国と安全保障条約を締結したのは最高の選択だったね。アメリカは現在もなお、地球の警察であり、世界一の陸海空軍を保有している。正面切って戦えば、勝てる国はいないさ。

しかし、本当に戦ってくれるかが疑問でね。君の言葉を借りるなら、中国は日本だけを過剰に刺激し、アメリカには指一本触れないかもしれん。ワシントンだって本音《ほんね》は二度と亜細亜《アジア》で陸戦は経験したくないはず。越南《えつなん》でアメリカが敗退したと知ったときは驚いたよ」

ベトナム戦争の記録をネットで読んだのだろう。山本2佐はかすかな笑みを浮かべてから続けた。

「物量作戦を極めたアメリカが、土の下に潜《もぐ》る便衣隊《べんいたい》——いまではゲリラと呼ばれている兵士に敗れたとはな。ある意味、痛快ではあったが、戦争の形態が様変わりした転回点でもあった。そして、中国は越南とも刃《やいば》を交《まじ》え、敗退しているね。それ以降、彼らは学び、軍の刷新に取り組んだ。

中国軍を批判する意見も多いな。欧米の技術を盗み、模造してばかりで独自性がないと小馬鹿にする者もいるが、帝国海軍だって模倣がかなりの部分を占めていたぞ。もちろん、自衛隊もだ。装備品のうち国産のものがどれだけある？

そしてだ。アメリカが不介入という最悪の場合、自衛隊は単独で中国軍と戦火を交える危険性すらある。戦後九〇年以上の長きにわたり非戦を貫いたのは快挙だが、裏を返せば、実戦を経験する機会に恵まれなかったとも言える。

これでは戦えぬ。競馬と同じだ。追い切りで動いていなかった馬が実戦で走ることなど、ありえない……」

「仕方ありませんよ。日本は戦争を放棄したのですから」

「仕方なくなどない。戦争は日本を放棄しちゃくれない」

ふたりの間を重苦しい沈黙が支配した。互いに口にしていたのは動かし難い正論である。なおさら始末に負えない。正義と正義の衝突に正解などないのだから。

やがて、山本2佐は朗々とした調子で、こう吟《ぎん》じたのであった。

「国大なりといえども、戦いを好む者は必ず滅ぶ。天下安しといえども、戦いを忘るる者は必ず危うし」
山本五十六について調べた者であれば、必ずや行き着く詞章《ししょう》だ。
「司馬法《しばほう》の仁本《じんほん》からの引用ですね。それは真理ですが、現実に適応させられる為政者など
この国にはいませんよ」
「承知しているさ。だからこそ、僕が起たねばならないが、ひとりではちょっと無理だ。
仲間がいる。可能なら同じ体験をした〝転生者〟が大勢……そうだな。数百人か何千人は
欲しいところだが、そんなうまい話はあるまいよ。孤軍奮闘は最初から覚悟している。
千里の道も一歩からだ。僕には協力者がどうしても必要だ。君に最初のひとりになって
もらいたいのだ。蜂野洲弥生さん。残念ながら、僕はあなたになにひとつ保証できない。俸
給も、安全も、そして未来さえもだ。
ただ、これだけは絶対に守ろう。いまの人生の百倍は興奮させてみせるよ。だから認め
てはくれないか。僕が山本三七十ではなく、山本五十六だということを……」
昭和男特有の矢尻のような眼光をかろうじて受け止めた弥生は、伏せておいた切り札を
ここで披露した。
「仲間は意外に早く増やせるかもしれません。実はさっき笠松1尉に会ってきました」
「それは誰だね？　ああ……たぶん山本三七十2佐の部下なんだろうな。彼はなんと話し
ていただろうか」

「彼ではなくて彼女ですよ。笠松絹美1尉。護衛艦〈みょうけん〉で操舵を担当していた女性自衛官です。本当に覚えておられないのですね。笠松1尉は山本2佐に面会したいと熱望していました。そして、〈みょうけん〉の旧乗組員九〇名は、なにがあろうとも全力で艦長をサポートするそうです」

「そいつはいいな。海上自衛隊には〈みょうけん〉の真相は知られているだろうし、憤懣《ふんまん》やるかたない思いの将兵も多いはずだ。出馬すれば、自衛隊の組織票が期待できるぞ。当選の暁《あかつき》には弥生さんを政策秘書として雇用したいね。それまで給料を払えないのが心苦しいのだが……」

弥生は脳裏で計算を巡《めぐ》らせた。ブーゲンビル島沖海戦で負傷した海上自衛官が立候補すれば話題性は充分だ。放っておいてもマスコミが勝手に宣伝してくれるし、国民は劇場型選挙に飢《う》えている。無所属で出ても当選は堅いだろう。

順風満帆《じゅんぷうまんぱん》だった弥生の人生が脇道に逸《そ》れたのは選挙だった。そこにもういちど飛び込むのは勇気が必要だが、現状が煮詰まっているのもまた事実。うだつのあがらないまま出版社勤務を続け、煮崩《にくず》れて三十路《みそじ》を過ごすより、規格外の波乱のなかに身を委《ゆだ》ねるのもまた一興かもしれない。

弥生は最後にして絶対に譲れない条件を口にした。

「山本さん。私はこれからもあなたのことは山本五十六ではなく、山本三七十2佐であると認識して動きます。それで構わないなら、組みましょう」

山本2佐の姿をした山本五十六は、相好《そうごう》を崩してから、こう返すのだった。

「是非そう願いたいよ。立候補も山本三七十の名前を使うつもりだからね。山本五十六は山本三七十になりきり、令和の世界に再び活動の場を求めんとす。そして、なすべきことをすべてやり遂げたなら、この肉体を山本三七十に返さなければ……」

自分勝手を極めたかのような言い分ながら、不思議なほどの説得力と自信に満ちた台詞《セリフ》でもあった。弥生は立ちあがると、こう告げた。

「兄にかけあって退院の許可を取ってきます。正直な話、あなたは厄介者扱《やっかいものあつか》いされていますから、私が保証人になれば認められましょう。たちまち住居が必要になりますが、競馬で稼いだ資金でウィークリー・マンションが借りられますよ」

「いや。家よりも旅券と査証を最優先せねばならんよ。すぐに渡欧したいんだ。競馬だと軍資金を稼ぐのに時間がかかりすぎる。僕には億単位の軍資金が必要だからね」

「ヨーロッパで博奕をする計画ですか？　カジノなら大阪と長崎にもできましたよ」

「国内は駄目だ。やっぱり青天井でやれるところでないと。さっきも言ったが、モナコまで飛んで、あちらのカジノを空《から》っ穴《けつ》にしてやらなきゃ。昔は船で数カ月かかったもんだが、いまじゃ飛行機で半日だと聞いてたまげたよ」

「ギャンブルに専念したいのならば、モナコより規模の大きい賭博都市がアメリカにできています。観光ビザで大丈夫ですし、急ぐのならそちらがお奨《すす》めです」

2　砂漠の鉄火場

――二〇三X年七月一四日　午前九時五〇分

未来なき街《ノー・フューチャー・シティ》と称される不夜城が砂漠に聳《そび》えていた。

ラスベガス――ネヴァダ州南端に位置する地球最大規模のカジノ・タウンである。

ここには慈悲などない。反省も自戒もない。あるのは我欲と数字のみ。人間という生命体が宿命として抱く金銭への渇望《かつぼう》をシェイカーに投げ込んで攪拌《かくはん》したかのような弱肉強食の楽園だ。

ギャンブル自体は一九三一年に州法で合法化されていたが、大規模な賭場が次々に建設され、発展を始めたのは第二次世界大戦後のことであった。

バグジーの愛称で知られる稀代《きだい》の山師――ベンジャミン・シーゲルが先鞭《せんべん》をつけ、ホテル事業を成功させたわけだが、これを妬《ねた》んだ同業者のマフィアが次々に参入し、歓楽街としての爆発的な発展が始まった。当然、血で血を洗う暗黒街の抗争も惹起《じゃっき》した。

州政府およびワシントンDCは幾度も規制を強化し、そのつど、マフィアは排除されたものの、彼らは手を替え品を替え、寄せては返す波のようにラスベガスに舞い戻り、享楽《きょうらく》の都を席巻《せっけん》したのだった。

ここに登場するアメリカ人もまた、表向きは潔白なビジネスマンを装いつつ、裏では州法に触れる寸前までの手練手管《てれんてくだ》を使い、ひたすら蓄財に励むギャンブラーだ。

IF《もしも》のない過去を捨て去り、IF《もしも》があるかもしれない未来を切り開こうとする男の名はワイアット・ホールジーといった……。

＊

ホテル「スカイ・カルタゴ」はラスベガス市街の北東部に位置しており、完成してまだ一〇年にもならないため、新築同様の輝きを見せていた。

いざという場合には防弾板にもなるスーツケースを手に、豪奢《ごうしゃ》な玄関まで到着したワイアット・ホールジーは、そこはかとない混沌《カオス》の予感を抱きつつ、足を止めた。

俺も役者だな。いろいろあったが、なんとかマフィアの跡目という地位を演じきれるまでになってきたじゃないか。

リゾートホテルとカジノを兼ねたこの「スカイ・カルタゴ」は、ワイアットがCEOを務める「ホーネット＆ワスプ商会《カンパニー》」にとって最大のドル箱である。

ここで軍資金を稼ぎ、さらなる高みへと上り詰めなければ。歩みを止めてはならない。

そのために俺は舞い戻ってきたのだから……。

かしこまったドアボーイに導かれるまま、大きな扉を潜《くぐ》り抜ける。受付の奥は、賭場という戦場へとダイレクトに繋がっている。

そこから折り重なって響いてくるのは叫声《きょうせい》と悲鳴《ひめい》だ。食う者と食われる者が渾然《こんぜん》一体となり、天国と地獄が共存する異空間を現出させていた。

ワイアットは後ろ髪を引かれつつも、受付の脇にあるエレベーターへと向かった。一八階より下は停止しないＶＩＰ専用のものだが、特殊なボタン操作をすれば好みの階で降りることができる。

タッチパネルで６Ｆを六回連打し、開閉キーを長押しすると、モデレート・ルームのみで構成された六階で止まった。すぐさまエレベーターの隣に位置する６０１号室のドアを生体認証キーで開け、室内に躍り込む。

電灯をすべて点《つ》けたワイアットは、火災時専用の脱出ドアを見つけ、これまた生体認証で突破し、隣の６０２号室に入った。

実に面倒な手順だが、６０１号室に商売敵からＨＪ－12――中国製の携帯対戦車誘導弾を撃ち込まれる危惧がないとは断言できない。隣室に移れば、直撃死だけは免れるだろう。

この二部屋はワイアットの専用ルームとして常に確保されていた。

靴を脱《ぬ》ぎ、室内用スリッパに履《は》き替え、ひと息つこうとしていたときだ。荒々しい靴音が廊下を横切ったかと思うと、いきなり602号室のドアが開いた。

「ジュニア。お早いお着きで。お顔を見せるのは昼前と聞いておりましたぜ」

先代から仕えていると聞くウィンダム・ルビアーノだった。身長一九五センチ、体重は一五〇キロ超えという巨漢だ。

「サンディエゴ国際空港で自家用ジェットの整備と給油が早く終わったんだ。それよりもここのドアを開けるんじゃない。隣から入って来いと言っただろう」

「なにしろこの図体《ずうたい》ですから、狭い脱出ドアを通るのは難儀なんでさあ。ジュニアの用心深さには感服しますが、ここにはCEOの寝首を掻《か》こうとしている者なんざひとりもいませんぜ。少しは部下を信用してくだせえ」

「そう思いたいが、金の魔力は絶大だ。札束で頬《ほお》を叩かれれば転ぶ奴はいるさ。どれだけ用心してもしすぎることはないんだ。俺はウクライナでそれを学んだぜ……」

触れてはいけない過去だと承知しているルビアーノは、さらりと話題を変えた。

「あいにくメシの準備がまだできてねえんです。VIPルーム用の昼食《ランチ》でよけりゃ、すぐ持って来られるんですが」

「お客さまの食事を横取りできるか。ウチはカジノホテルにしては珍しく、レストランの収益が二五%を占めているからな。評判を落とすような真似はするなよ」

有名シンガーによるライブやイリュージョン・マジックなど、全米屈指のエンターテインメントが揃《そろ》っているラスベガスだが、飲食業に関しては改善の余地があった。ワイアットはそこに新参者としての活路を見いだしていたのである。

マフィアの男は料理に秀《ひい》でている者が多い。欧米ではマフィアとは存在そのものがタブーであり、レストランでも隠《かく》れ蓑《みの》にしなければ大っぴらに行動できない。暴力団のような組織が堂々と看板を掲《かか》げていられるのは日本くらいなものだ。

「ジュニア。素直にスウィートでお休みくだせえ。『ホーネット&ワスプ商会《カンパニー》』のCEOにこの部屋は少し狭すぎますぜ」

ワイアットが頓死《とんし》した父のドミニク・ホールジーからビジネスを受け継ぎ、すでに二年が経過していた。肉体年齢はまだ三〇歳だが、そろそろジュニアと呼ばれるのには違和感がつきまとう。やめてくれと頼んではいるが、ルビアーノは聞く耳を持ってはくれない。

「俺が空母乗りだったのは知っているだろう。狭いほうが落ち着くのさ。だいたい、こんな安部屋にCEOがいるとは誰も思うまい。それより、聞かせろ。厄介な東洋人が賭場を荒らしているんだってな」

苦々《にがにが》しげに顔を曇《くも》らせてから、ルビアーノは返答した。

「六日前からウチに泊まって博奕を打ってます。番頭《ヘッド》の話じゃ、とてつもなく運のいい奴のようです」

「やっぱり中国人《チンク》か？　連中は香港《ホンコン》かマカオの賭場で鍛《きた》えてるからな」

「いえ。忌々《いまいま》しいチャイニーズじゃありやせん」

「それじゃ韓国人《グーク》か？　たしかあの国もカジノはあるんだろう」

「ノー。コリアンでもないんです。なんとジャパニーズでして」

「日本人《ジャップ》かよ。東洋人でもいちばん苦手《にがて》で嫌いな奴らだぞ……」

「ジュニア、最近はポリコレとやらが厳しくなってましてなあ。言葉尻をつかまれてマスコミから叩かれちゃ損ですよ。本気で政界進出を考えておられるなら、内輪でも言葉には少し気をつけたほうがいいですぜ」

面白くない忠告だが、汚れ役と忠臣を兼ねるルビアーノの声を無視もできない。

「ああ……そうだな。この会話が連邦捜査局《FBI》に盗聴されていないという保証はない。上院議員を目指す身としては、敵に餌《えさ》を与えるような真似は手控えよう。

しかし、それとこれとは話が別だ。我が『スカイ・カルタゴ』も落ちたもんだな。博奕が違法とされる日本《ジャパン》から来た野郎に負けるなんて、屈辱《くつじょく》そのものだ」

「それがウチだけじゃないんでさあ。あの野郎、先週までは『マラカニアン・パレス』に逗留《とうりゅう》し、その前は『イメルダ・キャッスル』に居座ってまして、両方とも賭場を破産寸前にまで追い込みやがった。一昨日《おとつい》、賭博ギルドが要注意人物のクラウドリストに顔写真をアップしていましたぜ」

「大きく張って大きく勝つのか？」

「それが違うんでさあ。なんともケチな野郎で、三割から四割ほど勝った時点でさっさと部屋に引き上げちまうんです。で、ひと眠りしてから、また賭場に降りてきます。こっちは好き放題にやられっぱなしって、寸法です」

「なんで遊んでる？」

「クラップスとブラックジャック」

「スロットは？」

「一切やりません。デジタル系のマシンには近寄ろうともしませんよ」

両腕を組み、ワイアットは考え込んだ。遊んでいたゲームはディーラーか他の客と争うものばかり。こっちが簡単に遠隔操作できるものは避けている。こいつはよほどの強敵か、よほどの阿呆《あほう》のいずれかだな。

「その男とブラックジャックでやり合ったディーラーから話が聞きたいな」

「わかりやした。ユーリ・ラコールを連れてきやす」

心拍数が一段階アップしたワイアットであった。ラコールは「カジノ・マハラジャ」でトップを務めていた若き腕利《うでき》きのディーラーだ。実際に対戦したワイアットはその腕前に惚《ほ》れ込み、強引に引き抜いたのだった。

（ウチのテーブルゲーム・マネージャーだぞ。あいつでも勝てなかったのか……）

五分後――憔悴《しょうすい》したインド系アメリカ人のユーリ・ラコールが顔を見せた。明らかに怯《おび》えきっていた。非合法ビジネスと縁を切っているとはいえ、「ホーネット&ワスプ商会《カンパニー》」がマフィアに果てしなく近い存在だったことを知らぬ者など、この業界にはいない。下手《へた》なことを言えば、比喩《ひゆ》表現ではなく物理的に首が飛ぶ。

ワイアットは単刀直入に訊ねた。

「ブラックジャックでどのくらい負けたんだ？」

生唾《なまつば》を飲み込んだユーリは、辛《かろ》うじてこう返すのだった。

「昨晩だけで九万ドル強です……」

邦貨換算で一二〇〇万円を超える損害は、「スカイ・カルタゴ」にとって痛手とはいえない額だが、ひと晩で、それもひとりに負けたとあれば大問題だ。

「最初に言っておく。俺はお前を責める気は一切ない。これからもウチのカジノでトップディーラーとして客からドルを搾《しぼ》り取ってもらう。せっかくスカウトした得難い人材だ。ペナルティーなど課すものか。だから、本当のことだけ話すんだ。ＯＫ？」

損を嫌うワイアットは心にもない嘘を口にしたのだが、テーブルゲーム・マネージャーは安堵《あんど》しきった表情を見せた。

「ＯＫ……いえ、イエス・サー！　ご恩情に感謝します！」

「そのジャップ……いや、ジャパニーズだが、お前を打ち負かすとは凄腕のようだな」

ユーリは冷静さをキープし、すらすらと話した。

「悔しいですが、ギャンブラーとしては私よりも明らかに一枚上手《うわて》です。正直に申しあげますが、再戦しても勝つ自信はございません」

「テーブルゲーム・マネージャーに弱音《よわね》を吐かせるとはな。やり口を聞かせてくれ」

「特別に変わったことはしていません。実にノーマルな打ち方です。勝ちが続いても賭金の吊り上げは常識の範囲内ですし、負けが続いても一気に赤字を取り戻そうという勝負はしません。堅実に自分のスタイルを貫く博徒です」

「負けるときもあるが、大敗はせず、ここ一番という大切な場面では絶対勝つというわけだな。面倒な野郎が来たものだ」

「最初は新人のディーラーに任せましたが、三時間で音を上げました。カウンティングをやってるはずだが、証拠がつかめないと言うのです」

当たり前だという台詞《セリフ》をギリギリで呑《の》み込むワイアットだった。カウンティングが流行したのは半世紀も前の話で、現在は対策も完璧である。

カウンティングはブラックジャック必勝法のひとつだ。テーブル上に出されたカード《トランプ》をすべて記憶するか、または一定の計算式に基づいて残りのカードを類推する戦術である。

一時は猛威を振るったが、それまで四デッキだったカードを八デッキ、つまり四一六枚をカードシューターに詰め込み、半分ほど使ったら新しいカードに総取っ換えするという単純な工夫で九割九分阻止《そし》できていた。

「カウンティングはイカサマ《チィーティング》とは言えないしな。他にズルい手は使ってないか？」

ラスベガスを生きる者として、それが不可能に近いのは承知していた。カジノの歴史はイカサマとの戦いであり、各店舗はその阻止に毎年多額の経費を計上している。

あまりに勝ちすぎる客は、監視カメラで一挙手一投足を録画している。怪しい素振りを示せば、すぐ警備員が飛んで行き、身柄を拘束《こうそく》してしまう。わざわざ警察に突き出したりはしない。身ぐるみを剝《は》いだあと、砂漠に放り出してジ・エンドである。

ユーリは静かに首を横に振った。

「ありえません。最近はμグラスを使うイカサマも増えているようですが、あの客は持参していませんでした。試作品が出回り始めたμコンタクトのチェックもしましたが、裸眼だったのです。連れの女はチェックインした際にはμグラスを装着していましたが、部屋に置いてきたらしく、賭場ではかけていませんでした」

「連れの女？　初耳だ。ひとりじゃなかったのか？」

「ええ。間違いなくペアで動いています。地味な風采《ふうさい》の女ですが、同じ日本人なのでチェックは簡単でした」

「その女も強いのか？」

「いいえ。そっちはまるっきりの素人《しろうと》です。一緒のテーブルにはいませんし、適当に遊んでいるだけの様子です」

「愛人か？　金庫番か？　それとも通訳か？」

「いずれにもあてはまりません。部屋も財布も別々ですし。凄腕の男ですが、流暢《りゅうちょう》な英語を話します」

　黙って聞いていたルビアーノが横から言った。

「ジュニア。奴がメモを女に渡す場面が監視カメラに映ってましたぜ。４Ｆの通路です。なんなら連中の部屋のゴミ箱でも漁《あさ》って……」

「やめておけ。ヒントを残すようなマヌケじゃない。それより『マラカニアン・パレス』と『イメルダ・キャッスル』に打診しろ。負けを少し肩代わりしてやるから、あの日本人の手口を教えろってな」

　軽く頷《うなず》いてからルビアーノは足早にモデレート・ルームを退出した。ワイアットは次にユーリに向き直って訊ねた。

「ブラックジャックの具体的な手口を聞かせてくれ。その日本人の手口は？」

「信じられないほど強気です。合計が18でも平気でヒット《カードを引いて》してくるんですよ」

　ブラックジャックは親《ディーラー》と複数の子で争うカード・ゲームであり、配られた合計数が21に近いほうが勝ちだ。22を超えるとバーストで子の負け。親は16以下では必ずヒットしなければならず、17以上ではステイ、つまりカードを引かず、手持ちで勝負することが義務づけられている。

「無謀か勇敢かはわからんが、博奕打ち《ギャンブラー》の資質に溢《あふ》れているのは確かだな。ルビアーノの話だと勝ち逃げが巧《たく》みらしいが」

「そうなんです。持ち金を一・五倍くらいにしたら勝負を切り上げてしまいます。それが彼のポリシーなのでしょう。カードシューターをイカサマ用のモノに交換した途端、席を立たれたのは肝《きも》を潰《つぶ》しました」

ディーラーは客の観察も仕事のうちだが、逆に観察されていたようだ。

「もういいぞ。賭場に戻れ。その日本人が来たらインカムですぐ教えろ」

恐怖と緊張から解放されたユーリは、硬い表情のまま一礼すると、602号室のドアを出て行った。その足取りだが、意外にも軽そうだ。帳簿に穴をあけた咎《とが》めが消えたわけではないのだが。勝ち負けはギャンブルの常とはいえ、あの調子では降格も考慮に入れたほうが無難かもしれない。

ワイアットは内心で怒りを燻《くすぶ》らせていた。腹が立ったら猛烈に腹が減ってきた。スーツケースからベジタブル風味のラーメン・ヌードル・スープ・カップをおもむろに取り出した。いわゆるカップラーメンだ。備え付けの給湯器から熱湯を注いでいると、ルビアーノが戻った。今度は律義に601号室から入り、巨体を脱出ドアに押し込んできた。

「ジュニア。話がつきましたぜ。マラカニアンとイメルダですが、ディーラーをこっちに寄こすそうです。到着しだい、ユーリと面談させましょうぜ」

「ご苦労。チェックルームに戻れ。これを食ってから俺も行く」

「またヌードルですかい。そいつは添加物も多くて体に悪いって話ですぜ」

「じゃあ、教えてくれよ。世界中でいちばんこれを食ってる日本人の平均寿命が、俺たちより遥かに長いのはどういうわけだろうな」

「もっと美味《うま》いモノはいくらでもありますぜ」

「味はともかく安全だ。毒殺という笑えない死に様だけは回避しなきゃな。用心の上にも用心を重ねなければ、勝者にも生者にもなれやしない……」

紙の蓋《ふた》の上にフォークを置いてから、ワイアットは続けた。

「ウクライナにいたから死に目に会えなかったが、パパは毒を盛られたんだろう。それも長年贔屓《ひいき》にしてやったフィラデルフィアのイタリアン・レストランでだ」

露骨に表情を歪《ゆが》めてからルビアーノが言った。

「新参者の〝プトラー・グローパァ〟の連中がやらせたのです。シェフは血と肉で贖《あがな》わせやしたし、ロシア系マフィアの跡取りを全員殺してアメリカから追い出しました。このホテルも賠償の一環ですぜ」

「おかげで兄貴たちは外国に逃げたままだ。帰国した俺は訳もわからぬうちに跡継ぎにされてしまったよ」

「ジュニアが撃墜されたショックで記憶喪失になったと聞いたときは、我がファミリーも終わりかと覚悟しましたぜ。でも、見事に回復されましたね。本音を言えば、戦地に赴《おもむ》く前よりも一段とその……この業界に向いているような雰囲気ですよ」

「記憶はまだ回復していないが、自分を再構築《リビルド》している最中だよ……」

＊

ワイアットはドミニク・ホールジーの三男として生を受けたが、「ホーネット&ワスプ商会《カンパニー》」という家業《マフィア》には少しも興味を示さなかった。

成長し、ファミリー・ビジネスがどれだけアメリカに損害を与えているかを理解するにつれ、その償《つぐな》いを欲するようになった。具体的には危険な戦場に身を置くことで、祖国に貢献を望んだ。高校三年生となったワイアットは海軍兵学校《アナポリス》への進学を希望した。

意外にもドミニクは反対せず、むしろ激励してくれた。父親からしてみれば子供のなかに堅気《かたぎ》がひとりくらいいたほうがよいとの判断であった。ワイアットのふたりの兄は、学歴もまるでなく、父と同じ悪の街道をひた走っていたのである。

十五歳からフィラデルフィアの飛行クラブで複葉練習機を操縦していたワイアットは、迷わず戦闘機パイロットを、それも空母乗りを志願し、七年間を訓練に費やした。

労苦が実り、第19空母航空団に配属されたワイアットは、F／A‐18E〝スーパーホーネット〟の正規パイロットとして軍歴をスタートさせた。CVN‐81〈ドリス・ミラー〉に初着艦したときには天にも昇る心地だった。

それはジェラルド・R・フォード型原子力航空母艦の四番艦であり、就役したばかりの新鋭だ。横須賀を母港とし、東シナ海での警戒任務に就いていた。

中共海軍は日増しに増強されており、台湾海峡での挑発も続いていた。最前線と称してよい海域での飛行訓練に情熱を燃やすワイアットだったが、着任から半年もしないうちに本国へと召還《しょうかん》された。

次なる任務には失望するしかなかった。フロリダの基地で初級パイロットの訓練補助をやれというのだ。

父のドミニクが裏から手を回したのは誰に聞かずとも理解できた。上官にかけ合ったが、除隊まで国内基地を転々とするのがお前の運命だと断言されてしまった。これでは満足に操縦桿《スティック》を握ることとさえできない。

ワイアットは父と運命を呪い、海軍に見切りをつけた。潔く除隊した彼はイギリス経由でウクライナへと向かう決心をした。傭兵《ようへい》を、それも教官級のパイロットを急募していると知ったからである。

長期間にわたって続いた宇露戦争の結果、ウクライナは航空兵が払底《ふってい》していた。機体は世界中から中古のF‐16〝ファイティング・ファルコン〟を譲り受けていたが、動かせるパイロットがいないのだ。

三流国に凋落《ちょうらく》したとはいえ、ロシアの力は侮《あなど》れない。そんな隣国との小競《こぜ》り合《あ》いは日常茶飯事であり、次にいつ国境線が火を噴くかは誰にもわからない。だからこそ、ウクライナ政府は腕に覚えのある外国人を傭兵として雇い、空軍戦力の底上げを図《はか》っていた。

ワイアットにF‐16の操縦経験はなかったが、同じ米軍機であるし、パイロットとしての技倆《ぎりょう》は第19空母航空団でも五指に入った。その気があれば、米海軍航空戦開発センター《NAWDC》——かつて〝トップ・ガン〟と呼ばれた部隊の後継組織——への推薦状を手配できるぞと〈ドリス・ミラー〉艦長から申し出があったほどである。

イギリスには民間軍事会社《プライベートミリタリーカンパニー》としてワグネルUKが勢力を拡張していた。本社をバル・ベルデに置く多国籍傭兵企業である。

ワイアットはそこで二週間程度の特訓を受け、単発単座のF‐16を自在に操れるようになった。F‐16は旧型ながら第三世界では需要も多く、従って訓練施設の需要もあった。ワグネルUKは隙間《すきま》産業として、それを成立させていたのだった。

指導教官としてウクライナ空軍に雇用されたワイアットは、言語の壁に苦労しつつも、実戦向きの操縦技術の伝授に没頭した。生徒から〝保安官《シェリフ》〟というあだ名を頂戴《ちょうだい》し、慕われると同時に恐れられた。

そして、二年前の夏に事件は起こった。ウクライナ東部ドンバス上空をF-16で訓練飛行中、地対空誘導弾HN-5の直撃を食らったのだ。

中国から密輸されたそれを発射したのは親ロシア派の残党だったが、背後には別の組織が関与していた。

合衆国内で勢力を拡充しつつあるロシア系マフィア〝プトラー・グローパァ〟だ。

祖国《ロシア》を捨て、アメリカに基盤を築かんとする連中は、敵対勢力と見做《みな》した「ホーネット&ワスプ商会《カンパニー》」を瓦解《がかい》させ、その後釜《あとがま》に座らんと欲していた。

権力者の一挙壊滅を欲した彼らは、ドミニクを毒殺し、ワイアットをウクライナで撃墜したのだ。

短絡的な野望は己《おのれ》の首を絞《し》める結果をもたらした。ルビアーノを筆頭とする「ホーネット&ワスプ商会」の幹部たちは復讐《ふくしゅう》に燃え、迅速な反撃が実行された。プトラー・グローパァは数日で瓦解《がかい》の道を辿《たど》ったのである。

結局、殺害できたのはドミニクだけだ。長兄のマイヤーも日本の福岡で、そして次男のテッドはイスラエルのテルアビブで襲撃を受けたが、ともに軽傷で切り抜けていた。

三男のワイアットも命だけはとりとめた。F-16が被弾すると同時に射出座席で脱出《ベイルアウト》し、パラシュートで降下したのだ。軽度の火傷《やけど》は負ったが、命に別条はなかった。

ただ、帰国した際は記憶喪失という面倒な症状を抱えていた。自分のことをワイアット・

ホールジーとは自覚できず、別の人格に支配されていると述べたのである……。

＊

　ルビアーノは常日頃と変わらぬ仏頂面《ぶっちょうづら》のまま、唇だけを動かして言った。

「マイヤーとテッドに帰国を促しちゃいるんですが、もう武闘派の時代じゃねえし、アメリカに戻る機内で逮捕されるか殺されるって言うんでさあ。どうやらジュニアに努力してもらうしかなさそうですぜ」

　ワイアットはカップラーメンの蓋を外《はず》し、いまや貴重品となったプラスチック製のスプーンで麺を混ぜる。それなりに美味《うま》そうな香りが室内に漂ってきた。

「努力か。無責任な呪いの言葉だ。誰だって努力はするが、それが徒労で終わらぬ者など少数だ。太平洋《パシフィック》の戦いでは努力で勝てたが、再び同じことをやれと言われても困る」

「ジュニア。パシフィックではなくてウクライナでしょうぜ」

　苦笑したルビアーノを横目で睨《にら》みながら、ワイアットはヌードルを啜《すす》り始めた。

　この男は徹底した現実主義者だ。真実を話しても受け入れてはくれまい。俺が味わった超自然現象を理解できる者がいるとすれば、同じ経験をした者だけだろう……。

「ともかく『ホーネット&ワスプ商会《カンパニー》』に多大なる損害を与えつつある邪魔者をさっさと

排除しなければ。まだそいつの名前を聞いていなかったな。ラスベガスで遊ぶ奴が本名で泊まるとも思えないが、なんと名乗っている？」

　ルビアーノはさらりと言い切った。

「ヤ、ヤ、ヤマモトっていうんでさあ。四十前後で頬に傷のある奴です。ひと目でわかりますぜ」

　危うく口に含んだ麺を噴き出すところであった。

　それが日本人のファミリー・ネームではありふれたものだと承知してはいた。しかし、現在ワイアット・ホールジーという肉体に宿る魂にとって、それはいちばん聞きたくない名前でもあったのだ。

「嫌《いや》な予感がするぜ。ルビアーノ、万が一に備えて実動部隊を準備させておけ。ついでに死体の処理班もな」

「そいつはちょっと穏やかじゃありませんぜ。なぜそこまで警戒するんですかい？」

「俺の血がこう言っているんだよ。〝キル・ジャップス〟ってな……」

3　龍虎の出会い

――同日　午後一時三〇分

　ラスベガスに到着したその夜から、蜂野洲弥生は奇跡を目撃することになった。

つい先日までメンタル・クリニックに入院していた男が、渡米と同時に賭場に殴り込みをかけ、出入り禁止まで食らったのだ。

素行が悪かったわけではない。あまりにも勝ちすぎたためである。

現在、山本2佐は「スカイ・カルタゴ」に逗留し、順調に勝ち星を伸ばし続けていた。ただ、早くも目をつけられてしまったため、切り上げのタイミングを図っているらしい。

パートナーとして同行した弥生だが、ギャンブルの経験はなかった。それを告白したところ、山本2佐は「むしろ目出度《めでた》い」ことだと笑ってくれた。

「素人ほどありがたいんだよ。一生に一度しかないビギナーズラックに賭けたい。いまさら一夜漬けで勉強しても意味はないから、僕の隣でやり方を見ておくんだ。張ってもいいけれど、大きくは賭けないように。目をつけられるからね」

トランプ《カード》を活用するブラックジャック。賽子《サイコロ》を投げるクラップス。ボールに運命を託すルーレット。

いずれもルールは簡単だが、奥が深く、運だけで勝てるようなものではない。かなりの経験が必要なのはすぐに理解できた。

実は渡米直前、弥生は笠松絹美1尉と連絡を取り、山本三七十の人物像をさらに詳しく訊ねていた。艦長が公営ギャンブルやオンライン・カジノなどに入れ込んでいた形跡はないかと。

笠松1尉は、旧〈みょうけん〉乗組員に問い合わせた結果として、絶対にありえないと答えた。山本艦長は投資として積み立てタイプのNISA（少額投資非課税制度）を部下に奨めていたが、博奕の話など一回も聞いたことがないと。

事ここに至り、弥生は認めざるを得なかった。山本2佐の内面に存在している精神体はオリジナルのままではなさそうだと……。

あまりにも簡単に勝ちを拾い続ける山本2佐に秘訣《ひけつ》を聞くと、こう教えてくれた。

「軍資金を一気に二倍にしよう、三倍にしようと思うから負ける。常に三割増しを心がけるんだ。勝ち逃げ上等。結局は数学と確率の問題さ。待てば勝機は来る。つかず離れず、慌てず騒がず、明鏡止水《めいきょうしすい》の心境でチャンスを待つ。そのスタイルを貫き通すことができたならば、トータルで勝つことは容易《たやす》い話だ」

傲慢《ごうまん》に思えるような言い分だが、結果がすべてを証明していた。二週間でふたつのカジノを破綻《はたん》寸前に追い込んだ山本2佐は、次なる標的に選んだ「スカイ・カルタゴ」でも勝利を確定すべく、賭場を荒らし続けていたのである……。

昼前にμグラスがメールの着信音を奏《かな》でた。午後一二時半に最上階のレストラン「トレビア」で会おうという内容だった。

連戦連夜のギャンブルで弥生は疲れ果てていた。昨夜も朝五時までブラックジャックにつき合わされ、四時間しか眠っていない。もっと睡眠が必要だが、拒否権はなかった。

時間どおりに行くと、すでに山本2佐は着席していた。伸びたヒゲを剃《そ》り、仕立てたばかりのスーツを着熟《きこな》している外見は、まことにダンディだ。

テーブルには鰯《いわし》のエスカベッシュとムール貝のパエリア、海老《えび》をふんだんに使ったブイヤベースといった地中海料理が並んでおり、彼は美味そうに舌鼓《したつづみ》を打っていた。

実に健啖家《けんたんか》らしいメニューだが、弥生は胃が受けつけそうになかったため、ギリシャ風サラダだけを注文した。

「飽食の時代とは聞くが、それっぽっちでいいのかい。食えるときに食っておかなければ、いざという場合に戦えなくなるぞ」

「戦うには気力と体力が必要で、それを維持するには適度な体重を維持しなければなりません。恰幅《かっぷく》がいいという表現は、現代では褒《ほ》め言葉ではないのです。山本五十六も晩年は食べすぎと運動不足で肥満体だったと聞きましたよ」

「平気だよ。間もなく痩《や》せ細る思いをするからね。午後からルーレットをやろう。それでここも引き払う。選挙資金には充分すぎる勝ち星となるはずだ」

「ブラックジャックがお得意みたいですのに、どうして続けないのですか？」

「やりすぎたよ。ああ警戒されたんじゃ、なんにもできない。河岸《かし》を変えなきゃな」

運ばれてきたギリシャ風サラダは、ヤギの乳から作られた賽子《さいころ》状のチーズがふんだんに入っており、檸檬《レモン》の風味が強かった。刺激で脳が目覚めていくのがわかる。

「前のカジノでルーレットのやりかたは覚えました。カジノの遊びではもっとも初心者に適していると思います。私も賭けていいですよね」

「いや。ここは僕の投げる石になってくれ。この指示に従って動くんだ」

山本2佐は折りたたまれた紙片を胸元から取り出すと、弥生に手渡した。

今回のカジノ荒らしの道中において、重要事項を連絡する際、山本2佐は常にこの方法を採用していた。水溶性のメモ用紙だ。トイレに流せば伝言は消えてしまう。

弥生も理解していた。カジノでは防犯と監視を兼ねたカメラが無数に設置され、すべてが録画録音されている。もちろん、「トレビア」での会話も筒抜けになっていよう。ここは戦場であり、勝つためには用心の上にも用心を重ねなければならない。

「目を通すのは部屋に帰ってからにします」

「それが賢明だね。僕はこのままカジノに下りるから、小一時間してから来なさい。面白い鉄火場が見られるぞ……」

＊

ホテル「スカイ・カルタゴ」にはセキュリティー・ルームという名の監視装置が完備さ

れており、二四時間体制で厳しい見張りが続けられている。

目視の時代は終わりを迎えた。ＡＩという魔法の裸眼を用いたチェックが幾重《いくえ》にも張り巡らされ、怪しい素振りを示せば警報が鳴る仕組みになっている。

その気になれば、客室を覗《のぞ》くことさえ可能だ。当然ながらレストランでのふたりの会話も一部始終が記録されていた。

ワイアット・ホールジーは有機ＥＬモニターが壁一面に並ぶ部屋で、その報告を受けたものの、打つ手はない。強引にお引き取りも願えるが、そんなことをすれば悪評がＳＮＳを席巻《せっけん》するだろう。企業経営者にとって物言わぬ大衆《サイレントマジョリティー》の威圧ほど恐ろしいものはない。

「しばらくの間は注意深く見守る以外に打つ手はないようですな」

隣に座るルビアーノが分厚いビーフサンドイッチを頬張りながら言った。ワイアットもそれに同意して言った。

「いい顔をしているぜ。潮焼けの痕《あと》が見えるから船乗りだろう。ピンと伸びた背筋は軍人特有のものだ。頬の傷が痛々しい」

「ジュニア。奴が申告した名前が本物だと仮定して、調査させてみやした。信じるか否《いな》かはお任せしますぜ」

スマホの世界基準となっているμフォーンにショート・メッセージが届いた。そこには驚くべきテキストが表示されている。

『ミナト・ヤマモト。年齢三九歳。元海上自衛官《JMSDFO》。フリゲート〈ミョウケン〉艦長としてブーゲンビル島沖で被弾し重傷を負った。現在、メンタル・クリニックに入院中』

受け入れ難い既視感がワイアットの総身を包んだ。この日本人も死線を潜《くぐ》った経験を持っているらしい……。

「ずいぶん楽しそうにルーレットをやってますな。およそ入院患者には思えませんぜ」

ルビアーノの苛立《いらだ》たしげな声にワイアットは応じた。

「あれだけコインを積みあげれば楽しいに決まってる。ディーラーは強い奴をあてがっているんだろうな」

「イエス。いま、玉を放り込んでいるタレス・マッケンローは超一流で、狙った数字に玉を放り込める腕を持ってますぜ。まだ餌をまいている段階ですが、すぐ回収フェイズへと入りますよ」

それがルーレットの常道であり、博奕の常道だとは承知しているが、ワイアットに安寧は訪れなかった。

常道が通じる相手とは思えなかったからである……。

＊

指示書を熟読した弥生は、それをトイレに捨てたあと、エレベーターで地上階のカジノへと直行した。

まず総合両替所《ジェネラルエクスチェンジ》で現金とチップを等価交換する。口座にプールしておいた四〇万USドルを「全部ブラック・チップにして」と頼むと、四〇枚の一万ドルチップを小粋《こいき》なバスケットに入れて渡してくれた。

それをチェーンで腰に装着し、しっかり蓋をする。そのあとで山本2佐の姿を探した。

幸いにもすぐ見つかった。予定どおりルーレットに参加している。

このカジノではひとつのテーブルにつき六人まで参加可能であったが、山本2佐が興じている台はすでに満席だった。

人気があったのも当然だ。他のテーブルが、賭金に最低と最高のリミットが設けられていたのに対し、山本2佐が選んだ台だけは青天井《スカイロケット》だったのである。

「プレイス・ユア・ベット《どうぞ、お賭けを》」

浅黒い肌のディーラーが開始を宣言した。ウィール《円盤》を左手首だけで軽やかに回し、白球を右手で放り込む。人種も年齢も様々な博徒が、思いどおりの場所にチップを積みあげていく。ボールの回転が弱まると同時に、再びディーラーが低い声で言った。

「ノーモア・ベット」

締め切りの台詞と同時に、全員がウィールを覗き込む。引力と遠心力の綱引きに敗れた白球が緩《ゆる》やかな坂を転げ落ち、赤と黒の数字が描かれた枠へと身を委《ゆだ》ねる。

「赤の12です」

喚声《かんせい》と悲鳴があがる。緑色の羅紗《らしゃ》に描かれたレイアウト上に当選のマーカーが置かれ、外れたチップが無慈悲に回収されていった。その後、勝った博徒にはそれなりの懸賞金が払い戻されていく。

もちろん、山本2佐は勝った。彼は赤に百ドルチップを一枚だけ賭けていた。倍率は最低の二倍だが、勝ちは勝ちである。

「これで七連勝だ。皆さん、勝利の女神は僕にだけ微笑《ほほえ》みかけているけれど、全乗りしてくれて一向に差し支《つか》えありませんぞ」

巧みなキングス・イングリッシュで宣言した山本2佐だが、ギャラリーの評判は芳《かんば》しくない。あちこちから侮蔑《ぶべつ》の声が囁《ささや》かれている。

「ケチな野郎だぜ。毎回百ドルしか賭けねえんだ。あれだけあたるならドカンと注《つ》ぎ込めばいいのによ……」

マッケンローという名札をつけたディーラーも同じ考えらしく、慇懃《いんぎん》な調子でこう提案してきた。

「お客さま。ここは青天井《スカイロケット》のテーブルでございます。少額のベットをお続けになられるのであれば、他のテーブルでも充分でございますが」

「知ってるよ。でも、この席を譲る気はまだない。被害者を増やしたくないしね」

「被害者……でございますか？」

「この台は長くやると絶対に損をするはずだよ。普通のアメリカン・ルーレットなら緑のポイント、つまり胴元が勝つ所はゼロ《0》かダブルゼロ《00》の二つだけど、この台はトリプルゼロ《000》があるじゃないか。そう、テラ銭が高い。もちろん、青天井に設定している措置《そち》だとは思うがね」

「皆さま、それをご承知のうえでお楽しみです。一攫千金《いっかくせんきん》という夢を追っていらっしゃるのです。その可能性をお譲りになるお考えはございませんか？」

「ないね。僕だって人生を一変させるだけの大金をつかみたいよ。だからさっき、あんなにたくさんチップを買ったんだ。さっさと続けてくれたまえ」

ポーカーフェイスを変えぬまま、ディーラーはウィールを回し、厳《おごそ》かな調子で言った。

「プレイス・ユア・ベット、プリーズ」

反射的に山本2佐は応じる。

「赤に百だ」

ルーレットはレイアウトと呼ばれる升目《ますめ》にチップを置くが、場所によって倍率が違う。

あてやすいのはアウトサイドと呼ばれるエリアだ。

数字の後半《ハイナンバー》（一九〜三六）か前半《ローナンバー》（一〜一八）かをあてる「ハイ・ロー」に、奇数か偶数かをあてる「オッド・イーブン」もあるが、山本2佐はひたすら「レッド・ブラック（赤と黒のダイヤマーク）」に張り続けていた。

弥生はテーブルの上に吊り下げられている液晶掲示板を睨《にら》んだ。過去三〇回分の出目が表示されている。数字はバラバラだが、ここ七回は赤が続いていた。

このカジノでは、すべてのゲームを共通チップでプレイできる規則だが、唯一の例外がルーレットである。各プレイヤーがどこにチップを置いたかを色で区別するため、参加者はディーラーに依頼し、ルーレット専用チップに交換してもらう決まりだ。

しかしながら、さらに特例があった。一枚一万ドルのブラック・チップだけは高額かつ過剰なまでに目立つため、飛び入り参加が認められていたのである。

試しに、弥生は黒に一枚だけブラック・チップを賭けてみた。ディーラーは特に咎《とが》める様子もなく、受けつけてくれた。他の客も次々に張っていく。

「ノーモア・ベット、プリーズ」

喧騒が最高潮に達するなか、白球が転がり落ち、やがて停止した。

「赤の32です」

ディーラーが弥生のブラック・チップを問答無用で回収し、山本2佐の前に賞金として百ドルチップを二枚置いた。

「八連勝だ。ツキはまだ我がほうにあり。続けようじゃないか」

赤と黒は五割の確率で的中する。正確には緑のゼロ、ダブルゼロ、トリプルゼロが絡《から》むため、実際の勝率は四割七分あたりに落ち着くが、それでも八回連続で赤が出続けるのは異様だった。

ここで弥生の脳裏に浮かびあがったのは、レストランで手渡されたメモであった。

『終盤ディーラーと意地の張り合いになる。そこで僕が大枚を張るのを待つべし』

賭けは続いた。山本2佐はひたすら赤に百ドルチップを張り続け、ディーラーは赤色の数字をコールし続けた。

鉄火場には異様な空気が醸成されつつあった。張りかたを小馬鹿にしていた者までが、便乗して赤に賭け始めた。実に一九回連続で赤が出たときには歓喜の絶叫が響いた。その中心にいた山本2佐は、勝者にのみ許される満面の笑みで、こう言い放ったのだった。

「もちろん、次も赤に賭けるぞ。ただし、二十回目の赤を記念して大枚を張りたい。ひとつ訊ねるが、このバスケットごと賭けても大丈夫かね？　チップが多すぎて他の御仁が置く場所がなくなりそうだ」

ディーラーは小さく、そして自信に満ちた調子で肯いた。

「当カジノはお客さまの栄光のために協力は惜しみません。どうぞ、ご随意に。プレイス・ユア・ベット」

運命のウィールが回り始めた。山本2佐がチップが詰まったバスケットを卓上に置く。

「赤に全額。二〇〇万ドルだ」

勇者への喚声《かんせい》が飛んだあと、博徒たちは我も我もと赤に張り始めた。ディーラーは手首のスナップを効かせながら、白球を投げ込む。

ここだ。ここしかない。

そう直感した弥生は、あらかじめ外してあったバスケットを卓上に配置した。

「ファースト・シックスに全額。七九万ドル」

これが山本2佐の命令であった。彼が大枚を投じたとき、あり金をすべてそこに賭けろと指示書にあったのだ。
1、2、3に加えてゼロ《0》とダブルゼロ《00》、そしてトリプルゼロ《000》を指すファースト・シックスに賭ければ、当選時の倍率は七倍である。つまり、配当金は五五三万ドルになる計算だ。
いきなりディーラーが口を挟んだ。

「レディ。残念ですが、お受け致しかねます。プレイヤー以外の飛び入りはご遠慮願っておりますので」

「ブラック・チップならできるはずよ。現にさっき飛び入りで参加して負けたわ。それにここは青天井《スカイロケット》なんでしょう」

すかさず山本2佐が助け船を出す。

「今回のウィールはずいぶん長く回るね。相談もほどほどにしなきゃな」

ディーラーの表情に明らかな焦《あせ》りの色が見え隠れしていた。弥生にはすぐにわかった。この台は遠隔で操作されていると。

現在のルーレットのウィールだが、数字を分かつ溝がごく薄くなっており、ベテランのディーラーであっても狙ったところに玉を落とすのは不可能とされている。

だが、それを無邪気に信じるのはナイーブと言うほかない。人間の知恵は無限であり、同時に悪知恵もまた無限だ。小細工を施す余地などいくらでもある。リモートでウィールの溝を一時的に数ミリ高くすることなど朝飯前だ。

もう時間稼ぎはできないと判断したのか、ディーラーは短く応じた。

「ノーモア・ベット」

締切の宣言と同時に、勝敗は決まった。ディーラーは最初から0に入れる意思と技倆を持ちあわせていた。一九回も連続で赤という撒《ま》き餌《え》をし、山本2佐以外の博徒にも大金を張らせておいて、親の総取りで毟《むし》り取るというプランだった。

九割九分成功しかけた瞬間、弥生がファースト・シックスに賭けたのだ。動揺の素振りを示さなかったのはさすがだが、迷いは生じた。ウィールの回転を延長させ、インカムにて指示を仰ごうとしたのだが、これまた見破られた。

露骨な時間稼ぎをやれば、イカサマそのものが露呈する。下手をすれば、ここのカジノはギルドから永久追放を命じられる。

弥生のベットが0への一点賭けなら、ディーラーも逡巡《しゅんじゅん》したかもしれない。その倍率は三六倍となり、支払いは許容できない額となる。

だが、ファースト・シックスなら七倍だ。予定どおり0に落としても、まず致命傷にはならない。赤に張った連中から総取りできるから、差引勘定は黒字だ。

山本2佐の読みは的中した。彼は現実的《リアリスティック》な読みと戦略で、手練《てだ》れのディーラーから手打ちを引き出したのだ。

そして……かつて象牙《ぞうげ》で作られ、現在はテフロンで形成されている白い球は、赤でも黒でもないスポットにその身を収めたのだった。

「緑の0です。申し訳ありません」

謝罪の台詞は赤に張ったギャンブラーへのものであったが、弥生にとっては敗北宣言にほかならなかった。全身の血が逆流し頭蓋《ずがい》へと到達すると同時に、ありとあらゆる脳内物質が分泌《ぶんぴつ》されていくのがわかった。

これがギャンブルで勝つということか。過去に味わったどんなエクスタシーよりも快楽としては上だ。依存症になる中毒患者が増えるのもわかる気がした。

ギャラリーが浴びせてくる羨望《せんぼう》と嫉妬《しっと》の眼差《まなざ》しをどうにか受け止める弥生であったが、やがて喧騒は拍手で打ち切られた。

「おめでとう《コングラッチュレーション》。あんたの勝ちだ《ユー・ウィン》」

　それは弥生ではなく、山本2佐へと向けられた台詞であった。顔をあげると、そこには金髪碧眼《きんぱつへきがん》のスマートなアメリカ人が立ち、称賛を続けていた。

「いや《ノー》。勝ったのは我々だ《ウィー・ウォン》」

　ペアプレイを堂々と宣言するかのような山本2佐の言葉にも、相手は怯《ひる》まなかった。

「俺は『スカイ・カルタゴ』のオーナーをやっている男だ。あんたのような強い博奕打ちにご来店いただき、感謝の極みだぜ」

「実に楽しい時間だったよ。ただ、そろそろお暇《いとま》したいね」

「簡単に勝ち逃げされてたまるものか。邪魔の入らないＶＩＰルームを用意させるから、サシで勝負しないか？　レートは好きに決めてもらっていいぜ」

「遠慮させてもらうよ。目標額に届いた以上、危ない橋を渡る必要もなくなったし、ここじゃ好きなブリッジも開催されていないからね。帰国してやらねばならないことが山ほど溜《た》まっているんだ。では、失敬」

　立ち上がった山本2佐に、相手はこう告げたのであった。

「ミスター・ヤマモト。ひとつだけ教えてくれ。妙な男から〝ＩＦ《もしも》の世界でやり直せ〟と言われた経験はないか？」

　山本2佐は一瞬凝固したあと、口を開いた。

「貴殿の御芳名《ごほうめい》をお聞かせ願いたい」

相手はするりとこう応じた。

「ワイアット・ホールジー・ジュニアだ」

弥生は発音から、その名の綴《つづ》りを〝Wyatt Halsey, Jr〟であろうと類推した。外国人の名前をカタカナで完璧に記すのは不可能であり、複数の表記が生じる。

同一の結論に行き着いたような山本2佐は、こう告げたのであった。

「僕はどうやら勝負を受けないとならぬ運命のようだ。ミスター・ハルゼー……」

「その気になってくれて嬉しいぜ。ブリッジが得意らしいが、あれは二対二の勝負だな。あんたはその女と組めばいいが、こっちは最強のパートナーを呼ばなきゃならん。いや……待てよ。彼女はいま因縁の場所にいるはずだ。こっちから行けばいいだけか。すぐ自家用ジェットを準備させるから、一緒に来てくれ」

「どこに飛ぶ気なのかね？」

山本2佐の疑念に、ハルゼーは短く応じた。

「ハワイ、真珠湾《パールハーバー》」

第二章　提督、布哇に出撃す

1　太平洋横断

――二〇三X年七月一五日

ラスベガス国際空港からホノルルまでは約八時間のフライトであった。

ワイアット・ハルゼーと山本三七十《やまもとみなと》、そして蜂野洲弥生《はちのすやよい》を乗せて飛んだのは「ホーネット＆ワスプ商会《カンパニー》」が保有する日本製のプライベート・ジェットだ。

金鵄航空機産業《きんしエアクラフト》の〝ゴールデン・バット〟である。正確にはその最新型のエリートⅢと呼ばれるタイプであった。

全長一三・九八メートル。全幅一三・一三メートル。最大離陸重量四九一五キロ。速度は巡航で時速七九五キロ。乗員二名に乗客を五名まで乗せられる。

軸駆動式リフトトファン・エンジンのＳＦ１２０を可変翼の上面に搭載するという独特なレイアウトだ。発売開始後一〇年弱で、この業界のトップシェアの地位を獲得したベストセラーである。

小型機であるため、最大航続距離は三二一九キロと控えめであり、これでは西海岸から離陸してハワイ諸島までは到達できない。太平洋を横断するには〝空飛ぶタンカー〟こと無人燃料補給飛行体《CLFSF》と邂逅《ランデブー》する必要があり、そのスケジュール待ちで出発が五時間も遅れてしまった。

ハルゼーは癇癪玉《かんしゃくだま》を破裂させていたが、山本2佐はゴールデン・バットというマシンを観察できる好機と捉《とら》え、機体の内外をくまなくチェックしていた。特にコックピットは、微に入り細に入って検分を続けていた。

弥生には不安があった。ビジネスを合法化させつつあるとはいえ、「ホーネット＆ワスプ商会」は要するにマフィアである。

そのうえ、彼女と山本2佐は多大な損害をもたらした仇《あだ》にほかならない。いつ命を奪われてもおかしくはなかろう。自家用ジェットという密室は事故死を装うのに最適だ。

それを忠告したが、山本2佐は事もなげに言うのだった。

「心配無用。殺す気ならとっくに殺しているし、正規の出国手続きもすませた。フライトプランによれば乗員は三名のみ。ハワイに到着した際に僕たちがいなければ捜査の対象となるよ。ハルゼー氏はそこまで暗愚ではない。大船に乗ったつもりでいなさい」

さらに弥生は心底驚いた。複座の操縦席にハルゼーと山本2佐の両名が並んで座るや、そのまま滑走路に侵入し、飛行を開始したのだ。

検索したところ、ワイアット・ハルゼーはかつてアメリカ海軍航空隊でパイロットとして活躍し、艦上機を操縦していたらしい。飛行ライセンスを持っているならビジネス・ジェットなど楽に飛ばせよう。しかし、山本2佐は筋金入りの船乗りであり、飛行訓練も教育も受けていないはずだ。

弥生は悪い想像に身を委《ゆだ》ねながら、豪華なキャビンのシートに腰を下ろしていた。

翼上に設置されたSF120エンジンは意外にも静かで、コックピットからは異常さを極《きわ》めた会話が流れ出ていた……。

「こいつは驚いたね。ほとんど全自動で動かせるじゃないか。計器類も少ないし、すべて液晶画面に集約されているとは、見事なものだ。自動車を運転できる者なら、誰でも操縦できるだろう」

「誰でもは言いすぎだが、ハードルは格段に下がっているぜ。九〇年前とは偉い違いだよ。なんなら操縦してみるか？」

「是非とも挑戦したい。操縦桿を寄こしてくれ」

「いいぜ。海岸線を越えるまであんたに任せる」

肝《きも》を冷やす弥生であった。たしかにコックピットには左右それぞれの席に両手で構えるタイプの操縦桿が用意され、正副操縦士で切り替えができるようになっているが、素人《しろうと》が動かせる代物ではない。

だが、三人を乗せたゴールデン・バットは順調に飛行を続けていく。航路変更を指示するアビオニクス・ナビの音声ガイドに従い、山本2佐は華麗なコースターンも決めてみせた。

記憶と記録を想起し、μ《ミュー》グラスで突き合わせてみた。山本三七十に操縦の経験はないが、山本五十六ならばあるのだ。

大正一三年九月に山本五十六大佐は霞《かすみが》ヶ浦《うら》海軍航空隊の副長に就任していたが、自らも操縦訓練に参加し、練習機による単独飛行もこなすまでに技倆《ぎりょう》をあげていた。スタンドプレーではなく、飛行機の特質を深く理解するための行動だった。

山本五十六の軍用機に関する深い知見がなければ、日本海軍は昭和一六年の時点で機動部隊を保有できなかっただろうし、大規模な陸攻隊の編成も不可能だったはずだ。

機首を太平洋へと向けた山本2佐へと、ハルゼーは言った。

「うまいじゃないか。こっちの世界に来てから練習でもしたのか？」

「そんな余裕はなかったな。実はμグラスの視界の隅に操縦マニュアルを表示させているんだ。日本語を筆頭に様々な言語が準備されているので助かる」

「当然だ。このゴールデン・バットはメイド・イン・ジャパンだからな。悔《くや》しいが性能は申し分ない。富裕層のステータス・シンボルだし、いまじゃ俺の愛機だ」

「一時期は日本製の小型車が全米の道路を占領していたと聞いた。アメリカの自動車産業は意地で巻き返したものの、次は小型機のシェアを奪われたのだね」

「そういうことだ。俺が九〇年前に軍事力で叩き潰《つぶ》し、戦後は合衆国が経済力で叩き潰したはずなのに、日本はそのつどゾンビのように甦《よみがえ》ってきやがる。ここは敵の敵に頑張《がんば》ってもらいたいところだが、中国製のビジネス・ジェットは売れなくてな」

「いま検索したが〝ペガサス・スター〟という機を麒麟《きりん》航空公司というメーカーが発売しているね。価格はゴールデン・バットの六割くらいか」

「あれは粗悪品《ジャンク》でよく墜《お》ちるんだよ。アメリカ国内で事故を三回も起こしている。まあ、中国共産党の連中が誰も使っていない点から性能はお察しだな。感心するのは日本メーカーの誠実さだ。やり方は愚鈍《ぐどん》にも思えるが、安全性には惜しみなく金を注《つ》ぎ込んでいるぜ」

「戦後史を調べたが、日本は敗戦後しばらくの間、どこの国家からも相手にされなかった。何十年という時間をかけて、至心と至情を示し、どうにか信用を再獲得したんだ。貴殿のような胴元にも必須《ひっす》の要素だと思うが」

「俺には信用がないって言いたいのか？　真面目《まじめ》な商売に精を出しているつもりだが」

「でも、イカサマをやっているね。それを否定する気はない。テラ銭だけで黒字にするには不可能に近いんだろう。問題があるとすれば、僕のような人間にも見抜けて対策ができるようなインチキをやってるってことだけだ。夢を売るのがギャンブルなのだから、素人を現実に引き戻すような真似はやるべきじゃないね」

「で……あんたは真珠湾《パールハーバー》というギャンブルに夢を賭《か》けたわけか。人命というチップを使った後味はどうだった？」

重低音の恫喝《どうかつ》めいた台詞《セリフ》にも山本2佐は動じずに返した。

「操縦桿を、つまりは命を握られている状態で相手の心証を害するのは、およそ利口とは思えないね。貴殿も大きな口を叩ける身分ではなかろうよ。真珠湾を焼いて怨《うら》みを買ったのは事実だけど、ブーゲンビル島で僕を待ち伏せして暗殺したじゃないか」

「戦争中だぞ。敵の大将の寝首をかっ切るのは称賛されるべき行為だろう。そもそも俺の手元に作戦計画が回ってきたときには、もうゴーサインが出ていたんだよ」

「貴殿が主犯でないとは知っていたよ。僕が理性を保っていられる間に、そろそろ操縦をお返ししたい」

「それが互いにとって賢明だな。いまオートクルージング・システムに切り替えた。これで着陸まで勝手にやってくれる。俺は手動が好みだが」

「操縦はどこでマスターしたのかな？」

「ペンサコーラ飛行学校だ。あの頃は五〇歳の坂を越えていたからキツかったが、いまや三十代のボディを手に入れた。若いとは素晴らしいな」

「まったくだね。でも、貴殿もいずれもとの持ち主に肉体を返却しなければならないぞ」

「やっぱりそうか。妙な空間で出会った妙な人影に、そう言われたのか？」

「神か悪魔かわからぬ相手は、そこまで開示しなかったな。ただ、僕にはわかる。僥倖《ぎょうこう》は長くは続かない。幸運は必ず尽きる。その前にやるべきことをやらねば」

「同感だぜ。だからこそ、ハワイに行くのだ。そこで引き合わせたい人間がいる。俺たちとまったく同じ体験をした奴がな……」

物騒すぎる会話を耳にする弥生は、己《おのれ》が置かれている立場がどれほど狂気に満ちているかを再確認し、背筋が凍る思いだった。

片方はメンタルクリニックを脱獄同然に出てきた人物であり、もうひとりはかぎりなく犯罪結社に近い組織の親玉だ。これら両名が操る飛行機に乗っている自分は、本当に正気なのだろうか？

悪夢と現実の間に身を置くような感覚を味わう弥生だったが、三時間後に別の非現実的な状況に出くわしてしまった。天から差し込む光が不意に陰った。窓外に視線を向けると、巨大な乳白色の無尾翼機が頭上から覆い被さってくるのが見えた。

「来たか。あれが〝ミルキー・マンタ〟だ。日英合作の無人燃料補給飛行体《CLFSF》だよ。燃料を恵んでもらわないとハワイに到着する前に海水浴をしなきゃならなくなる」

飛来した巨軀《きょく》の無人機は、機体中央から大きな漏斗《ろうと》状の物体を展開した。そして、ゴールデン・バットの機首からも給油ノズルが伸び、それがスムーズにドッキングする。

山本2佐が感嘆しきった声を発した。

「これも全自動とはな。省力化ここに極まれりだ。似たようなモノが昭和一六年にあればなあ。内地から一式陸攻で太平洋を横断し、ハワイや西海岸を爆撃できたものを」

負けじとハルゼーも言い返した。

「アメリカだって欲しかったぞ。ハワイからトーキョーを直接空襲できれば、サイパンやイオージマで大勢の若者を死なせることもなかっただろうぜ」

「空中給油機だが、合衆国は造っていないのかね？」

「あるにはあるが、旧式化しているんだ。日英が太平洋と大西洋の上空に整備してくれたガソリン・ステーション・ネットワークを使ったほうが安くつくんでな」

ハルゼーの言い分だが、現実を的確になぞったものであった。

日本とイギリス、そしてイタリアは第六世代支援戦闘機F‐3〝テンペスト〟の共同開発を通じて技術協力を深め、空中給油ネットワークという航空業界の隙間《すきま》産業を新たに開拓していたのである。

「おっと……俺のパートナーから通信が入ったみたいだぜ」

「少しばかり無用心ではないか。電波が空を飛んでいる以上、無線が傍受される心配は常につきまとうはずだが」

「大丈夫だ。空飛ぶタンカーのミルキー・マンタが、秘匿《ひとく》通信の中継もやってくれる。量子コンピュータがリアルタイムで暗号化してくれるから、中国の連中に覗《のぞ》き見されたりはしないぜ」

ハルゼーは自信ありげに断言した。合衆国は当初、日英が空中給油網構築において、副次的につくり上げた秘匿通信リンケージに対抗意識を燃やしていたが、民間企業が相乗りを始めるや、軍部も右へ倣《なら》えとなった。過剰なまでのハッキング対策が実施されていると判明したためである。

アメリカ軍が採用したとなれば、列強諸国が真似をするのは当然であった。ミルキー・マンタを用いた空中給油システムは、こうして世界的スタンダードとなっていった。

ただし、中国だけは軍民問わず利用を厳禁している。共産党外交部は情報漏洩《ろうえい》の危険が無視できないためとコメントしていたが、それが賢明なのか愚鈍なのかはわからない。

数秒後、かん高い女性の声が機内のスピーカーからも流れてきた。流麗《りゅうれい》なキングズ・イングリッシュだ。

『こちらHMS〈プリンス・オブ・ウェールズ〉艦長のフィンリー・トーマ・シンプソン大佐です。ハワイへ飛行中のゴールデン・バット──登録番号N0815HWにお訊《たず》ねしたい。操縦者はワイアット・ハルゼーですか？』

意外な人物の登場に弥生は耳をそばだてた。この女性がハルゼーのパートナーなのか？

「イエス。連絡したとおり、面白い客を乗せて三名でオアフ島へと向かっている。フィン、調子はどうだ？」

『私個人としては悪くありません。ただ、ハワイ方面の状況は不穏《ふおん》です。ホノルル空港への着陸は推奨できなくなりました』

「事件でもあったのか？」

『爆発物を持った男が、ビジネス・ジェット用の出入国管理《イミグレーション》で身柄を確保されたのです。日本人だと言い張っており、正規のパスポートも持っていますが、正体は帰化した中国人でしょう』

「ああ。半年前からロサンゼルスのチャイナタウンが妙に粋《いき》がってやがるんだ。チャイナマンは日本の国籍を取ってから西海岸に出張ってきて、こっちの縄張りを荒らし放題だよ。俺を恨《うら》んでる奴には事欠かないぜ」

物騒な知らせに、弥生は瞳を閉じた。やはり、ワイアット・ハルゼーは命を狙われている存在なのだ。巻き込まれないうちに、できるだけ距離を取らなければ。

帰国の段取りを考えている弥生に、山本2佐がこう訊ねてきた。

「弥生さん。日本国籍はそんなに大安売りしているのかね？」

「以前に比べて、帰化は簡単になっています。労働力不足を補うため、無分別に外国人を入国させた弊害です。自立民権党の支持率を大いに下げた一因かと」

「日本を理解し、日本を愛してくれるならば国籍なんかくれてやればいいが、悪事の隠蔽《いんぺい》に使うとはな。僕が国会の住人となったなら、もっと厳しくするぞ。せめて都々逸《どどいつ》くらい上手に歌えるようにならないと、国籍はあげられないな」

そのとき、シンプソンと名乗る女性艦長が声をあげた。

『ワイアット。面白いお客とは、このおふたりのことですか？』

「ああ。日本の海上自衛隊のヤマモト2佐と、その秘書さ。俺のカジノを荒らして帳簿に大穴をあけやがった。到着しだい紹介するよ」

『あなたや私と同様、因縁にまみれた名前ですね。ミスター・ヤマモト、お会いするのを楽しみにしています』

「シンプソン艦長。僕も因縁深い〈プリンス・オブ・ウェールズ〉にてお目にかかるのが待ち遠しいですよ」

ハルゼーが横から割り込んで言う。

「俺も急ぎたいが、その様子じゃホノルル空港にまっすぐ向かっても着陸許可がもらえるかどうか、わからんな」

『たぶん出ないでしょう。しかし、問題はありません。本艦に直接降りればよいのです』

2　着艦

——同日　午前九時五〇分（ハワイ時間）

「艦長《キャプテン》。航空管制ブリッジ・イン！」

まだ二十歳にもならない水兵《セイラー》のかん高い声が室内に響いた。

フィンリー・トーマ・シンプソン大佐は、一昨年から導入された白いタイトスカートも意に介さず、大股《おおまた》で航空管制ブリッジの指揮室へと足を踏み入れた。

「これはこれは。わざわざ御足労願えるとは恐縮です」

アダム・ラジェンドラだった。インド系を先祖に持つイギリス海軍中佐だ。

慇懃《いんぎん》な口調だが、フィンリーは見逃さなかった。それまで談笑していたラジェンドラが艦長の顔を見るなり、表情から一切の笑みを消したことを。

「それで本当に着艦させるのですか？　民間機を？　このＨＭＳ〈プリンス・オブ・ウェールズ〉に？　Ｒ09という艦ナンバーを授けられた伝統ある正規空母に？」

疑念の台詞には、侮蔑《ぶべつ》の色がわずかながら見え隠れしていた。それは当然かもしれない。艦長という職権を濫用《らんよう》し、無茶な命令を発した事実は動かせないのだから。

ラジェンドラは第６６６飛行隊〝ジ・オーメン〟および第６９６飛行隊〝ディープ・レ

ッド〟で構成された戦闘団〝ダム・バスターズ〟を統括する飛行長という立場だ。

他にも一二機の回転翼機《ヘリコプター》で編成された二個海軍航空隊の管理にも携《たずさ》わっており、実質的な飛行甲板の支配者だと言えた。縄張りに厄介《やっかい》事など持ち込んでほしくないのも、理解はできる。

だが、飛来する相手はただの厄介者ではない。四三年の人生で相対したなかでも指折りのトラブル・メーカーであり、組むべきか否《いな》かを迷い続けている男なのだ。

そして……私も無茶すぎる方法で未来を切り開こうとしている。IF《もしも》があるかもしれない未来を変えるには尋常《じんじょう》な方法では不可能だ。フィンリーは賭けていた。ここで失敗するようなら運が尽きている証拠。容赦なく切り捨てられると。

「本艦は来たるべき未曾有《みぞう》の状況に対応するため、あらゆる機会を活用しなければなりません。F‐35B以外の固定翼機が着艦する可能性が皆無だと誰が言い切れましょう。起こり得る事態だけでなく、およそ起こりそうにない事態に対応できてこそ、国防という責務を果たせる。飛行長はそうは思いませんか？」

ラジェンドラ中佐は硬い表情のまま、こう返した。

「キンシ・エアクラフトのゴールデン・バットですが、狭い地方空港での運用が設計時から考慮されており、短距離離着陸もできるようですな。カタログ・データを信じるならば、向かい風での着陸所用距離は二五〇メートル。そして、本艦の飛行甲板は二七七メートルですぞ。まあ、本当にギリギリかと」

飛行長の発言には棘《とげ》があった。彼はこっちを望ましい艦長だとは考えていなかったのである。

フィンリーも自分がどう思われているかの認識はあった。

こちらの後部ブリッジでは、私は余所者《よそもの》なのだ。さっさと居心地のよい前部ブリッジに戻ったほうが賢明かもしれない……。


クイーン・エリザベス型空母の二番艦〈プリンス・オブ・ウェールズ〉だが、外見上の特徴としてツイン・アイランドを特記しなければなるまい。

同程度のサイズの島型艦橋《アイランド》を右舷にふたつ保有しており、前方が航海用、後方が航空機管制用となっている。このレイアウトだが、約一二〇年に及ぶ航空母艦の歴史においても前例がない。

攻撃目標となりやすいブリッジは、できるだけコンパクトにするのが潮流だが、原子力空母でない〈プリンス・オブ・ウェールズ〉は煙路を確保する必要があった。

全長二八四メートル、最大幅七三メートル、基準排水量四万五〇〇〇トンという巨艦を最大二六ノットで疾走《しっそう》させるには、ガスタービン機関二基とディーゼル機関が四基も必要であった。

当然ながら、煙突も大型になる。ブリッジと一体化させるのがトレンドだが、それでは艦橋構造物そのものが巨大化してしまう。

そこで考案されたのが島型艦橋《アイランド》を分割するプランであった。奇抜にも思えるが、煙路を分割できるだけでなく、被弾面積を最少にする効果も得られた。

もちろん、ステルス性も考慮された形状である。有事の際、片方のブリッジが使用不能となった場合でも、すぐバトンタッチして任務を継続できるようデザインされていた。

設計上は成功したかに思われたツイン・アイランドだが、思わぬ弊害もあった。司令部の意思の乖離《かいり》である。

すなわち縄張り争いだ。特に航空管制に携わる後部ブリッジの配置員は、自分たちこそ空母戦力の主役だと自覚するあまり、前部ブリッジを軽視する事態が多発していた。

艦長が抜群の統率力を持っていれば話は違ってこようが、フィンリー・トーマ・シンプソン大佐は脛《すね》に傷を持つ身であることを自ら認めている女性なのだ。

しかし、シンプソンにもプライドがあった。新任の東洋艦隊司令長官がオアフ島で合流する手はずになっているが、それまでは自分に艦隊指揮権がある。

たとえ空母と駆逐艦が一隻ずつの機動部隊といえどもだ……。

飛行長のラジェンドラ中佐は事務的な口調で続けた。

「シミュレーターにて検討しましたが、民間機ですから主脚が折れる公算が大きいです。バリケード・ネットを使う必要があるかと」

それは着艦する飛行機の行き足を止める最終手段だ。強化ナイロン製の簾《すだれ》のようなカーテンを飛行甲板に展開し、物理的に絡《から》め取る仕組みであった。

シンプソンは飛行甲板を見つめて言った。

「バリケード・ネットは去年の改造時に新品を搭載したではありませんか。実地テストの好機ですよ」

就役時、〈プリンス・オブ・ウェールズ〉に非常用《エマージェンシー》バリケード・ネットは準備されていなかった。

一番艦の〈クイーン・エリザベス〉は当初から垂直／短距離離発着機であるF－35Bの運用が決定しており、スキー・ジャンプ台も当然のように設置されたが、二番艦の〈プリンス・オブ・ウェールズ〉は機種選定に紆余曲折《うよきょくせつ》があった。

一時期はアメリカの原子力空母と同様、艦載機タイプのF－35Cを載せ、カタパルトとアレスティング・ワイヤー《着艦補助ケーブル》を装備するという案が主流となった。その際に、バリケード・ネットの装備も検討されている。

結局は完成が大幅に遅れるとの指摘があり、一番艦と同様、F－35Bと回転翼機の母艦として誕生したわけだが、拡張性のひとつとしてバリケード・ネットは考慮されていた。

これが意外と役立った。名機AV-8〝ハリアー〟の後を継ぐ垂直着陸機として名高いF-35Bだが、斜行着艦《SRVL》も可能となっている。文字どおり空中を降下角六度で斜めに横切り、主脚が飛行甲板に接すると同時に車輪のブレーキで機体を停止させるシステムだ。

垂直着陸の場合、武装を海上投棄する必要があるが、斜行着艦なら荷重状態でも降りられるため、爆弾が無駄にならない。ただし、洋上が荒れていると制動に難が生じるケースも散見された。そのためバリケード・ネットの必要性が指摘され、改造時に〈プリンス・オブ・ウェールズ〉には装備一式が付与されていたのである。

専門家として仔細《しさい》を把握しているはずだが、ラジェンドラはまだ渋い表情だ。

「艦長命令には従いましょう。ただし、飛行長として必ずしも賛同していなかった事実は記録させていただきます。失敗した場合、その責任の所在は……」

「全面的に私が負います。すでに悪評は十二分に受けた身。これ以上、世間の評判が下落したところで痛くも痒《かゆ》くもありません」

直後、ラジェンドラは小さく肯《うなず》くとマイクを手に取り、プロとしての立場からこう命じたのだった。

「飛行長より航空要員へ達する。異例ながら、本艦はこれより固定翼機の着艦試験を強行する。全飛行甲板をクリアにし、バリケード・ネットの展開を急げ。火災発生にも備え、消化チームも出動準備だ」

シンプソンも壁際の受話器を取りあげ、艦長として命じた。

「通信室へ繋《つな》いで。すぐ〈エクスペンダブル〉に応援を要請するのです。着艦失敗と水没に備え、救助態勢に入るようにと」

随伴する新鋭の83型駆逐艦がスムーズに命令に従い、〈プリンス・オブ・ウェールズ〉の左舷へ進出し、万一に備えた。それを見やってからラジェンドラが言う。

「ベッドフォード・アレイ目視着艦支援システムの出番ですな。幸いなことに技術供与で海上自衛隊《JMSDF》のイズモ型空母に同じものが装備されています。希望的観測ですが、接近するゴールデン・バットの着陸支援ＡＩが、それに対応しているかもしれませんぞ。連絡する価値はあるでしょう」

だが、シンプソンは静かにそれを否定するのだった。

「余計なお節介はやめておきましょう。あの男なら、それくらい想定に入れているはず。機体の製造元に一報し、ミルキー・マンタ経由で追加プログラムを寄こせとねだっていても驚きません。ここはかつて空母乗りだったワイアット・ハルゼーの操縦技術を信頼すべきです」

沈黙が後部艦橋を支配した数分後、レーダー管制室から急報が入った。

「１０４６型レーダーに反応あり。本艦へ接近する飛行物体を確認。距離一九〇キロ」

それは前部艦橋トップに据えられた対空三次元レーダーだ。開発はオランダで、本来の名称はＳＭＡＲＴ‐Ｌであったが、イギリス海軍はライセンス購入し、独自の改良を施したうえで実戦配備していた。感知精度は実に高く、一〇〇〇機もの航空目標を同時に追尾できる。

「こちら通信室。機体ナンバーＮ０８１５ＨＷのゴールデン・バットより連絡あり。あと二〇分で到着予定。ビールを冷やしておいてくれと言っています……」

それから一九分後――寄港予定地のハワイまで半日という海域で〈プリンス・オブ・ウェールズ〉は珍客を上空に迎えた。

小型のビジネス・ジェットが艦尾から接近し、まずは飛行甲板の上を素通りした。それから左旋回で空母の左舷側を一周し、最終アプローチに入る。

手際のよさは飛行長のラジェンドラ中佐が舌を巻くレベルだった。着艦するための眼には見えないレール――グライド・スロープに機体を一発で乗せたのだ。

失速寸前までスピードを下げたゴールデン・バットは、翼上の二基のエンジンを逆噴射モードに入れ、主翼のスポイラーも展開を終えていた。飛行甲板へ侵入した際の最終速度は時速一一〇キロを下回っていた。

アルミとチタンの粉末でコーティングされた飛行甲板に主脚が触れると同時に、落下傘と同じ仕組みのドラッグシュートが展開し、一気に制動がかかった。スキー・ジャンプ台の手前に準備されたバリケード・ネットに機首がわずかに触れたが、展開されていなくても静止できただろう。

　シンプソンはすぐ後部艦橋を抜け出るや、スカートも構わずに駆け足で機体へと急いだ。出入口のハッチが開き、昇降階段から見覚えのある人物が姿を見せた。

「驚いたね。艦長がじきじきに出迎えてくれるとはな。俺の将来を見越していまのうちに媚《こび》を売っておこうという魂胆《こんたん》かな。会うのは半年ぶりだが、その体にはもう慣れたかい？」

　ワイアット・ハルゼーは、以前と少しも変わらない容貌と口調だった。過去に相対した人物のなかでもっとも扱い難い男だ。彼を見つけ出し、コンタクトしたのはシンプソンのほうだが、まったく後悔していなかったかと言えば嘘になる。

だが、しかし——同じ体験をした戦友としてかけがえのない相手であるのも事実。また新たな戦友候補者を連れてきたとあれば、それ相応の歓待をしなければなるまい。

「見事な着艦でした。ようこそ〈プリンス・オブ・ウェールズ〉へ。本艦はあなたたちを歓迎します」

　その直後、ワイアットの後ろからふたりの日本人が姿を現した。

「紹介しよう。ミスター・ヤマモトと秘書のヤヨイだ。シンプソン艦長、あんたの想像は的中しているぜ。彼こそが、あのヤマモトだよ」

　機体から降りてきたのは紺色のスーツを着こなした痩身《そうしん》の人物であった。パンプス姿の若い女も続いているが、シンプソンの視線はヤマモトにくぎ付けであった。

この男が……もしや……。

頬に傷がある中年男性は、ツイン・アイランドと飛行甲板を見渡すや、感嘆しきった調子で言った。

「さすがは大英帝国。偉大なるかな、ロイヤル・ネイビー。これだけの大型空母を実戦配備しているとは。それにしても〈プリンス・オブ・ウェールズ〉とは因縁深い艦名だ。そして、あなたがフィンリー・トーマ・シンプソン――つまりは〝親指トム《トムサム》〟ですな……」

3　ザ・サード・パーソン

――同日　午前一〇時一五分（ハワイ時間）

HMS〈プリンス・オブ・ウェールズ〉は満水排水量が六万トンを超えるイギリス海軍史上最大の艦《フネ》であり、これだけの図体《ずうたい》ならばほとんど揺れないため、船酔いの心配だけはなさそうだった。

乗船経験の薄い蜂野洲弥生は少しだけ安堵し、案内されるまま艦長室へと入った。室内はごくありきたりなもので、特別な感慨を抱くことはなかった。

清楚な事務室といった感じで豪華さとは無縁だった。贅沢品《ぜいたくひん》を探すとすれば、シャワーとベッドくらいだろう。部屋の中央にはアウト・ドア用と思《おぼ》しき折りたたみ式のテーブルが準備され、パイプ椅子《いす》が並んでいる。

山本2佐が、それを目敏《めざと》く見つけて英語で言った。

「可燃性のモノはなるべく排除しているわけだね。常に戦場となることを想定して動くとはな。軍艦とはかくありたいものだ」

ハルゼーが無遠慮に椅子に腰かけてから、それに続いた。

「戦場に戻るのに素面《しらふ》ではいられない。頼んでおいたビールを出してくれよ。アメリカや日本と違って、イギリス海軍はいまだに飲酒は禁じられていないんだろ？」

シンプソン艦長は着席すると、こう告げるのだった。

「インディア・ペールエールしかないのですが、それでもよければ冷蔵庫にストックしてあります。そこの秘書の女性、お願いできますか？」

不意に呼びかけられた弥生だが、この四人のなかでは最年少であり、断るのは不可能に近い。素直に冷蔵庫を開け、缶ビールを三本取り出すや、手早く卓上に置いた。

「よろしければ、あなたもどうぞ。ミス・ヤヨイ」

「ノー・サンキュー」

短いその台詞がシンプソンの心情を害したのか、艦長は露骨に表情を強《こわ》ばらせた。

「彼女はどこまで知っているのですか？　状況しだいでは、部屋から出て行ってもらったほうが賢明では？」

ハルゼーが缶ビールのプルトップを景気よく開けながら答えた。

「おおよその事情は知っているぜ。突飛すぎる現実を受け入れてはいない様子だが、無理もなかろう。俺だってまだ夢だと思いたい気分だしな」

続いて山本2佐が告げた。

「弥生は僕のランニング・メイトなのだ。今後、政界入りするにあたり、なくてはならぬ相棒なんだよ。僕たちが体験した歴史にも詳《くわ》しく、共犯者としての資格はあると思うが」

少し考え込んだ表情を示したあと、シンプソン艦長は訊ねた。

「それなら答えてもらいましょう。私が誰だかわかりますか？」

間髪を入れずに弥生は応じた。

「山本2佐の指摘が正しいのならば、あなたの肉体を支配している精神体は、トーマス・フィリップスのそれであるはず。マレー沖海戦で戦艦〈プリンス・オブ・ウェールズ〉を指揮していたイギリス海軍大将の……」

憮然《ぶぜん》とした表情のまま、シンプソン艦長は言った。

「μグラスなしにそこまで言えるのなら本物でしょう。ミスター・ヤマモトのリクエストに応じるべきでしょうね。艦長として同席を許可します」

缶ビールを呷《あお》りながらハルゼーが言った。

「想像もできないんだが、女に生まれ変わるのはどんな気分だ？」

「いろいろと興味深いものです。強くお奨《すす》めしますよ」

「それこそノー・サンキューだぜ。女だと最前線に出られそうにないしな」

「その考えは古すぎます。本艦の乗組員は二〇パーセントが女性で構成されています。アメリカの原子力空母も似たような比率だったはずです」

山本2佐が口を挟んだ。

「僕は戦場で死ぬのは男だけで充分だと考えているが、世の趨勢《すうせい》とあれば仕方ないのかもしれないなあ。蜂野洲君はどう思うかね？」

着席と発言を許された弥生は、背筋を伸ばしてから答えた。

「行き過ぎた平等意識が女性から安寧を奪ったのは事実です。いまや男だけではなく、女も危険を背負わなければならなくなりました。それが幸福なのか不幸なのかは、たぶん後世の歴史家が判断することでしょう」

シンプソンが腕組みをしてから、それに応じた。

「若いのに世界を客観視できている点は評価しなければ。ミス・ヤヨイ、μグラスの使用を認めます。私たちのサークルに入るのであれば、まず私の過去を検索しなさい」

弥生は遠慮しなかった。ショルダーバッグからμグラスを取り出し、装着する。

洋上であるためリンク切れを危惧したが、すでに艦内の高速ネット回線をキャッチしていた。視界にシンプソン艦長を捉《とら》えると、即座に情報がディスプレイされた。
《……フィンリー・トーマ・シンプソン（旧姓フィリップス）……英国エセックス州出身……年齢四三歳……夫とは死別……》
弥生がμグラスで入手した情報は事実の羅列《られつ》にすぎない。
リストアップされた項目を再構成し、シンプソン艦長の軌跡をまとめるならば、以下のようになるだろう……。

＊

フィンリー・トーマ・フィリップスは、二十一世紀直前にエセックス州ティルベリーで生を受けた。

テムズ川下流に位置するそこはロンドンの外港として機能しており、大型ドックも存在していた。極貧の家に生まれた彼女にとって海とは、ここではないどこかへ誘《いざな》ってくれる脱出経路に思えてならなかった。

自営業で破産した両親は公務員以外の進路を認めてくれなかった。船員となるには海軍軍人しかない。そう考えたフィンリーは、デヴォン州ダートマスのブリタニア王立海軍兵学校を志望し、猛勉強の末に合格を勝ち取った。

入学後、同期生からサー・トーマス・フィリップス提督との関係を指摘されたが、たまたま苗字が一緒だったにすぎず、血縁など最初《はな》からない。それでも縁故合格だとする悪評はつきまとった。

だが、フィンリーは二年後に次席卒業という実績ですべてを打ち払い、海軍将校としての道を歩み始めたのである。

彼女は洋上に身を置くことを望み、常に艦隊配置を欲した。地上勤務に回されることもあったが、すぐ転属願を提出した。基地でのデスクワークなど退屈すぎる。異国情緒と潮の香りを堪能《たんのう》したくて船乗りになったのだから。

艦隊勤務は完全に我欲のためであったが、それは副次的な効果を呼んだ。まだ少数派であった女性士官の地位向上に寄与したのだ。フィンリーは頼れる先輩として、彼女たちの憧憬《どうけい》の対象となっていった。

王立海軍としても男女格差の解消は懸案事項であった。新兵募集に苦労している現状を思えば、女性の待遇改善は水兵の安定確保に繋がる一手であった。苦労人のフィンリーは立身出世のアイコンとして重宝されたのである。

よって昇進は早かった。二九歳でフリゲート艦〈キャンベルタウン〉の航海長となり、三一歳で駆逐艦〈ドラゴン〉の副長に就任し、三四歳にして揚陸艦〈アルビオン〉の艦長に抜擢《ばってき》された。将来的には臨時編成されるであろう艦隊司令官《ステーションコマンダー》も夢ではなかった。

完璧に見えたフィンリーであったが、人生の落とし穴はどこにあるのかわからないものである。彼女は唐突に退役願を第一海軍卿《きょう》のヘンリー・メッサビー大将へと送付したのであった。

理由は結婚である。十代のすべてを学業に捧《ささ》げた人間にありがちなケースだが、フィンリーは異性に対する免疫が薄かった。海軍という男性上位社会で過ごした反動も手伝って、盲目的な恋に落ちたのであった。

心を射止めた男はアーチー・マー・ジャオといった。国籍はイギリスだが、顔立ちと名前でわかるとおり、中国系の人間である。

アーチーの両親は香港《ホンコン》を生活拠点としていたが、一九九七年の中国復帰の際にカナダ経由でイギリス本土に移住していた。当時の家名《ファミリーネーム》をそのまま用いたジャオ国際金融は、ロンドンでも大成功し、彼はなに不自由ない人生をスタートさせた。

二九歳で会社を相続したアーチーだが、社長就任と同時にイギリスでも十指に入る富豪となっていた。金銭欲は充分に満たされた彼は、次に名誉欲に取り憑《つ》かれた。

国籍こそ取得できていたが、やはり中国系というルーツはネックだった。独身を貫いていたアーチーは、伝統ある家系に潜《もぐ》り込む手立てを試み、実行に移した。

標的として白羽《しらは》の矢《や》を立てられたのはシンプソン家であった。

国王エドワード八世と〝王冠をかけた恋〟を演じた当事者である故ウィンザー公爵《こうしゃく》夫人ことウォリス・シンプソンの実家だ。実際には数多《あまた》ある分家のひとつだったが、家系図に記録されることは確実である。

合衆国が出自であるため、家名はあってなきが如しというシンプソン家に、アーチーは養子縁組を申し込んだ。没落貴族の末裔《まつえい》にとって、天文学的なまでの持参金は抗《あらが》い難く、シンプソン家はそれをあっさりと受諾したのだった。

ここにアーチー・マー・チャオはアーチー・マー・シンプソンとなり、社交界デビューを果たしたが、想定外の反発も食らった。

金で家名を買ったことは事実だが、外見を叩かれたことがアーチーを大いに苦しめた。母はフィリピン系アメリカ人だったが、父は曾祖父の代から香港《ホンコン》人であり、見た目は黄色人種そのものだった。

化粧や整形でごまかしても嘲笑《ちょうしょう》されるだけだ。膨《ふく》れあがった名誉欲を満たすには、より効果的な一手が必要だった。

アーチーが目をつけたのが、フィンリー・トーマ・フィリップスだった。王立海軍の至宝たる女性士官である。

ヨットが趣味だったアーチーは、ケント州ラムズゲートのマリーナでフィンリーが会員となっている事実を突きとめ、接触に成功するや、たちまちハートを射貫いた。

恋愛に免疫のないフィンリーは、この執心《しゅうしん》が形となることを強く望み、出会いから半年で婚約を公表した。

これは王立海軍だけでなく、英国秘密情報部《SIS》を驚愕《きょうがく》させた。

ジャオ国際金融改めシンプソン国際金融は、以前から上海《シャンハイ》に本社を置く龍鋒《ロンフェン》防衛造船公司に資金を提供しており、外部役員も数多く出向させている。

名前からわかるとおり、龍鋒は軍事産業だ。新興勢力ながら、中国海軍が長年欲していた原子力空母の最終艤装《ぎそう》を受注するまでに勢いのある企業であった。

これは秘密情報部に疑念を抱かせるに充分すぎる状況証拠だった。アーチーが夫という立場を活用し、妻から情報を引き出そうとするのは自然な流れだろう。

イギリス空母のすべてを把握するフィンリーは希望の象徴から危険な存在に変貌しつつあった。これは絶対に看過できない。秘密情報部は王立海軍へと圧力をかけ、ありとあらゆる手段で結婚を阻止《そし》せよと命じた。

ヘンリー・メッサビー大将は、直属の上官として、また理解者として硬軟両面で婚約を断念せよと説得した。独身のまま現役を続けてくれるなら、就役が大幅に遅れているドレッドノート型戦略原子力潜水艦の四番艦〈キング・ジョージ六世〉の初代艦長の座を確約するとまで言ったが、フィンリーの答えはノーだった。

事ここに至り、秘密情報部はダイレクトな手段で問題の排除に移った。殺しの許可証を持つ課員に命じ、アーチーの抹殺《まっさつ》を図《はか》ったのだ。

単純かつ確実な昔ながらの手口が検討され、採用された。

交通事故を装った殺人である。

身内だけの結婚式をギリシャで執《と》り行うことになり、休暇を利用してアテネへと赴《おもむ》いたフィンリーとアーチーだが、ふたりは二十四時間態勢で監視下に置かれていた。

公務員の殺し屋は、非情にも結婚式の翌日、アーチーが単独でアストンマーチン〝ヴァルハラ〟を運転する状況を狙ったのである。

トンネル出口付近で前後をトレーラーで挟《はさ》み込み、押し潰すという安易なる手段であり、計画自体はうまくいった。アーチーは即死し、四一歳の人生にピリオドが打たれた。

暗殺計画は成功したが、パーフェクト・ゲームとはいかなかった。秘密情報部は致命的な失策をやらかしていた。邦貨換算で一億円を超えるそのプラグイン・ハイブリッドカーの後部席には、フィンリー・トーマ・フィリップスが座っていたのだ……。

トレーラーの後方に消防車を準備させていたため、フィンリーは顔に火傷を負ったものの、一命はとりとめた。アテネの大学病院に一時入院したあと、空路ポーツマス海軍基地まで搬送され、海軍病院にて療養生活に入った。

これは後見人でもあるメッサビー大将の指示であった。状況誤断というあまりにも初歩的なミスに疑念を抱いたのだ。秘密情報部《SIS》は失敗を装ってはいるが、本当は最初からフィンリーも冥府《めいふ》へ送る腹づもりだったのでは？

民間の病院では口封じのために再び命を狙われるのは必然だ。メッサビーは部下を死守するため、海軍の影響下にある医療施設にフィンリーを匿《かくま》った。腕利《うでき》きの整形外科医を総動員し、左頬の火傷痕《あと》も目立たないまでに修復できた。

ただ、現役復帰にはかなり時間を必要としそうだった。軍人としても女性としても、キャパシティーを遥かに超える衝撃を受けた結果、フィンリーは記憶を失っていたのだ。

正確には、別人格に精神を乗っ取られていた。

彼女は、自分のことを海軍提督のトーマス・フィリップス大将だと言い張っていたのである……。

＊

頭のネジを何本か外さないと理解も把握もできない現実だった。

しかし、弥生はすでに山本五十六とウィリアム・ハルゼーというふたりの異能者を受け入れてしまっている。三人目を拒絶できる理由など見つかりそうにない。

μグラスを外してから、彼女は辛《かろ》うじてこう訊ねた。

「いくつか質問させてください。結局、海軍を退役することはなかったのですか？」

フィンリーは頷いてから、こちらを値踏みするかのような視線を送り返してきた。

「秘密情報部《SIS》はいまだに私を狙っています。洋上なら襲われる心配はありません。市井《しせい》の民に戻るのは、より強固な社会的地位が確保できてからでないと」

山本2佐が不敵な笑みを示した。

「空母〈プリンス・オブ・ウェールズ〉乗組員一二九〇名の護衛付きというわけか。僕が連合艦隊司令長官を拝命したのも同じ理由だったよ」

弥生はそれが事実だと理解したが、あえて反応せず、注意をフィンリーのみに向けた。

「シンプソンという家名をまだ用いておられる理由は？」

かつてフィリップスを名乗っていた人物は、女声でこう答えるのだった。

「死別こそしたが、離縁はしていません。シンプソン家からも家系を存続させるために残ってほしいと言われたのです」

「実の御両親は……フィリップス家は反対なさらなかったのですか？」

「年の離れた弟がいますから、そっちに継がせるでしょう。そして、フィリップス家は今も昔も貧しいままで、私からの送金をあてにしているのですよ。傍流とはいえ、貴族の家系に名を連ねたことを素直に喜んでいましたし。私――つまり、現在この肉体を支配しているスピリットからすれば他人なのですが、落胆させるのは本意ではありません」

魂《スピリット》という核心を突く表現に弥生は生唾《なまつば》を飲み込んだ。やはりこの人物もまた、異常すぎる体験を味わっているのか……。

「あなたはワイアット・ハルゼーを御存じだったようですが、ファースト・コンタクトはどのようなものだったのですか?」

首をかしげてからフィンリーは答えた。

「例の異人についてヤマモトから聞かされているとの前提でお話しします。沈む戦艦〈プリンス・オブ・ウェールズ〉と運命を共にした私ですが、唐突にこの世に引き戻されたのには理由があるはず。それを考慮した末、同じ体験をした人間を捜すべきだという結論に達したのです」

缶ビールを飲み干してからハルゼーが言った。

「そいつから俺に接触してきたんだよ。最初はたまげたが、妙な場所で妙な野郎から同じことを聞かされたんだ。信じないわけにもいかんだろう」

「ウクライナで撃墜され、記憶障害を引き起こしたアメリカ人の義勇パイロットがいる。それだけで接触を図るには充分すぎました。私とハルゼーは定期的に会い、IF《もしも》があるかもしれない未来を模索していたのです」

フィンリーの言葉を山本2佐が引き継いだ。

「それで合点《がてん》がいった。僕たちは運命に引き寄せられただけじゃない。自分の強靱《きょうじん》な意思で動いた結果、行き着いたんだよ。ワイアット・ハルゼーが僕を見つけたのも偶然ではあるまい。違うかな？」

「賭場を荒らしているジャップを退治しようとしただけだぜ。先の出馬を考えると、現金はいくらあっても足りないからな。フィンリー、そっちの懐《ふところ》具合はどうだ？」

「アーチーが経営していたシンプソン国際金融の株式を相続した結果、結構な額の不労所得も得ています。ロンドン市長選に出るには充分すぎる軍資金です」

　山本2佐もそれに続いた。

「こっちもカジノで荒稼ぎさせてもらった。これだけあれば、次の衆議院議員選挙に立候補できるだろうね」

　この三人が揃って顔を合わせたのは初めてのはずだ。それなのに三者三様ながら、全員が政界入りを目論《もくろ》んでいる。こうした現実に直面し、弥生は置かれた状況がどれだけ異様かつ異常であるかに気づき、慄然《りつぜん》とするのだった。

「あなたたちは……いったいなにをする気なのですか……」

　最初に答えたのはハルゼーであった。

「なすべきことをなす。それだけだぜ」

　次にフィリップスの旧姓を持つフィンリーが言った。

「この世界に連行されたからには演じる役割があるはずです。それが大英帝国の復活だとすれば、この身を粉《こ》にしても厭《いと》いません」

最後に山本2佐が話した。

「あの妙な人物は『上位存在に仕える監察官』を自称していたから、神や仏ではないはず。もっと俗物的な存在だ。連中の意思など知らないが、未来をやり直せる知恵と立場さえ手にできれば、地球をもう少しマシな惑星にできるだろう」

山本に応じたのはハルゼーだった。

「いま世界を支配しようとしている連中はパクス・チャイナを標榜《ひょうぼう》してやがるぜ。連中の野望を挫《くじ》かないと地球は住み難い場所に落ちぶれちまう。

まあ、パクス・アメリカーナが限界を迎えているのは事実だ。なにせ大統領が九十歳を超えているからな。今年の選挙でも再選を目指しているが、このままじゃ落ちる。ただし、俺が副大統領《ランニングメイト》として手を貸してやれば話は別だぞ。任期中に大統領が職務不能となってしまい、交代した前例はいくつもあるしな……」

フィンリーが肯きながら、それに続いた。

「戦傷兵として同情票が望めるのは私も同じです。ロンドン市長ともなれば、下院議員が視野に入る。その先に首相というポジションが見えてくるはずです……」

山本2佐が締めくくるかのように言った。

「国家指導者には僕がいちばん遠いかもしれないな。一年生議員に総理の椅子が与えられるとしたら、国家存亡の非常事態くらいだろう……」

弥生は再び戦慄した。かつて日米英の海軍で権勢を誇っていた英傑たちが、今度は軍事ではなく、政治という側面から世に出ようと画策しているではないか。

艦長室は空調が効《き》いていたが、額に汗が噴《ふ》き出てきた。指先でそれを拭《ぬぐ》ってから、弥生は訊ねた。

「教えてください。あなたたちの他にいわゆる〝転生者《リターナー》〟はいるのでしょうか？」

すぐさま山本2佐が対応してくれた。

「それはわからないね。ただし、あの奇妙な人影は〝寡兵《かへい》でやり直せ〟と言った。それを信じるなら、もうおらぬのかもしれないな」

同意するかのようにハルゼーが言った。

「俺もいないと考えているぜ。死線を潜り抜け、記憶を失い、他者の人格を持つに到った奴がいれば絶対に目立つしな」

締めくくるようにフィンリーが話した。

「味方も敵も、これ以上は来てもらいたくありません。私たちの調和は簡単な刺激で崩壊しかねませんから。ところで、ミスター・ヤマモト。ハルゼーに言われたとおり、ブリッジの準備をしておきましたよ。ひと勝負してはいただけませんか？　ぜひとも私を殺した仇を討たせてほしいのですが」

複雑な笑みを示してから山本2佐は、こう答えるのだった。

「魅力的な話だが、やめておこうか。博奕は当分の間、封印したいね。本番の戦いの前に、博才を使い果たすのは望ましくない」


五時間後——HMS〈プリンス・オブ・ウェールズ〉はハワイへと到着した。

来航目的は米英海軍および海上自衛隊の合同訓練〝パシフィック・ストライク〟に参加するためであった。

イギリス本土を出撃し、大西洋を南下して南米ウルグアイのモンテビデオに寄港、そこからマゼラン海峡を抜け、西進してオーストラリアを目指した。

隘路《あいろ》かつ長駆《ちょうく》の航海である。パナマ運河が通行できれば楽なのだが、全幅三九メートルという図体では無理な相談だ。また〈プリンス・オブ・ウェールズ〉は完成後から不調に祟《たた》られており、不具合を潰すため中規模な改装を終えたばかりだった。

この大航海は、故障しがちな空母という悪名を払拭《ふっしょく》するためのものでもあったのだ。

山本2佐は用意された昼食をきれいにたいらげると、弥生をともなって前部艦橋の脇へと向かった。

そこには白亜の円筒といった風貌のファランクスが一基だけ装備されている。μグラスで検索し、それがCIWS《シウス》と呼ばれる対空兵器だと知った山本2佐は、感心しきったような声を出した。

「追尾用電探を内蔵し、全自動で射撃できる独立した対空砲か。海上自衛隊も同じモノを導入しているのは心強いね。これがミッドウェー海戦の帝国海軍にもあればなあ」

飛行甲板では登舷礼の準備が始まっていた。純白のセーラー服に袖を通した若い水兵らが整列していく。

オアフ島が近づいてきた。やがて〈プリンス・オブ・ウェールズ〉は狭い水道を抜け、真珠湾《パールハーバー》へと巨体を乗り入れた。

「山本2佐はハワイは初めてでしょうか？」

弥生の問いかけに、相手は素直に応じた。

「山本三七十の過去は知らないが、山本五十六であれば答えられるよ。大正一五年に東洋汽船の〈天洋丸《てんようまる》〉で訪米したが、サンフランシスコ航路だったため、ハワイにも寄ったね。まあ、軍港真珠湾を見る機会はなかったけどな。うん？　あれは……あの空母には日章旗が掲《かか》げられているぞ」

μグラスをかけた弥生は、すぐさま情報を提供した。

「艦ナンバー１８４……海上自衛隊の多機能航空護衛艦〈かが〉ですね。ヘリコプター搭載護衛艦から実質的な軽空母に改造されたそうです」

「真珠湾を痛打した航空母艦〈加賀《かが》〉と同じ艦名を持つフネが入港しているとは。歴史というものは皮肉だよ……」

感慨にふける山本2佐の後ろから、野太い声が響いてきた。

「九〇年以上も前の話とはいえ、自分が燃やした軍港を直視できるとはな。その度胸だけは認めてやらねばならんぜ」

ワイアット・ハルゼーへと山本2佐は視線を向けて言った。

「結果的に騙《だま》し討ちになってしまった事実には弁解の余地もないね。ただ、ここは軍港で軍人しかいない基地だ。戦争で軍人が命を落とすのに不思議はあるまいよ」

豪快に笑ってみせたあとでハルゼーは言った。

「ヒロシマとナガサキの話を始めたらブン殴《なぐ》ってやったのにな。まあ、ここは敗戦の記憶だけが残る場所じゃないぞ。あの原子力空母を見ろよ。CVN-81〈ドリス・ミラー〉だ。名前の由来だが、大統領でも海軍提督でもない。戦艦〈ウェストヴァージニア〉に乗っていたコックだぜ。開戦当日に機銃で日本機を撃墜し、海軍殊勲十字賞《ネイビークロス》を受賞したガッツのある黒人だよ」

「遠目にもわかるよ。素晴らしい空母だね」

「ああ。中国海軍を一隻で屠《ほふ》れるぜ。短期間だが、ワイアット・ハルゼーもパイロットとして乗艦していたんだ。もちろん、俺に記憶はないがな」

「ならば、貴殿は〈ドリス・ミラー〉に向かわれてはいかがですか？　因縁があるフネであれば、なにか思い出すこともあるでしょう」

「やめておくぜ。かつての知り合いや上官に会ったら、どんな顔を見せたらいいかわからないから、さっさとゴールデン・バットで帰国するよ。さすがに発艦はできないが、ジブクレーンでフォード島に降ろせばいい。昔から、あそこには滑走路があるからな。貴様はどうするんだ？」

「民間空路で日本へ帰るつもりです。成田《なりた》に到着した瞬間に始まりますからね」

「なにがだ？」

「第二の開戦ですよ……」

＊

海上自衛隊が真珠湾に派遣した航空護衛艦〈かが〉は、フォード島の東側に錨《いかり》を下ろしていた。

日本が約八〇年ぶりに保有した空母である。艦載機としてＦ-35Ｂ〝ライトニングⅡ〟を一八機搭載しており、飛行甲板に繋留された姿は武骨な雰囲気を醸《かも》し出していた。

ただし、隣に巨軀を横たえるジェラルド・Ｒ・フォード型航空母艦の四番艦である〈ドリス・ミラー〉の禍々《まがまが》しさには敵《かな》わない。二隻を比較すれば大人と子供の差があった。

当直で島型艦橋《アイランド》の一角に位置する見張り所に詰めていた鈴成巧《すずなりたくみ》3曹は、米空母が味方である現実に感謝しつつ、監視任務に勤《いそ》しんでいた。

双眼鏡のレンズの彼方には入港しつつあるイギリス空母があった。〈プリンス・オブ・ウェールズ〉だ。

翌日の夕刻に日英米の三空母は出撃し、合同訓練を実施する予定であった。拡張を継続する中共海軍に相対するには、以前よりも連携を密にして対応するしかない。

鈴成は頼もしい友軍艦艇の姿を舐《な》めるように凝視していたが、艦首付近にレンズを向けたとき、驚愕のあまり絶句したのだった。

彼は目撃してしまった。かつての上官である〈みょうけん〉艦長の姿を……。

弾《はじ》かれたように受話器をつかむ。航海艦橋への直通回線が繋がると同時に鈴成は叫んだ。

「副直士官の大南《おおみなみ》2尉をお願いします！　非常事態です！　急いでください！」

航海艦橋からの反応は早かった。数秒後、聞き馴染《なじ》みのある大南泰三《たいぞう》2尉の声が流れてきた。

『いったい何事です？　〈かが〉では、我々は外様《とざま》だということを忘れないように。停泊中とはいえ、呼び出しは査定を下げる一因に……』

「入港中の〈プリンス・オブ・ウェールズ〉に艦長が乗っておられます！」

『熱中症で頭をやられたのですか？　荒見《あらみ》艦長ならＣＩＣに詰めておられます』

「本艦の艦長じゃありません。〈みょうけん〉の山本三七十2佐です！　至急、見張り所まで来てください！」

鬼気迫る言い分に異常さを感じたのか、二〇秒としないうちに大南2尉が姿を見せた。

「山本艦長だと！　いったいどこに⁉」

双眼鏡を譲ってから鈴成は言った。

「英国空母の艦首右舷《みぎげん》にあるＣＩＷＳの近くです。制服ではなく私服姿で、日本人らしい女と白人の男が一緒にいます！」

アイピースを覗《のぞ》き込んだ大南2尉は、軽い呻《うめ》き声を発するのだった。

「……お前の報告は正しい。他人のそら似ではない。μグラスをしているが、山本三七十2佐だ……」

「なぜ艦長が〈プリンス・オブ・ウェールズ〉に乗っているのでしょうか？」

「知るわけないだろう。ただ、これだけは確実に言える。山本艦長のあるところに乱あり。いまに太平洋に嵐が吹き荒れるぞ……」

第四章　提督、出馬す

1　記者会見

——二〇三X年八月三日

『月刊オピニオン・ガイズ』酷暑葉月号

「巻頭特集　山本三七十氏、激白！
あの日あの時、ブーゲンビル島沖でなにが起こったのか？」

《去る八月三日の午後一時より「ニュー・ショーヘイ・ホテル」の朱雀《すざく》の間にて執《と》り行われた山本三七十《やまもとみなと》氏の記者会見は、政界と経済界、そして自衛隊に大きな衝撃を与えた。

その事実は読者諸兄の御記憶にあるとおりだ。三時間半にも及ぶ質疑応答は、各種動画配信サービスにて全編視聴可能であるが、与党の反発は尋常《じんじょう》ではないレベルであり、いつ削除命令が出されるかわからない。

よって、弊誌はその趣旨《しゅし》を記事として残す使命があると考え、今回の特集を組む決断を下した。重要箇所の抜粋であり、質問者の氏名など一部省略した点はあるが、エッセンスは失われていないと信じている。

なおインタビューで山本氏が話しているとおり、現在執筆中の回顧録は弊社こと略伝《りゃくでん》パブリッシングから年末発売を予定している。続報を待たれたい》

＊

「……本日は報道関係諸氏に遠路御足労いただき、大変感謝しております。

僕が山本……三七十です。もと海上自衛官2佐で現在は無職。そして近々公務員として再就職することを望んでいる身です。

フリゲート艦〈みょうけん〉艦長としてブーゲンビル島沖海戦――ええ、あれは事件でも事故でもありません。日中海軍が武力をもって激突した海戦です――を経験し、結果としてすべてを失った男です。

正確には、武力で現状変更を図《はか》る中国と、事なかれ主義こそが平和への道だと曲解する政府与党によって、すべてを奪われてしまったのです。

意識不明のまま内地へ帰還した僕は、鬼怒川《きぬがわ》医科大学附属病院に入院し、成年被後見人に指定されそうになりました。

語弊がある表現かもしれないが、平たく言えば狂人という扱いですな。他者を殺害しても責任能力なしという立場に追いやり、〈みょうけん〉の一件をすべて闇へと葬《ほうむ》る。本当に手軽な解決策を選んだものです。

哀れなのは僕の部下たち、つまり〈みょうけん〉の旧乗組員です。一切の非がないにもかかわらず、艦《フネ》を下ろされたと聞きます。政府与党と海上自衛隊にとって、よほど都合が悪かったのでしょう。

確かに、僕は肉体的に傷つき、精神的にもダメージを受けました。ただ、優秀な医師の治療を受けた結果、御覧のとおり心身ともに健康を取り戻しております。この状況ならば、国民も僕の声に耳を傾けてくれると確信しております。

ブーゲンビル島沖海戦にまつわる政府の公式見解——すなわち僕が命令を無視し、弾頭なき中国製ミサイルを先制攻撃したという発表は、すべて虚偽なのです。

政府与党、すなわち自立民権党は反論できなかった僕に罪をなすりつけ、強引に幕引きを図りました。これは人権蹂躙《じゅうりん》であり、とうてい許されることではありません。

ここで仔細《しさい》を話してもよいのですが、僕という存在が政治的に微妙な要素であることは承知しておりますし、また政権側に弁明する時間的猶予《ゆうよ》も与えるべきでしょう。

現在、真実のみを記した回顧録を執筆中です。発売までに自立民権党がどんな言い訳を考えるか、いまから楽しみです。
それでは質疑応答に移りましょうか。あらかじめ準備した番号札のとおり、順番に願いますよ……」

――『JPニューズウィーク』です。政府の公式発表では、日中間でフリゲート艦〈みょうけん〉の問題はすべて解決ずみとされています。せっかくの和解ムードにあえて一石を投じる意味はあるのでしょうか？

「和解と屈服を混同するのは賢明ではないね。中共の宣伝担当は噴進弾を迎撃すれば宣戦布告と見なすと宣言していたよ。そのあとで休戦宣言や停戦交渉は実施されていないじゃないか。つまり、日中は交戦状態にあると称しても間違いではない。これでなにが解決したというのだろうね」

――共和翼賛党の中和泉《なかいずみ》光子《ひかるこ》委員長は「本気で撃沈を狙ったならば飽和攻撃をしかけるはず。一発だけなら警告か誤射である証拠」と強く主張していますが？

「もと弁護士の女性代議士さんだね。最前線を知らない者の空理空論にすぎない。戦場を語るのであれば、血を流してからにしてもらいたい。次の質問をどうぞ」

――『松竹時報』です。〈みょうけん〉が撃破された事実が証明するように、中国海軍の実力は日米と並び、一部ではそれを追い越しています。向こうは核兵器を保有しており、日本はその検討さえ許されていません。つまり、勝機などゼロに近い状況です。好戦的発言は国益に反するのでは？

「では、あなたは殴《なぐ》られても我慢しろと言いたいのだね。それもひとつの選択肢だろうが、敵の刃《やいば》が常に自衛官だけに向けられる保証はない。国民に突きつけられたとき、あなたの家族に危害が及ぶときも同じことが言えるかな。言えないのであれば、それは呆《あき》れた二枚舌だぞ。次の質問者に代わってくれ」

――『大江戸新聞』です。あなたは海上自衛隊を解雇された恰好になっていますが、復職なさるお考えは？

「現時点でないね。状況が激変すれば話は別だが、いまは他の方面から平和の構築に勤《いそ》しみたいと考えているよ。戦場に置かれた兵隊――失礼、自衛官が存分に動けるよう法改正を進めなければ。それができる地位に就《つ》きたいと思っている。この冬には任期満了にともなう衆議院の解散総選挙があるしね」

――それは事実上の出馬宣言と考えてよいのでしょうか？

「解釈は自由ですよ。ただ、一国民としての立ち位置では日本に迫る危機を回避できない。僕は船乗りだ。舵《かじ》を取れる地位に立ちたいものだね」

――立候補はどの党から？

「それは秘密だ。手の内を曝《さら》してから相撲《すもう》を取る馬鹿もいないさ」

――二〇三X年八月二一日

2　料亭政治

二〇三X年における衆議院の勢力図だが、その説明は容易《たやす》くもあり、難題でもある。
長期にわたって政権運営に携《たずさ》わる自立民権党が第一党の座をキープしていたのは揺るぎない事実だが、あちこちに綻《ほころ》びが見え隠れしていた。
四年前の解散総選挙で、単独過半数の死守には成功したものの、絶対安定多数の二六一議席には届かず、与党に協力的な野党――なにわ尚歯会《しようしかい》をパートナーに迎えることで、どうにか体裁《ていさい》を保っていた。
回復の兆《きざ》しすらない少子化と度重《たびかさ》なるデジタル化政策のつまづきにより、内閣支持率は常に低空飛行を続け、川路信嗣《かわじのぶつぐ》総理はタイミングを逸し、冬の任期満了まで解散は行わないと明言していた。

野党第一党の共和翼賛党は、その決定を水面下で歓迎していた。懸案だった候補者調整の余裕が生じたためである。代表を務める中和泉光子は、野党勢力を結集し、次の選挙で政権交代を実現すると息巻いていた。

誇大妄想ではない。共和翼賛党は徐々にではあるが、支持者を獲得しつつあった。

やはり、〈みょうけん〉事件のインパクトは絶大であった。中国との武力衝突が現実味を増すなか、嫌米・媚中《びちゅう》を隠そうともしない共和翼賛党こそが、平和構築の主役足りえると考える国民が微増していたのである。

これに対し、自立民権党は静観を決め込むだけだった。共和翼賛党には勢いこそあるが、まだ勢力は小さい。保守層の票固めさえできれば、地滑《じすべ》り的な勝利は得られると。

そこに投げ込まれたのが山本三七十という爆弾であった。

精神病棟に隔離していたはずの海上自衛官が公《おおやけ》の場に登場し、堂々と政権批判を口にしたのだ。

頭のおかしい奇人の妄言《もうげん》だと一笑に付すことはできなかった。記者会見後も山本2佐はテレビ放送やネットニュースにて露出を増やし、そのつど、好感度をあげていった。

彼が巧みだったのは、ブーゲンビル島沖海戦の真相を一気に暴露するのではなく、常に小出しにしたことだろう。結果として視聴者《ユーザー》の興味は持続し、年末に出版される回顧録は予約が殺到していた。

自立民権党は焦《あせ》りの色を濃くしていった。苦労して隠蔽《いんぺい》した事実がすべて明るみに出てしまう前に、なんとかしなければ。

秘密裏に会談がセッティングされ、場所は横須賀の「さきょう」が選ばれた。

かつて海軍や海上自衛隊の関係者が愛用した料亭といえば「小松」だが、不幸にも二〇一六年五月に全焼してしまった。「さきょう」はその近くに建てられた割烹《かっぽう》である。内装は和風を極《きわ》めており、従業員の口も堅く、機密性も期待できた。

交渉人として自立民権党の幹事長を務める池依駿太《いけいはやた》が派遣された。

池依は六二歳の二世議員であり、これまで官房長官と地方創生大臣、そして防衛大臣を歴任していた。海上自衛隊と知己《ちき》も多く、怪人物たる山本三七十と接触するには適材だと考えられた。

ただ、池依は当初これを辞退しようと考えた。体調が思わしくなかったためである。長年の激務で心機能が衰弱しており、医師からは長期休養を強く奨《すす》められていた。体力の限界を感じた池依は、冬に計画されている総選挙への立候補出馬を取りやめ、政界引退すら視野に入れていた。

だが、山本2佐という異物に強い関心を抱いたのも事実だ。

厄介者《やっかいもの》は扱い方しだいで毒にも薬にもなる現実を承知していたからである……。

会談は午後八時からの予定であった。

池依駿太は、わざと一五分遅れて現場に到着するよう全自動運転車《クレイン》をセットしていた。大物感を演出するための小細工《こざいく》ではない。どんな反応を示すかで相手の器量を推《お》し量《はか》ることができる。初対面の相手を見極めるのに有効な一手であった。

駐車場では女将《おかみ》が出迎えてくれた。池依はオープンから何度も利用しており、とうに顔《かお》馴染《なじ》みだ。

「池依さま。もうお客さまはお見えになっていますよ。桔梗《ききょう》の間です」

「あそこは離れで盗聴される心配は薄いが、誰も通さないようにしてくれ」

「承知いたしております。お声がかかるまで御膳もお出ししませんので」

「ところで、相手の様子は？　いつ来たのだ？」

「七時五五分きっかりでしたよ。池依さまが少し遅れそうだとお伝えしたところ、花札の強い芸者を呼んでくれとの御要望があり、ウチで最強と誉《ほま》れ高い翠妃《すいひ》をお座敷に出しておきました」

待ち合わせ前に芸者を揚《あ》げるとは度胸があるのか、それとも底抜けの阿呆《あほう》なのか。池依には判別がつかなかった。玄関からいちばん遠い桔梗の間へと向かうと、襖《ふすま》の向こうから楽しげな男女の会話が聞こえてきた。

「よし！　これでカスが一〇枚。返しは……またカスだ。これで一二枚。あがりだね」

「そんなぁ！　コイコイしてくださいよぅ！」

「駄目だよ。翠妃は『菊に盃《さかずき》』を持ってるのだろう。『山に満月』と『桜に幕』が残っているから、あっという間に月見酒か花見酒で一杯にされてしまう。その手に乗るもんかい。ちょうど待ち人も来たようだし、今日はここまでにしておこうか。そのうち時間をつくって遊びに来るよ」

「私の完敗だわ。またのお越しまでに腕を磨いておきますね……」

障子《しょうじ》が開き、きらびやかな芸妓《げいぎ》が姿を現した。彼女は一礼し、室内にウインクしてから、廊下の彼方《かなた》に消えて行った。

桔梗の間を覗《のぞ》き込むと、部屋の隅で座布団に広げられた花札を片づけている人物がいた。彼こそが厄介な張本人に違いない。

「失礼。山本三七十2佐ですかな？」

相手は座卓に腰を落ち着けると、一礼してから応じた。

「いかにも、それがしが山本です。2佐かどうかはわかりませんがね。あるいは二等水兵かも。政府与党の重鎮とこうした場所で面談できるのは実に光栄ですよ」

「池依です。いささかお待たせしましたかな」

「なんの。こっちが早く来ただけです。そもそも真打《しんうち》とは最後に来るもの。まあ、登壇が遅れれば、お客が満足するハードルはあがるものですがね」

値踏みされているのはこちらも同じらしい。池依は相手から視線を外《はず》さず、ゆっくりと座卓に腰を下ろした。

「花札を嗜《たしな》まれるのですか？」

「あらゆる博奕のなかでいっとう好きですなあ。運が悪くても負けない試合ができるのは、これくらいですし。久々に紙の花札で遊べましたよ。μ《ミュー》グラスで遠隔対戦もできますが、どうも味気《あじけ》なくて」

「永田町は賭場としては最悪ですよ。ここで勝ち抜くには持って生まれた豪運が必要なのです。外様《とざま》のギャンブラーでは討ち死に必至かと」

芸者が用意していた湯飲みに手を伸ばし、それに口につけてから山本は言った。

「僕が立たなければ、日本という国が討ち死にする。そう判断したからこそ、国政選挙という鉄火場に足を踏み入れる決断を下したのですが、あなたは僕になにをお望みで？」

池依もまた茶をひと口啜《すす》ってから、こう答えた。

「第一希望ですが、立候補を断念していただきたい。もちろん、無条件とは言いませんぞ。海上自衛隊への名誉ある復職と、あなたを解任した海自上層部の罷免《ひめん》、そして来夏に就役予定の超大型護衛艦〈むさし〉の艦長職を約束しましょう」

「魅力的な提案なのは確かですが、いまの僕にとっては少々物足りないですね」

「ほう。それではなにを御所望ですか？」

「防衛大臣の椅子《いす》」

「それは無茶というもの。一年生議員を入閣させる総理など、まずいない。ましてや防衛大臣ともなれば、重鎮を据えるのが常。ふっかけるにも程《ほど》があるだろう」

池依が思わず声をあげると、山本は猛禽《もうきん》を思わせる視線を繰り出してきた。

「平時ならばそうかもしれない。されど、現在は有事に突入する五秒前だ。いつ台湾海峡が火を噴《ふ》くかわからぬときに、前例を踏襲してばかりでは滅びを待つだけとなろう。僕ほど海軍と自衛隊を把握している男はいない。在野に置くには惜しい人材であり、利用価値は大いにある。あなたも心のどこかでそう考えているはず。だから来た。違いますか？」

饒舌《じょうぜつ》な相手に言い負かされるわけにはいかない。池依は静かに言葉を選んだ。

「あなたを敵に回したくないとは思っていますよ。とはいえ、すべての願望を受け入れることはできない。互いに妥協《だきょう》点を探さなくては」

「同感ですな。先ほど第一希望と言われたが、ならば、第二希望もあるのでしょう。お聞かせ願えませんか」

「秋の参院選に我が自立民権党から立候補してもらいたいのです。防衛大臣は無理だが、防衛政務官でよければ約束できますぞ」

参議院議員の任期は六年で、半数が三年ごとに改選される仕組みだ。かつては夏に実施されるのが通常だったが、一二年前の七月一日に発生した南海トラフ地震が状況を変えてしまった。マグニチュードは七・三と想定より小さく、津波の被害は四国と紀伊半島に集中したが、それでも五八〇〇名以上の死者および行方不明者が発生した。

東日本大震災の苦《にが》すぎる教訓から原発の安全確保など一定の対策が施されていたことが幸いし、被害の限定には成功したと評価できたが、もう参議院選挙どころではない。

震災復興を最優先させるため、議員任期の三カ月延長が決定し、結局選挙は一〇月末に実行された。それ以降、参議院選は秋に行われるようになっている。今年は一一月二日の投開票が予定されていた。

そうした予備知識を仕入れていたのか、山本三七十はこう言ってのけたのである。

「かつて議員秘書をしていた僕のパートナーの分析で、あなたがその提案をしてくるのはわかっていました。僕は自衛隊員の同情票が大量に見込めますから、立候補者の名が書ける比例区に出れば、自立民権党を大いに潤《うるお》すでしょうな。

しかしですぞ。その結果、どうなりますか？　川路首相は参院選を勝利に導いたとして、支持率は向上し、次の衆院選も戦いを優位に進めましょう。彼の政権は今後も続くことが約束されるのですよ。自立民権党にとってはおめでたい展開ですが、日本にとっては絶望すぎる将来と言わざるを得ません」

「山本さん。あなたは誤解している。川路信嗣は派手さこそありませんが、調整型の総理としては戦後屈指の人材だと評価できます」

「日本語の通じる相手に絞《しぼ》ればそうでしょう。しかしながら、この晩秋から初冬にかけて対峙《たいじ》するであろう相手は言葉や理屈、そして道理が通じないのです。この難局を打開するには適材適所とはいえませんね」

痛いところを突かれた池依は、声のトーンを落とすのだった。

「中国の脅威を指摘しているのだろうが、我々とて無為無策《むいむさく》ではない。ブーゲンビル島の一件で謝罪を引き出すべく、あらゆるルートで接触を続けているのだ」

「僕の〈みょうけん〉を痛打した駆逐艦〈大連《だいれん》〉〈咸陽《かんよう》〉の艦長は、上校から准将《じゅんしょう》に出世したそうですね。北京《ペキン》はともかく中国海軍は大手柄だと評価していますよ。これでは和解など夢のまた夢です」

軽いため息をついてから、池依は返した。

「北京がどんな条件を提示しようと、あなたが満足することはないでしょうな。あらゆる意味で被害者である事実は認めますし、政府を構成する者として責任も感じております。ただし、それを錦《にしき》の御旗《みはた》にして我意を通すのは感心できませんぞ。下手《へた》をすれば、日本を戦争に巻き込む結果に繋《つな》がります」

「望むと望まざるとにかかわらず、もう巻き込まれているのですよ。アメリカとイギリスはアジアでの大戦に備えて動き始めています。日本だけが、これまでと同様の土下座外交を続けたところで得られる未来などありません。中国政府は、それこそ自衛隊の解体でも申し出ないかぎり、敵視政策をやめないでしょうし」

「それは事実の追認だが、政治家を志すのならば極論に飛びついてはいけない。粘《ねば》り強く、交渉をもって事態の打開を試みなければ」

「徒手空拳では交渉にさえならないでしょう。武力にせよ経済にせよ、相手を引っぱたく意思と覚悟がなければどうにもなりません」

「まるで合衆国に喧嘩《けんか》を売った遠い昔のようですな。あのときの日本は座視をよしとせず、死中に活を求めんと立ちあがり、結果として一世紀にもわたる悔《く》いを残すことになった。同じ失敗を繰り返すのは賢者の選択とは言えますまい」

鋭い眼光を維持したまま、山本はこう返答するのだった。

「同じ失敗を繰り返すほど腐ってはおりませんよ。この国も、そして僕も……」

「根拠なき自信は妄言《もうげん》と変わりませんぞ。永田町では専門家よりも総合職が高評価されるのです。戦闘を一回体験したからといって、すべてを見知ったような態度を取るのは自粛したほうがよろしかろう」

「一回ではありません。僕は令和を生きるすべての日本人のなかで、もっとも戦闘経験のある男です。だからこそわかる。いま立たなければ、我が国はもう百年後悔し続けることになると。

あなたは太平洋戦争を想起されたようだが、似た状況を探すのならば、日清《にっしん》戦争のほうが近いでしょう。しかも、義和団《ぎわだん》の乱と同様、最初から連合軍が味方として動いてくれる。中国は一見すると強大に見えますが、実際は清と同様で張り子の虎だ。決して打ち破れぬ相手ではありません」

十数秒の沈黙のあと、山本三七十はこう言い放った。

「参院選挙に自立民権党から出馬せよとの申し出、お受けいたしましょう。ただし、条件は山ほどありますが」

「おお！　それはありがたい！　もはや与党の勝利は確定したも同然ですな」

「与党の勝利では駄目です。日本の勝利にしなければ。まず、そのために不可欠な決断をお願いしたい」

「私にできることであれば、なんでも承《うけたまわ》りましょう」

「大連立」

意外すぎる短い反応に、池依は言葉を失った。山本はさらに追い打ちをかける。

「野党第一党の共和翼賛党と組み、挙国一致の大連立内閣を実現してほしいのです」

「それは……あまりにも無茶な要求だ。あなたは共和翼賛党をご存じないのだ。我ら自立民権党とは水と油。平和だ平和だと念仏を唱えていれば、向こうから勝手に平和が歩いてくると信じて疑わない連中ですぞ。話し合いで解決だと言いながら、国会議員であるのに一回も話し合いに行こうとしない臆病者だ。揚げ足取りで支持率を伸ばしているような輩《やから》とは組めません」

「大英帝国は対ドイツ戦役《せんえき》において労働党・保守党・自由党の大連立を実現したではありませんか。チャーチルの英断と指導力なくして第二次世界大戦の勝利はなかった。あなたに同じ役割を果たしてもらいたいのです」

「無謀なリクエストですな。私は一介《いっかい》の党幹事長にすぎない。首相の器《うつわ》ではないと自認しているし、そもそも参院選は国政選挙とはいえ、政権を揺るがす効果など薄い。逆に川路総理は政権基盤の地固めを図り、そのまま年末の衆院選に……」

そこまで話したとき、池依は相手の野望に気づき、声を詰まらせるのだった。

「そうですよ。一一月に衆議院と参議院のダブル総選挙をやればいい。それで政界の勢力図を一気に書き換えてしまうのです」

こいつは狂いながらも冷めている生粋《きっすい》の博奕打ち《ギャンブラー》だ。池依はそう直感した。

「前例がないわけではないが、大胆すぎる一手だ。大連立を前提にした総選挙など聞いたこともない。争点が失われるから、投票率は激減するだろう」

「いいえ。激増しますよ。恐らく八割に迫る数字になるでしょう。なにしろ自立民権党が分裂する選挙ですから」

意味不明な、それでいて強い確信を秘めた台詞《セリフ》に、池依は眉《まゆ》をひそめるのだった。

「どういう意味なのかね？　自立民権党は磐石《ばんじゃく》で割れることなどありえないぞ」

「そうとはかぎりませんよ。若手にはブーゲンビル島沖海戦の一件に関し、苦々《にがにが》しく思っているグループがあると聞きます。彼らが党の支配を飛び出せば、状況はだいぶ違ってくるはずです」

「新党を結成しろと言いたいのか？」

「そんな手間は不要ですよ。自立民権党にはすでに派閥という党のなかの党がいくつもあるじゃないですか。こっちの計算では、三グループでおよそ一五〇名が僕の考えに同調してくれるはずです。新たなる政策集団として発足させれば、こちらが本家本流になりますな。老害に出ていけと言われたなら、新党にすればよろしい。

党名は……そうですなあ。若い連中に投票に来てもらうことも考えてハイカラにしましょうか。『ネオ・ジミン』でどうです？」

池依は脳内で算盤《そろばん》を弾《はじ》いた。現在、衆院での自立民権党の議席は二四三だ。連立政権を組む庶勝《しょかつ》党となにわ尚歯会の二一議席を合わせ、やっと絶対安定多数を維持してはいる。

「総理を擁する川路派は九〇議席。たしかに他の派閥が合従《がっしょう》すれば、首相を追い落とすこともできよう。しかし、政治は計算どおりには動かぬものだぞ」

「もっと簡単な計算に切り替えればいいんですよ。共和翼賛党は八〇議席前後は確保できるんでしょう。一五〇議席を足せば過半数は取れます。なにわ尚歯会の力を借りれば安定多数にもなりましょう」

「いやいや。共和翼賛党の中和泉代表は自立民権党を蛇蝎《だかつ》のように憎んでいるから、組むとすればよほどの条件を提示しないと……」

「簡単です。彼女を首相にすればいいのです。それでこそ大連立ですよ。担ぐ神輿《みこし》は軽いほうがいいですしね」

とてつもないアイディアを耳にし、言葉に詰まった池依は、こう問い糾《ただ》すのが精いっぱいであった。

「議会制民主主義の根幹に一石を投じる挑戦だ。絶対に実現はしないぞ」

「しますよ。なぜなら、あなたが手伝ってくれますからね」

今度こそ沈黙した池依に、山本は最後通牒《つうちょう》めいた言葉を連ねるのだった。

「池依駿太さん。あなたが心臓に病《やまい》を抱え、次の衆院選では地盤を御子息に譲ろうとしているのは承知しています。つまり、選挙結果に責任を負わなくともよい結構な御身分ではありませんか。このまま座して死を待つよりは、もう一回だけ派手に花火を打ち上げてはみませんか」

3　新聞と選挙

――二〇三X年一二月三日

中国人民は新聞を信じない。

『華北日報』にせよ『北京時報』にせよ、すべて中国共産党の機関紙にすぎず、当然ながら不都合な真実は絶対に掲載されない。それに気づいた読者はひとりまたひとりと去り、やがて売り上げは下降線を辿《たど》った。

新聞にフェイクニュースなど一切なし。経営が苦しくなった新聞社は、そんなフェイクニュースで切り抜けようとしたが、目の肥えた人民が信じる道理はなかった。なお、中立性が期待できる民間紙など遙かな過去に発禁処分とされている。

自分の基準こそが世界基準なりと見做《みな》すのは傲慢《ごうまん》だが、長年の洗脳教育の効果は抜群であり、人民の大多数は海外でも事情は同じだと思い込んでいた。新聞に本当のことを書かせる為政者など、世界のどこにもいないと。

よって、『ワシントン・ヴォイス』『ロンドン・デイリー』『大江戸新聞』といった米英日の大手が発行する新聞をくまなく愛読する者などマイノリティーもいいところである。

そして、史天佑《シィチンヨウ》はその少数派《マイノリティー》のひとりであった。

外交部の報道官として四年間も活動したため、世界でいちばん顔が売れている中国人のひとりである。歯に衣着《きぬ》せぬ物言いで政治局常務委員からの評価は高く、逆に外国からの怨《うら》みを一身に集める男でもあった。

先月、五二歳となったが、身長一六二センチと小柄であるためか、実年齢よりもずっと溌剌《はつらつ》として見える。髪は薄いが、最高級品の日本製ヘアピースを装着しており、若々しさに拍車をかけていた。カツラだけではない。史は日本の製品に造詣《ぞうけい》が深く、調度品や家電、それに自動車など身の回りのものはすべて輸入品で固めていた。

特に好んだのは食事であった。共産党幹部は肥満体だらけで大半が病気持ちだが、日本の政治家は多くがスリムである。

その違いは食事にあるに違いない。人民を導くためには、健康を維持する必要があった。史は日本人のお抱えコックに命じ、自宅では三食とも日本食を用意させていたのだった。

この日の朝食は、コシヒカリの握り飯、黒大豆で作られた高級味噌仕立ての汁物、出汁《だし》巻き卵と鯵《あじ》の干物、最後に野沢菜漬けと番茶というメニューであった。

仮想敵国のモノばかり口にするのは、祖国への愛情が不足している証拠だ。日本米ではなく、国産米の朝粥《あさがゆ》で我慢しろ。そんな誹謗中傷《ひぼうちゅうしょう》もあったが、史はこう反論していた。

「私は敵を食っているのだ。朝粥は歯がなくなったら食う」

史だけでない。実際の話、人民の胃袋は輸入米に依存する比率が増え続けていた。

人口は公称で一四億人だが、実際は一三億を切る程度である。天下の愚策とも呼ばれたひとりっ子政策で少子高齢化が後押しされた結果だが、穀物の自給率は改善の素振りさえ示さなかった。

その値はもう七〇パーセントを切っている。党の穀物節約行動令や農業回帰運動も功を奏さず、第一次産業の従事者は減るいっぽうだ。

不足分は輸入で埋めるしかないが、ウクライナとロシアが不毛なる戦争を展開した結果、世界の糧食庫としての地位から転落している現在、それもままならない。

富裕層は高級食材を個人輸入していた。党是《とうぜ》ではすべての人民の平等を謳《うた》ってはいるが、それを無邪気に信じる者などいない。史もそうだ。富裕層に属する彼にとって、平等など聞こえのいいスローガンにすぎなかった。

運と実力で勝ち組となった史は、故郷上海《シャンハイ》郊外に位置する金澤《ジンズー》に自宅を構えていた。独身主義を貫いているため家屋自体は小さいが、警備態勢は万全だった。ミサイル攻撃を警戒し、地下には核シェルターが埋められている。高さ五メートルの壁で囲まれた庭は広く、ヘリポートと給油施設まで整備されていた。

簡素かつ優雅な朝食を終え、家政婦と清掃机器《ロボ》が手際よく室内を片づけている間、史は父親の代から仕えてくれている秘書に命じ、外字紙を二階の書斎に届けさせると、そこに籠もった。

新聞から真実を読み取らんとする少数派のひとりとして、この時間は実に有意義であり、自らをアップデートする好機であった。政治局常務委員のメンバーたちは最初から外電など目にしようともしない。ライバルに差をつけるには寸暇《すんか》を惜しんではならぬ。

史は知っていた。米英日の新聞は、若干の誇張や主義主張の偏《かたよ》りこそあるものの、ほぼ真実を書き綴《つづ》っていると。一を十にし、十を百にすることはあるが、百を零《ぜろ》にはしない。

それが中国との大きな、そして埋められぬ差だと。

まずは昨日付の『ロンドン・デイリー』を手に取った。史は語学力に秀《ひい》でており、英仏日の新聞を自在に読める。

そこにはこんな文言が躍っていた――。

＊

ロンドン市長、前触れなき辞職！

次回総選挙に保守党より出馬宣言！

『過ぐる一二月二日午後二時、ロンドン市長フィンリー・トーマ・シンプソンは「ランキャスター・ボールルーム」にて記者会見を開催し、市長職からの引退と年末に実施予定の国政選挙への出馬を正式に宣言した。

支持率低迷が続く保守党が、劣勢挽回《ばんかい》の奇策としてシンプソンの擁立を模索しているとの観測は以前からあったが、それが事実だと認められた恰好である。

読者諸兄も承知のとおり、海軍大佐として活躍していたシンプソンは、結婚した直後に良人《おっと》を事故で失ったものの、陰ることのない情熱を職務に捧げ、空母〈プリンス・オブ・ウェールズ〉の艦長にまで就任した。

その後、海軍を退役《たいえき》したのちにロンドン市長選に立候補し、圧倒的多数でこれに勝利している。政権基盤の確立に決め手を欠くジム・スティック首相が、自らシンプソンを口説《くど》き落としたようだ。

しかし、シンプソンがロンドン市長に就任したのは今年の七月末である。わずか四カ月で職務を投げ出せば反発は必至《ひっし》であろう。

本紙記者は、その点を会見にて問い糾《ただ》すことにした』

――シンプソン市長。あなたの支持率は就任直後から八〇パーセント台を維持し、それを下回ることは一回もありません。警察予算増加にともなう人員拡充と、犯罪率の低下が評価された結果だと思われます。唐突な引退を市民は惜しむでしょうし、無責任だと批評する世論も強まるのでは？

「御指摘に対する反論を私は持っていません。多くの有権者に支持していただいたのに、およそ一二〇日あまりで市長職を退くのは忸怩《じくじ》たる思いです。
しかしながら、大英帝国を取り巻く環境は悪化の一途をたどっています。とりわけアジアと太平洋の情勢はもはや座視できないレベルです。沈黙しているのは愛国者として適切ではないとの結論に到りました」

――市政はともかく、国政に関しては経験のないあなたが当選しても寄与できることは少ないのでは？

「私は政治経験こそ乏《とぼ》しいですが、二〇年にわたって培《つちか》ってきた海軍軍人としての知識があります。特にアメリカと日本には、特別な人脈を築きあげてきました。スティック首相からも外政にて手腕を発揮してもらいたいとのリクエストを頂戴《ちょうだい》しております」

――保守党の公認候補となるにあたり、スティック首相との密約があったのでは？

「密約とは大げさな表現です。いくつか約束は取りつけましたが、この場で話すのは適当ではないと判断します」

――国防相の地位を打診されたとのことですが？

「ノー・コメントです」

＊

史は『ロンドン・デイリー』を閉じ、円卓にそれを放り投げた。

彼の心を支配したのは羨望感《せんぼうかん》であった。政治家の本音《ほんね》らしき言説を誰しもが読める形で提供できるのは、民度が確保されている証拠だ。同じような記事が『華北日報』を飾れば、首都で暴動が起きるかもしれない。

いや……人民はもう新聞というメディアに絶望しきっている。仮に真実が掲載されたとしても、誰ひとり気づかないのではなかろうか。

現状を嘆いても仕方がない。史は紙面の行間を読み取るべく、思索を巡《めぐ》らした。

（……シンプソンは野心の強い女提督だったと聞く。国防相で満足はしまい。外政を期待されての登庸《とうよう》らしいが、外務英連邦開発大臣——いわゆる外相の地位が約束されているのだろうか？　いや、違う。さらに一歩先を見据えているだろう。私のように……）

議会制民主主義の総本山である英国で位人臣《くらいじんしん》を極めようとするならば、狙うべきポジションはひとつ。首相の椅子だ。

だが、なんのために？　単なる名誉欲ではあるまい。アジアと太平洋が気になると告げていたからには、やはり中国こそが脅威対象というわけか。

英国が出て来るとすれば澳大利亜《オーストラリア》も動く。恐らくは菲律宾《フィリピン》も。連中の親方であり、敵視政策を続ける美国《アメリカ》に起つ覚悟はあるのか？

次に『ワシントン・ヴォイス』を開いてみた。若々しく、そして荒々しい副大統領の写真が掲載されていた――。

＊

次期副大統領ワイアット・ハルゼー激白！
合衆国の再起《ライジング》は近い！　迫る太平洋の嵐に備えよ！

『昨日夕刻、本紙記者はニューヨーク市内の某ホテルにおいてワイアット・ハルゼーの単独インタビューに成功した。

先月の六日に実施された大統領選挙において再選を果たしたダニエル・エスポジートのランニングメイトであり、来年一月には副大統領に正式就任する人物だ。

二期目を迎えるエスポジート大統領が九一歳という超高齢であるのに対し、ハルゼーは三〇歳という驚異的な若さを誇る。政治経験こそ皆無だが、「ホーネット&ワスプ商会《カンパニー》」の最高経営責任者を務めていたのだ。ビジネスセンスには卓越したものがあると判断して、差し支《つか》えないだろう。

もと海軍パイロットでもあり、ウクライナで負傷した経験を持つハルゼーは、外見だけでなく内面もエネルギッシュな人物であった。以下はインタビューの抜粋である。完全版はウェブにアップされる予定なので、そちらも併読されたい』

――当選おめでとうございます。まずは史上最年少の副大統領に選ばれたことに関する率直な感想をお願いしたい。

「ありがとう《サンクス》。μグラスで検索したところ、南北戦争でも活躍したジョン・ブレッキンリッジ副大統領の三六歳という記録を抜いたのだな。エスポジート大統領が推し進めた選挙改革で、生誕国や年齢制限が撤廃された点にも感謝すべきだろうが、なによりこんな若造に賭けてくれた国民の度胸には感嘆しているよ」

――来年一月からスタートする政権運営における抱負をお聞かせ願いたい。

「副大統領は世界一の暇人だと世間では言われているが、俺がその常識をひっくり返してみせるぞ。なにせエスポジート大統領はアンチエイジングで若く見えるが、爺《じぃ》さんであるのは事実だ。万一の際には後を頼むとまで言われたしな」

――あなたはダークホースとして選挙戦に彗星《すいせい》のように登場し、話題をかっさらう形で当選を果たした。しかし、エスポジート大統領がゲイである事実を公言している点から、事実上のファーストレディならぬファーストジェントルマンではないかと見る向きもありますが？

「個々人の性癖については発言するなと選挙アドバイザーから固く言われているので、それに関しては沈黙を貫くぞ。ただ、俺は女が好きなんだ。それだけは譲れないな」

――それでは、エスポジート大統領があなたに求めていたものは、集票力を別にすればなんなのです？

「俺じゃなくて大統領に訊ねてほしい質問だ。まあ、俺は政治や経済の面ではなにひとつミスター・エスポジートに勝っていない。ひとつだけ彼に足りないものがあるとすれば、軍事センスだ。短期間の州兵ボランティアを除けば、大統領には従軍経験がない。海軍と軍用機の専門家として、脅威にどう対応するかをアドバイスしていきたい」

――ロシアが九回目の債務不履行《デフォルト》に陥り、随所で分離独立も始まっているなか、やはり脅威とは中国を指しているのですか？　それとも北朝鮮でしょうか？

「名指しでの指摘は避けたいが、消去法で考えればほかに候補はないだろうぜ。北朝鮮？論外だ。連中は自分の非力さを理解している。苦労してこしらえた中距離ミサイルを我が領土――ハワイやグアム、アラスカに撃ち込んでみろ。その二四時間後には三八度線から鴨緑江《おうりょくこう》までは石器時代に戻るぜ。平壌《ピョンヤン》の連中が動くとすれば、中国が西側を一蹴《いっしゅう》し、その勝ち馬に乗ろうとするときだけだな」

――中国海軍はブーゲンビル島沖で日本の護衛艦を誤射し、太平洋の緊張感は高まっております。第二次エスポジート政権は、これにどのように対応していくのでしょう？

「舐《な》められたら終わりだな。合衆国インド太平洋軍は戦力を増強し、力には力で対応する。これまでアメリカ海軍が常にそうしてきたようにな。幸いにして、我らには心強い同盟国がある。イギリスと日本もまた太平洋の安定化に手を貸してくれるだろうよ」

――しかし、イギリスは総選挙を控えており、状況は混沌としております。また日本は与党であった自立民権党が分裂し、国政選挙の結果、親中派の左翼政権が誕生してしまいました。これで連携に不安が生じたとの意見もあるようですが？

「選挙と賽子《サイコロ》の目だけはどうにもならんな。これぼかりは選挙という制度そのものがない中国が羨《うらや》ましいぜ。ただ、ひとつだけ言えるのは、日英両国の政権中枢には俺と同じ志を持つ奴がいてくれる。それだけさ……」

*

再び史は新聞を手放した。面映《おもは》ゆい思いが総身を包んだ。

たしかに中国に普通選挙めいたものはない。実質的に共産党しかないのだから、選挙の必要性が皆無なのだ。

その代表も党員の総意によって選ばれる。選挙めいたセレモニーはあるが、結果は最初から決まり切っている。反対票を投じようものなら、自分の死刑執行書にサインをしたも同然だからだ。地方選めいた行事はあるが、共産党に対抗する勢力は立候補さえできない。これを選挙と呼べるのならば、蝶々《ちょうちょう》も蜻蛉《とんぼ》も鳥のうちだろう。

もっとも、史にとってそうした現状は歓迎すべきものであった。欧米のように真面目《まじめ》に選挙などやっていれば、望むポジションに就任する前に寿命が尽きてしまう。

彼は最後の新聞を開いた。日本で二番目の購読者数を誇る『大江戸新聞』である。対中蔑視《べっし》を貫いている面倒なマスコミだが、敵を知るには有益な資料だった――。

＊

中和泉連立政権、正式発足！
新防衛大臣山本三七十、大いに語る！

『先週日曜日に実施された衆参ダブル総選挙の結果、長きにわたり政権与党の座を死守してきた自立民権党は下野し、新しい連立政権が誕生したことは承知のとおりだが、この度《たび》ようやく組閣が実現した。

首相に指名されたのは、大方《おおかた》の予想を裏切り、共和翼賛党の中和泉光子であった。

これは想定外すぎる人事と言わざるを得ない。衆議院で確保できた議席数は共和翼賛党が七一、ネオ・ジミンが一五三、自立民権党が八二である。
自立民権党から分離し、第一党になったネオ・ジミンの池依駿太代表が就任確実と思われていただけに、永田町は騒然となった。
表向きは池依氏の健康状態が思わしくなく、首相の重責に耐えられぬとの判断が下されたことになっているが、本当にそうだろうか？
本紙は今回の選挙のキーマン――防衛大臣に就任した山本三七十氏と議員会館にて面談に成功した。ここにその一部を掲載する』

――初出馬での初当選、しかもトップ当選、おめでとうございます。それにしても比例区で五六九万票とは驚異的な集票力でしたね。

「ありがとう。双肩にかかる責任の重大さに総身が打ち震《ふる》える思いだ。有権者の期待を裏切らないように身を粉《こ》にする覚悟だよ」

――加えて防衛大臣就任も御祝辞申しあげます。率直な御感想をお聞かせ願いたい。

「もと海上自衛官がトップに上り詰めた。それだけの話さ。まあ、フリゲート艦〈みょうけん〉の一件を揉《も》み消そうとした連中は、今頃は戦々恐々としているだろうがね。もしも僕が悪代官みたいな奴だったら、懲罰《ちょうばつ》人事を楽しみにしておけと言ってやるんだが」

――組閣に手間取ったのは、あなたの防衛大臣就任を共和翼賛党が渋ったためとの観測

もありますが？

「事実だよ。連立のために提示した、絶対に譲れない条件のひとつだったからね。中和泉代表を総理に推すのは決まっており、彼女も同意してくれたんだが、共和翼賛党内部から反対が出たんだ。自衛官だった奴を自衛隊のトップに据えれば、なにをやらかすかわからないとね。彼らの理解では、防衛大臣は勝手に戦争を始められるらしいよ」

――最終的に中和泉代表が党内を説得したのですね。

「いちばん反対していた陸稲《おかぼ》浩《ひろし》氏を党員資格停止としたところ、他の連中はおとなしくなったらしい。こう言っては身も蓋《ふた》もないが、中和泉さんに選択肢はなかったはずだ。与党になれる千載一遇《せんざいいちぐう》の機会を逃す真似はしたくなかったろうから。ネオ・ジミンと共和翼賛党にとって、いい刺激になったと思うよ。同床異夢のまま連立政権を組んだところで砂上の楼閣《ろうかく》になるのは目に見えている。最初から相違点を炙《あぶ》り出せたのは朗報だ」

――内閣発足後、最初の目標は？

「アメリカとの連携強化だ。それに尽きるね。幸いにして僕は合衆国副大統領となるワイアット・ハルゼーとは旧知の間柄だ。できるだけ早いうちに渡米し、対策を練りたい」

――対策とは、具体的に？

「中国の共産党大会が近いじゃないか。鬼が出るか蛇が出るかわからないぞ。日中の微妙すぎる関係と、いまこの瞬間に起こるかもしれぬ台湾有事を考えるなら、ありとあらゆる危険を想定して動かなければね」

――危機を煽《あお》るなとの声が自立民権党から出ているようですが？

「建設的な提言以外は聞き流すのが精神衛生上いいね。特に野党の皆さまの発言はね」

＊

日米英それぞれの新聞を読みあげた史《シィ》は、わずかな違和感を抱くのだった。

絶対的安定を誇る中国共産党と違い、これら三カ国の政権は猫の目のように変わる。特に日本の首相など、ここ一〇年で何回変わったか数えるのも面倒なほどだ。

しかし、カンの鋭い史は奇妙な共通点に気づいていた。新聞に取りあげられていた日米英の新たな指導者もしくはその候補者だが、なにかに急《せ》き立てられるかのように、ここ半年で不意に頭角を現した。

各国に据えた海外警察に情報を収集させたが、三名とも命を落としかねない状況を経験した後、不意に政治活動に目覚めたとある。まるで人が変わったかのように、だ。また、なぜか三人とも海軍出身だ。

残念ながら史には中国海軍と直接の繋がりはない。そもそも軍歴とは無縁の人生だった。ここ上海を根城とする投資家の両親を持ち、欧米に留学を繰り返しては語学力を身に付け、それを武器に共産党外交部で出世していったのだ。

実は人民解放軍でいちばん攻撃的な組織に成長しつつあるのは海軍であった。

彼らは予算獲得のため実績を——つまり実戦を望んでいる。ブーゲンビル島での一件で過剰な自信を抱いた末に、さらに野心的な計画を持ち込んできた。

史は、しかるべき地位に就任した場合、その案を支援しようと内諾した。人民解放軍のバックアップがなければ、最終的な野望の達成は不可能なのだ。

その足がかりはすでに築いていた。舌鋒《ぜっぽう》鋭い報道官として地位を磐石《ばんじゃく》なものとしていた史は、二五名で構成された政治局委員の副委員長にまで昇進していた。五二歳という年齢は異例の若さである。

もちろん、これがゴールではない。次に狙うは王座の簒奪《さんだつ》だ。

国家主席を決めるのは全国人民代表大会——いわゆる全人代であり、来年三月開催予定だったが、今回は特例中の特例として、一二月の共産党大会で国家主席の選出が行われることになっていた。

先週、九年間にわたってその座にいた張浩然《チョウハオラン》が不意に病没したためである。

三期にわたって国家主席のポストに就いていた前任者が不動産バブル崩壊に端を発する経済衰退にともなって失脚、後継者に指名された張浩然だったが、すでに七九歳と高齢であり、健康状態に大いに問題のある人物だった。

一年の半分以上を静養にあてなければ国政に従事できない状態が続き、猛暑が堪《こた》えたのだろうか、秋口からは満足に起きあがれない状態となってしまった。

政治局常務委員は後釜《あとがま》の選定に入った。やっぱり老人では駄目だ。ここは若手を登庸し、刷新を図るしかない。

そして、有力候補のひとりに選出されたのが史天佑《チンヨウ》であった。人民解放軍との接点がない点も逆に好感触だった。癒着《ゆちゃく》がないと判断されたのである。

共産党大会は明後日だ。前日に北京入りを望んでいた史は飛行機を予約ずみであった。

時計を見る。午前九時五〇分。離陸まであと三時間あるが、妨害の可能性を考えるなら早めに動いたほうが無難だ。

史は秘書を呼ぶと、自家用ヘリであるZ−15の扱いについて短い指示を与えた。一〇時に到着予定の搭乗員たちに、こう伝えよと……。

Z−15は欧州に拠点を置くエアバス・ヘリコプターズと、中国航空工業集団《AVIC》が共同開発した汎用《はんよう》中型ヘリコプターだ。乗員二名と乗客一八名を乗せて一二六〇キロを飛べる。個人で使うにはオーバースペックで、維持費も負担になっていたのだが、政治局委員に選出された際に党から贈られた機であり、売却などできなかった。

身支度を整えた史は、帰宅しようとしていた料理人に同乗せよと命じた。

彼は身分相応に中古の秦《チィン》Ｐｌｕｓに乗っていた。絶滅寸前のプラグイン・ハイブリッド車である。政治局委員にふさわしい車輛《しゃりょう》ではないと固辞されたが、史は体ひとつで強引に乗り込むと、上海国際空港へと走らせた。

出発後、およそ二〇分が経過した頃である。窓を少し開けていた史は異変に気づいた。遠方から雷鳴《らいめい》のような轟音《ごうおん》が聞こえてきたのである。

派手な爆発音が生じた。火柱が高速道路の彼方に立ち昇る。黒煙が青空を無作法に汚していく。なにかが墜ちたのだ。かなり高い確率で考えられるのはZ−15だろう。墜落したのか、それとも撃墜されたのか？

恐らくは後者だ。北部戦区——かつては瀋陽《シェンヤン》軍区と呼ばれていた連中の仕業《しわざ》に決まっている。陸軍閥の連中は、海軍に肩入れする私をずっと敵視していた。携帯地対空誘導弾のHN−5でも使ったか。俄羅斯《ロシア》から返品された在庫がだぶついていたと聞くしな。

機会主義者の史は内心ほくそ笑んでいた。事実はどうあれ、これで私は暗殺されかけた被害者となり、生き延びたことで勝者たる資格を得た。ヘリコプターの搭乗員には気の毒だが、中国を次世代の覇者に導く男の一助になったと知れば、遺族も納得してくれるのではなかろうか。

そして、こうも思うのだった。仮にZ−15で空港へ向かっていたとしたら、私は落命するか瀕死《ひんし》の重傷を負っていたはず。もしかすると、新聞で読んだ日米英の三人と同様に、別人めいた存在に脱皮できる機会を逃《のが》したのかもしれないと……。

二日後の共産党大会において史天佑は、大方《おおかた》の予想を裏切り、国家主席代行という位を掌中《しょうちゅう》に収めた。

若き指導者は若き独裁者となり、覇道を歩み始めた。行き着く先が破滅への一里塚だとも知らずに……。

第五章　提督、天下を獲る

1　秘書の葛藤

――二〇三X年一二月一日

ネオ・ジミンの公認候補として参院選を圧勝し、国会議員の座を得た山本三七十《やまもとみなと》だが、彼は三名の秘書を雇用していた。

第一公設秘書はもちろん蜂野洲弥生《はちのすやよい》である。三七十の正体を知る唯一の女性だ。セクハラで辞職したとはいえ、議員秘書としての経験があるのは強みだった。

第二秘書としてスカウトされたのは笠松絹美《かさまつきぬみ》であった。〈みょうけん〉で三七十の部下だった1尉だが、かつての艦長の出馬を知るや、すぐに海上自衛隊を辞職しボランティアとして選挙事務所に転がり込んできた。

人事をはじめ、事務所の切り盛りは弥生に一任されていた。笠松とは知らない間柄ではないし、信用もおける。また、彼女の叔父は静岡で県議会議員を務めており、政治家という存在を多少なりとも知っていた。是非とも艦長の下で働かせてほしいという要望を、弥生はありがたく受諾したのだった。

第一および第二秘書に特別な資格など不要だが、政治活動に直接携《たずさ》わる政策担当秘書は、国家試験に合格しなければならない。また身内だけで固めると非難の対象となる。

そこで今回は外様《とざま》から起用された。体調を崩《くず》しながら党代表を務める池依駿太《いけいはやた》の推薦で、柯吾亮《かごとおる》という初老の男性がその任に就いた。

柯吾は陸上自衛隊出身で、これまで防衛大臣の政策秘書を二度経験しており、実績としては充分すぎたが、山本三七十は調整役もしくは連絡係として雑事だけ任せている。少なくとも弥生にはそう見えてならなかった。

迫り来る通常国会に向けて、準備は佳境を迎えていた。参議院議員会館にあてがわれた部屋には資料が山積みになっている。各地からの陳情団も多く、スケジュールの調整だけでもひと苦労だった。

連中を片《かた》っ端《ぱし》からさばいていたのは笠松である。格闘家を連想させる巨体ゆえか、それとも女性自衛官《WAVE》という前職のなせる業《わざ》か、彼女の体力は無尽蔵《むじんぞう》であり、選挙戦の激務に耐えてくれた。

いっぽうの山本本人だが、全国の鎮守府《ちんじゅふ》を視察すると言い残すや、海上自衛隊の基地や施設を飛び回っている。

μ《ミュー》グラスで居場所はわかるが、その動向は神出鬼没であった。昨日、小樽《おたる》にいたかと思えば、翌日には佐世保《させぼ》、その日の夕刻には沖縄の中城湾《なかぐすく》に突然姿を見せるといった案配だ。山本三七十が山本五十六とイコールだとする確証はまだなかったが、もしも真実であるならば、失われた時間を埋めるための努力を重ねているのだろう。弥生はそう考え、定時連絡以外にコンタクトは取らず、邪魔者にだけはならないように心がけていた。

だが、常に厄介者《やっかいもの》はいきなり現れる。今回もそうだった。

「蜂野洲さん。本当に面倒な客人が来ました」

重苦しい口調で笠松が報告してきた。誰かしらと訊ねると、一段と表情を曇《くも》らせたあとで、こう続けてきた。

「陸稲浩《おかぼひろし》……先生です」

忘れることなどできないかつての上司である。弥生が忌《い》み嫌っていることは、もちろん笠松も把握していた。

「重大な提案があるので、是非とも艦長に面談したいとのことです。とりあえず応接室に通していますが、追い返しましょうか？」

「そうしてもらいたいのは山々だけど、相手はいちおう国会議員です。無礼な人間だけど、無礼で返すのは下策ね。それに、ここで逃げたのでは山本三七十の沽券《こけん》にかかわります。すぐ行くと伝えてください」

頬《ほお》を叩いて気合いを入れた弥生は、足早に応接室に向かった。そこには、かつて医者を標榜《ひょうぼう》し、現在は政治屋に身を窶《やつ》した痩《や》せぎすな背中があった。彼は天井から吊り下げられた鳥籠を見あげていた。

「ヨーソロー。オカエリ。ヨーソロー。オカエリ」

軽やかな声で連呼していたのはセキセイインコだった。山本三七十の自室から連れてきた家族である。こちらに気づいたのか、振り返った相手は猫なで声を出してきた。

「弥生ちゃん。久しぶりだね。そろそろ機嫌は直ったかな？」

肉体も精神も不健康さを極《きわ》めた陸稲浩は、ソファに座ったまま、睨《ね》めるような視線を繰り出してきた。

「地球という惑星が終焉《しゅうえん》を迎える日まで、あなたの面前で私の機嫌が直ることは絶対にないでしょう」

「ワシだって充分以上に罰は受けたんだ。もう許しておくれよ。やっと禊《みそ》ぎもできたんだからさあ」

セクハラ騒動で批判が集中し、自立民権党を離党せざるを得なかった陸稲は、無所属として議員活動を続けていたが、今回の衆参ダブル選挙で共和翼賛党に鞍《くら》替《が》えし、衆院選挙に立候補していた。小選挙区では惨敗したが、比例区で復活当選を果たしている。現在は国会対策委員長の補佐役代行という微妙すぎるポストを与えられていた。

「有権者はワシの行いを勘弁してくれたよ。代議士の議席を得たことが、その揺るぎなき証拠さ。互いに国政に携わる与党の一員になったんだぞ。ここで角《つの》を突き合わせていたのでは国民に対する裏切りになってしまう。今日は協力を頼みたくて来たんだしさ」

弥生はその言い分を無視して、極めて事務的に返した。

「御用件を承《うけたまわ》りましょう」

「能面のような顔はちっとも変わっておらんね。まあいい。今日は山本三七十はいないと聞いたから、弥生ちゃんに言うよ。あとで防衛大臣にきちんと伝えてほしいんだ。ところで、アルタイのことは知っているかな？」

「モンゴルに隣接し、中国が実効支配している地域ということしか存じません。ちょっと失礼します」

弥生は即座にμグラスをかけた。ファジー検索機能が動作し、視野には地図と関連テキストが表示されていく——。

アルタイはソ連崩壊後に自治州から共和国に格上げされた西シベリアの小国だ。

かつてはロシア連邦の一角であったが、ウクライナ戦争後、宗主国の影響が薄れた瞬間を狙い、分離独立を果たしていた。

だが、不幸だったのは中国の新疆《しんきょう》ウイグル自治区と接していたことである。

カザフスタンとモンゴルの間に聳《そび》えるアルタイ山脈が事実上の国境となっていた。幅は五〇キロと狭く、山間の隘路《あいろ》が続くが、障害は打破されていた。一帯一路のスローガンのもと、中国は戦車すら通行できる舗装《ほそう》道路を整備していたのだった。

ロシアの支配と庇護を離れた直後から北京は露骨に動いていた。アルタイ共和国の政情が不安定と見るや、中国共産党は「首都ゴルノ・アルタイスクにて迫害されている同胞をテロ政権から救出する」という名目で陸軍部隊を派遣し、あっさりと全土を占領するや、傀儡《かいらい》政権を樹立させてしまった。

アルタイ陸軍は、ウクライナ戦争に兵力の大部分を抽出《ちゅうしゅつ》させられており、国防の手段と意思を最初から持ち合わせていなかったのである。

西側諸国は最大級の非難をしたが、ロシア連邦の各共和国は分離と独立、そして内戦を繰り返しており、アルタイだけを特別扱いできる状況ではなかったのだ……。

「その眼鏡で基礎情報を把握したんだね。なら言うけど、中国がアルタイで国際平和会議を開催すると言ってきたんだよ」

得意げな調子で語る陸稲へと、弥生は冷静に聞き返した。

「初耳ですが、外務省へ通達してきたのですか？」

「違う違う。北京政府が共和翼賛党に直接打診してきたんだ。ワシたちは中南海《ちゅうなんかい》と特別なコネがあるからねえ。その構築を怠《おこた》った自立民権党やネオ・ジミンには届いていなくても当然さ」

中南海とは日本の永田町《ながたちょう》と同様、中国政府中枢を指す隠語《いんご》である。陸稲はなおも我褒《われほ》めを続けるのだった。

「全世界から指導者が一堂に会し、地球新秩序の構築について話し合うんだ。当然、中国の国家主席代行となった史天佑《シィチンヨウ》も来るよ」

「いつ開催されるのでしょうか？」

「気になるかい？　特別に教えてあげてもいいよ。一二月八日。一週間後だ」

ずいぶんせっかちな話だ。弥生は雷鳴《らいめい》の勢いで思考を巡《めぐ》らせるのだった。

（……国際会議が七日前に通達されることなどありえるかしら？　きっと日本だけ後回しにされたのだろう。あるいは最初から来る気がないと思われているのかも……）

次に彼女は、こう切り出してみた。

「本当に世界中から首脳が集まるのでしょうか？　ウクライナ戦争でロシアの肩をもった中国をアメリカとヨーロッパは毛嫌いしていますが」

「ロシアの参加が決定しているよ。アルタイを奪われたというのに、平和を維持するために面子《めんつ》を捨てたのだ。他にもホンジュラスやエルサルバドル、ニカラグアにパナマという歴史ある国々が参加表明をしているらしい」

「反米の集会になりそうですね。それで、我が国はなんと言って断るのです？」

「断ったりするものか。首相は無理だが、せめて特使は出さなきゃ」

「米英は絶対に誰も寄こしませんよ。日本だけ参加すれば、対応の温度差を際立《きわだ》たせてしまうでしょう」

「際立たせる好機と考えられんのは女の浅知恵だね。欧米を主役とした覇権の時代は、終焉を迎えたんだ。来たるべきはアジアが軸となって実現する太平の世だ。日本は、その一翼を担えるのだよ。これは歴史的転換点だよねえ」

寝言は寝て言えと口から出かかったが、弥生は超人的な自制心でそれを食い止めた。

「それで共和翼賛党としては誰を派遣するお考えですか？」

「わからんかねえ。ワシがここに足を運んだ理由がそれさ。山本防衛大臣にアルタイまで行ってもらおうと考えているんだよ」

呆《あき》れ果てて絶句した弥生に、なおも相手は得々と語った。

「史天佑国家主席代行だが、四月に外交部報道官であった当時、海自の〈みょうけん〉と揉《も》め事を起こしたじゃないか。そして、山本三七十2佐は、その艦長だった。錯誤《さくご》で刃《やいば》を交《まじ》えた両名が許し合い、握手をする。どうだい。胸が熱くなるだろう」

危険すぎる提案だ。なによりも憂慮すべきなのは、この軽薄な男に危険だという事実を伝える行為であろう。

「ヨーソロー。オカエリ。ヨーソロー。オカエリ」

セキセイインコの独唱が始まった。オカエリナサイではなくサッサトオカエリの意味に相手が解釈してくれればいいが、そこまでの叡智《えいち》はあるまい。

「中国も山本防衛大臣を招待しているのですか？」

「いいや。向こうはあくまでも中和泉《なかいずみ》首相に来てほしいらしいよ」

「それなのに防衛大臣を送ろうというのですか？　中国政府になんと説明するのです？」

「サプラーイズ！」

駄目だ。話すだけ損だ。こちらの活力が削《けず》られて終わりだ。

「お申し出は山本防衛大臣に伝えます。今日のところはお引き取りください」

「よしなに頼むよ。日中関係が改善すれば国民栄誉賞ものだからね」

弥生は極めて政治家風に、こう答えるのだった。

「善処します」

2　赤い鉄鯨

——二〇三X年一二月六日

海面下という宇宙にも似た光なき空間を支配する者は、世界をも支配する。

第一次世界大戦前後から語られ始めた箴言《しんげん》は、当初こそ世迷《よま》い言《ごと》と冷笑されたが、戦略原子力潜水艦という魔物の登場により現実のものとなった。列強は自らが列強たる証拠を求め、その保有に躍起になった。

もちろん、中国もだ。一九八三年に就役した夏《シィア》型は事故続きで一隻のみに終わったが、二一世紀に入ってから建造された晋《ジン》型は技術的な成功を収め、八隻が完成した。

アメリカも無視できない戦力に成長したわけだが、人民解放軍はなおも満足せず、さらなる戦力拡充を求めた。

そして、二〇三〇年代初頭に戦力化されたのが唐《タン》型と呼称される新型艦であった。胎内《たいない》に悪魔の累卵《るいらん》を詰め込み、地球上のあらゆる場所を核攻撃可能な大型戦略原潜である。

この九月に戦力化したばかりの四号艦〈長征《チァンヂァン》25号〉が深く静かに潜行し、永遠の戦場たることを約束された島へ歩みよっている現実を把握している者は、まだ全世界に数名しかいない。

そのはずであった……。

＊

「同志姜《キョウ》艦長。定時連絡の時間となったが、北京から中止命令は来たかね？」

非常灯の緋色で満たされた司令室に姿を見せた江紫釉《コウシュ》中校が言った。首都から派遣されてきた政治将校だ。実質的な監視役であり、その権力は艦内トップである。機嫌を損ねれば、帰投と同時に潜水艦を永遠に下ろされる危惧が強い。結果として腫《は》れ物《もの》に触《さわ》るような対応が求められていた。

艦長の姜浩宇《ハオユー》少将は内心の苦々《にがにが》しさを表情に出さないよう努めながら、極めて簡潔に応じるのだった。

「いいえ」

「聞き逃した、という可能性はないかね?」

「いいえ」

「どうしてそう言い切れるのかね?」

「一五分前に母港の寧波《ニンポー》から基地は健在なりとの通信が入っておりますから」

本土との連絡には超長波《VLF》帯の電波が用いられていた。昔ながらの技術であり、受信時には深度二〇メートル前後をキープする必要があるが、そのぶん確実である。

出撃した戦略原潜は定期的に母港と連絡線を確保し、万が一にも通信が入らなかった際には、中国本土が核攻撃を受けて全滅したものと判断し、事前に設定された標的都市へと報復を実施する手はずになっている。

そして、〈長征《チアンヂアン》25号〉には射程一万二〇〇〇キロを誇るJL−3〝巨浪《ヂィラン》3〟が二四発も搭載されている。全米はもちろん、全欧をも射程圏に入れる新型核ミサイルだ。

　一二九名の乗組員のうち、その発射コードを知る人物は艦長と政治将校のみ。江中校の権威と発言力は最初から確保されていたわけである。

「ならば結構。我々は米帝に警告を放つことが決定した。日帝になした栄光の一撃を再現し、連中の青い目玉をひっくり返してやろう。幸いにして同志姜少将は、今年四月にブーゲンビル島で日帝のフリゲートを痛打した人民英雄だ。乗組員諸君は経験者を艦長に迎えた党の判断を称賛すべきなのだ」

　姜浩宇は否定しなかった。なぜなら、それが事実だったためだ。

　元来、姜は水上艦乗りであった。駆逐艦〈大連《ターリエン》〉艦長としてブーゲンビル島に出動し、無弾頭の対艦ミサイルで成果をあげたのは本当である。

　ただ、姜自身は己《おのれ》の手柄だとは微塵《みじん》も考えていなかった。単に党の指示に従っただけであるし、分析結果では弾頭は迎撃されたようだ。

　しかしながら、中国共産党は国内向け宣伝として英雄を欲していた。姜こそ、その適格者だと判断され、想定外の昇進が決まった。

　大校から少将へ格上げされたのに伴い、最新鋭の〈長征25号〉を指揮せよと命じられた。本人はそんなことを望んでいないにもかかわらず、だ。

　もちろん、拒否権などあろうはずもない。潜水艦乗りとしての専門知識を持たない姜は、二カ月の座学と訓練を受けただけで、〈長征25号〉の艦長に追いやられてしまった。

唐《タン》型こと096型は、ひとつ前の晋《ジン》型（094型）の強化版だ。全長一六七メートル、水中排水量一万六五〇〇トンと、アメリカの戦略原潜であるオハイオ型に匹敵する図体《ずうたい》を誇っている。

原潜の艦長は、潜水艦乗りにとって羨望《せんぼう》の的《まと》である。ましてや新型ともなれば、嫉妬《しっと》を買って当然だった。水上艦勤務の素人《しろうと》がコネで横入りしてきたと……。

戦力化に際し、ベテランの潜水艦乗りをかき集めていたが、彼らからしても姜の存在は不快だった。江中校はそれを承知しており、艦内で自分の支持層を拡張していたのだ。

「同志艦長。人民が望んでいるのは平和だよ。その構築には武力による威嚇《いかく》を続ける米帝を教育する必要がある。本艦には、その実力もあるではないか」

景気のよい語り口に、司令部に詰める部下たちの雰囲気も高揚していく。

姜に逆らう意思などなかった。しかし、面白くはない。艦長である私よりも政治将校に簡単に靡《なび》くとは。こんな部下たちを、命を賭けてまで守る価値があるだろうか？

「そのとおりです。だからこそ発射地点へと水中速力二〇ノットを維持したまま、進軍を続けているのです」

「よろしい。本艦の現在位置は？」

「目下ミッドウェー島の南を抜けたところです」

3 夜間飛行

——二〇三X年一二月六日

『ご搭乗のお客さまに申しあげます。当機サフラン・エア184号便は、あと三〇分ほどでゴルノ・アルタイスク空港へ着陸いたします。現地時間は午後一一時五分。天候は晴れ。気温は摂氏一四度との連絡が入っております』

機長からの通達は訛《なま》りの強いインド系の英語で、非常に聞き取りにくかった。

日本国内閣総理大臣の中和泉光子《ひかるこ》は、自らのヒヤリング力が劣化したかと嘆きながら、窓外に目をやった。暗闇が展開しているだけで、街の灯《あか》りなど見えない。どこを飛んでも不夜城が展開している日本とは別世界だ。

(……どうして私がこんな人外魔境に？　来たくはなかった。でも、あの男の口車に乗せられてしまった。総理の椅子《いす》は一度でも逃《のが》すと、もう永遠に手に入らない。だからこそ、主義を捨ててまでネオ・ジミンと手を組んだ。その結果が今回のアルタイ平和会議への出席とは、代償が重すぎたかも……)

己の不幸を呪う中和泉であったが、それは的外《まとはず》れな現状分析にすぎない。過去の言動が現在の窮地を招いた事実を受け入れていないだけである。

政府専用機ではなく、民間機に乗っているのもそうだ。機種はMD–90――かつて存在したマクドネル・ダグラス社製の双発小型ジェット機である。

古い機体だけのことはあり、乗り心地は悪かった。日本国内ではとっくの昔に引退していたが、格安航空会社《LCC》ではまだ運用されている。これは中国で用いられていた改良型で、航続距離は若干延びているが、羽田からアルタイまではギリギリだった。

中和泉は臍《ほぞ》を嚙《か》む思いだった。山本三七十という厄介な人物が弁舌巧みに誘導した結果、サフラン・エアという聞いたこともない会社の機体に乗るハメになってしまった。

中和泉は一日前に首相官邸で行われた直接会談を、苦々《にがにが》しく思い返すのだった……。

「総理。僕はアルタイ平和会議とやらには行きません。正確には行けません。なにせ相手に招待されていないんです。押しかけるわけにもいかんでしょう。

僕が行くと明言した？　国会対策委員長補佐役代行の陸稲がそう言ったですと？　サプライズってなんのことです？

敗者復活戦でようやく当選した医者崩れですよ。女性の尻を撫《な》でて議席を棒に振った奴の言葉を真《ま》に受けたのですか？　彼が来訪したときに僕は不在で、そのあとで明確に拒絶しましたよ。たぶん、勝手な言い分で既成事実にする腹なんでしょうね。

野党時代から総理は常々こう話しておられたそうですな。国家元首たる者は、常に話し合いで事態打開を図《はか》らなければと。特に戦争は絶対に対話で阻止《そし》しなければと。

それができる地位に上り詰めただけでなく、向こうから機会がやって来たのです。まさか拒絶したりはしないと信じておりますぞ。

僕だけじゃない。ここで話し合いから逃げれば有権者を裏切る恰好になり、内閣支持率の下落は避けられませんね。総理は選挙戦の最中から中国共産党との話し合いによる関係改善を叫んでおられましたな。言行一致を成し遂げるまたとない好機ではありませんか。

留守は心配無用です。僕という副総理がいることをお忘れなく。国事は滞《とどこお》りなく進めておきますので。それに……脅かすわけじゃありませんが、総理のお嬢さまは北京大学に留学中なのですよね。すげなく断れば、いろいろと差し障《さわ》りがあるのでは？

防衛省のコネで空路も確保しました。インドのサフラン・エアが定期便を出していましたので、交渉したところ、格安でチャーター便を飛ばしてくれるそうですよ。実質的な日本政府専用機ですな。

かつて総理はこう述べられましたね。政府専用機など税金の無駄遣《むだづか》い。移動は民間機で充分。どこの国が非武装の民間機を攻撃するのかと。是非とも御自身の行動で、御自身の発言を証明していただきたい。もし御心配でしたら、航空自衛隊の戦闘機F‐35Aを六機ほど護衛に回せますが、どうなさいますかな？」

暴力的なまでの正論を聞かされた中和泉は、相手の言い分を丸呑《まるの》みするしかなかった。自縄自縛《じじょうじばく》の道を歩んでしまったのは自覚していたが、それは選挙で一定の不動票を確保するための方便にすぎないのは、彼女自身がいちばんよく理解していた。

本音《ほんね》を言えば、豪華で安全な政府専用機に乗りたかった。しかし、過去の自分を否定するのは未来の自分を滅するも同じ。その考えにしがみつく中和泉は、強気を装って民間機に乗ったのである。

当然ながら護衛機など用意できない。なにしろ中国上空を飛行するのだ。相手が認めてくれるはずもなかった。

そこまでわかったうえで、山本三七十は話を持ちかけてきたのだ。令和を生きる自衛官には見えなかった。昭和を生きた軍人に思えてならなかった。

（……ああいう存在が戦雲を呼ぶ。排除しなければ。そのためにこそ結果を出さなければ。なんとしても中国の怒りを鎮《しず》めなければ。それが日本が生き残る唯一の道。そのためなら矜持《きょうじ》や国など、売却の対象にすらなりえる……）

剣呑《けんのん》すぎる思考に行き着いた頃であった。安穏《あんのん》としていられない事態が発生した。

窓外からMD−90のそれとは明らかに異質なエンジン音が響いてきたのである。

暗闇の空へと視線を向ける。高速で移動する物体が一瞬だけ見えた。それはサフラン・エア機の左翼に回り込んだ。

ライトアップされた垂直尾翼には、赤い線に星のマークが刻まれている。

「ありゃあ、中国空軍機だ。J-10じゃないか！」

同乗している書記局長が、驚愕の声をあげた。彼は防衛大臣の椅子を欲しがったほどの軍事マニアなのである。そして、彼の観察眼に間違いはない。接近してきたのは中国空軍で殲撃《ジエンジー》10と呼ばれている単発の軽戦闘機だ。

運用開始から三〇年以上が経過しているが、欠点の洗い出しは完了しており、稼働率の高いマシンであった。二〇三〇年代に入ってからも重宝され、いまだに三〇〇機が現役で飛んでいる。

中和泉のすぐ後ろに座っていた陸稲浩が場違いな調子で言った。

「ありがたいですなあ。誘導してくれるんでしょう。航空自衛隊の護衛機など、最初から必要なかったんですよ」

だとすれば問題ないが、現在の日中関係を思うなら、無分別には信じ難かった。かつて中和泉は確かに言った。非武装の民間機を襲う国などあるものかと。

だが、実弾を携えた脅威対象を目の前にしたところ、そうした一方的な思い込みは雲散霧消してしまった。

過去には実例がいくつもある。一九八三年の大韓航空機事件があまりに有名だが、二〇一四年にもマレーシア航空第一七便がウクライナで撃ち落とされている。

不吉な真実が脳裏を横切った中和泉は、右翼側にも同型の戦闘機が飛翔していることに気づいた。この機は空中で拿捕《だほ》されたのだ。

数分後、震《ふる》える声で機長のアナウンスが流れてきた。

『お客さまにお伝え致します。当機は、現時点をもって中国空軍機の支配下に入りました。彼らはアルタイ共和国東部のタシャンタ軍事基地に着陸せよと要求しています。逃走する素振りを示した段階で、即座に撃墜すると脅迫されました。

私には機長としてお客さまの生命を保全する義務があります。ここは彼らに従うほかはありません。どうかお席にお戻りになり、シートベルトを装着してください……』

4 メモリアル・バトルシップ

——二〇三X年一二月七日（ハワイ時間）

太平洋中心部に浮かぶハワイは、過去も現在も——そして恐らくは未来も——アメリカの軍事拠点たる運命を課せられた島嶼《とうしょ》である。

なかでもオアフ島はインド太平洋軍にとって最大の牙城だ。フォート・シャフターには太平洋陸軍《USARPAC》の司令部が置かれ、真珠湾《パールハーバー》には海軍と空軍の根拠地があった。

パールハーバー・ヒッカム統合基地である。合同作戦を容易にするため、二〇一〇年に海空軍の根拠地が一体化して誕生した要衝だった。

次期副大統領のワイアット・ハルゼーは因縁深き日に基地を再訪していた。

ここは日英との連携の拠点となる。対中軍事行動の可能性を考えるならば、いまのうちに会っておかなければならない要人は大勢いた。ワイアットは二日前からハワイ入りし、重鎮たちとのミーティングを重ねていた。

そして一二月六日の夜にはダニエル・エスポジート大統領も来島する予定だった。明日の慰霊祭に参加し、メモリアル・ディの弔辞《ちょうじ》を読む手はずだった。

ところがである。大統領専用機《エアフォースワン》がヒッカム飛行場に着陸した際、そこから降り立ったのは副大統領のマリカルメン・ベタンクールであった。エスポジート大統領は急に体調を崩し、検査入院の必要が生じたという。

確かに年齢が九〇歳を超えれば、いつ何時《なんどき》、具合が悪くなるかしれたものではないが、それにしてもタイミングがよすぎる。大統領は最初からハワイに来る気などなかったのではないか？

ワイアット・ハルゼーというイレギュラーな副大統領候補《ランニングメイト》の登場で、かろうじて二期目の政権を手に入れたと評されているエスポジートだが、実際のところ、内政面では失業率の改善や凶悪犯罪の厳罰化などで功績が大きく評価されてもいた。

その半面、外交は国務長官に任せきりであった。国際会議や各国歴訪ではベタンクール副大統領が代役を務めるケースが大半だった。

今回も前例に倣《なら》ったのだろうが、ハワイは国内だ。それなのに来ないのは、よほど体調が悪いのか、あるいはいまは来るべきではない情報でも握っているのか？

ハルゼーは警戒感を抱いたまま、ベタンクールとの会見に臨んだが、有益な情報を引き出すことはできなかった。地位を追われることになった副大統領は、自分からポストと将来を奪ったワイアット・ハルゼーへの怨みを募らせていたのだった……。


ホノルル市の「モロカイ・シーサイド・エスケープ」という新興ホテルで会談は行われたが、それはハルゼーにとって楽しい経験とは言い難いものに終始した。

年齢四九歳のベタンクール副大統領の発言は、皮肉と批判に終始し、実のある意見などひとつもなかった。特にハルゼーを苛立《いらだ》たせたのはベタンクールが徹頭徹尾スペイン語でまくしたてたことであった。

彼女は英語を理解せぬ史上初の副大統領だったのだ。それを欠点とせず、美徳にしようと望んでいた。メキシコ系の有権者が増える一方の現状を思えば、それも選挙戦術のひとつではあったろう。

ベタンクールがエスポジートの信頼を失ったのは、公立小学校では英語教育を廃止とし、スペイン語を標準語にしようと画策したことだ。これは方々から反発を食らい、大統領も見切りをつけるしかなかったのである。

彼女はμグラスに英訳させた合成音声で、一方的な主張を展開した。

「戦争狂夫《ウォーモンガー》のあなたに席を譲り渡すのはひたすら不安です。ですが、これが国民の選択というのであれば仕方がありません。民主主義の欠陥が具現化してしまったのでしょう。明日早朝、私は記念艦〈ミズーリ〉艦上にて不戦の誓いを公表します。それが副大統領として最後の表舞台となります。

本来であれば、あなたはエスポジート大統領と一緒に式典に参加される予定であったと聞いています。けれども、代役として私が派遣されたからには、その約束は無効だと通告せざるを得ません。本音《ほんね》を言えば、あなたと同席したくないのです。どうしても列席すると仰《おっしゃ》るのなら、貴賓席《きひんせき》のいちばん端にシートを用意しますが？」

失うモノがなくなった女は怖い。苦笑しつつ、ハルゼーはそのオファーを断った。最初から欠席する気だったからである。

今後四年間、一緒に走らなければならない大統領ならともかく、引き継ぎ後は顔を見ることさえない相手とはなるべく接点を少なくしておかねば。もうアメリカにとっても俺にとっても価値の薄い存在なのだから。

それに英霊たちが気の毒で耐えられそうになかった。μグラスで翻訳された合成音声の英語で弔辞《ちょうじ》を聞かされるのだからな……。

翌七日、午前七時三〇分。ハルゼーはアドミラル・クレイリー橋を無人タクシーで通過してフォード島へと渡った。真珠湾中央部に浮かぶ小島は、昔から海軍航空隊が展開する基地だ。軍用機の姿こそ変わったが、滑走路はそのままである。

前回同様、ゴールデン・バットで太平洋を横断してきたハルゼーはフォード島の飛行場と格納庫を間借りしていた。

しかし、ここに来た理由は自家用ジェットに乗るためではない。設置された海軍水中戦センターを見学し、現代戦の知見を深めることにあった。

ここ半年、彼は新世代の海戦を極めるべく、貪欲《どんよく》に知識を吸収していた。戦艦に続いて空母の価値が薄れゆく現在、勝敗を分けるのは潜水艦――それも戦略原潜だ。そして中共海軍が動くとすれば、やはり尖兵《せんぺい》としてそれを投入してくるだろう。

ここまでは日本の防衛大臣に就任した山本三七十と同じ見方だった。

両名は横須賀とオアフ島間に準備された秘匿《ひとく》回線を用いて、昨夜も会談を続けていた。盗聴が懸念されたが、世界最速の栄誉《えいよ》を五年も死守している量子コンピュータ〝IEYASU〟を経由し、秒単位でOSごと新調するシステムを採用している。ハッキングされる心配はなさそうだ。

突っ込んだ意見の応酬《おうしゅう》の末、相手が動く時機に関しては見解が分かれた。ハルゼーは武力行使に踏み切るのは来春と読んでいたが、三七十は違った。実益《メリット》よりも矜持《プライド》を重要視する連中だ。こちらの面目を潰す日取りを選ぶ。

たとえば一二月七日などは最適であろうと……。

ハルゼーはその考えには同調しなかった。連中がどれほど血《ち》の気《け》に溢《あふ》れていても、国家主席代行となった史天佑《シィチンヨウ》が軍閥を抑えるだろう。抑えられるからこそ、その地位に就任したはずだ。

駐車場に止まった無人タクシーを降りると、視線を東へと向けた。真珠湾は古《いにしえ》の記憶のままであった。相違点を探すなら、戦艦〈アリゾナ〉や標的艦〈ユタ〉といった記念碑《モニュメント》が点在していることだ。

なかでもいちばん目立つ巨艦の姿があった。かつてBB‐63という艦ナンバーを与えられ、太平洋戦争末期にデビューし、対日戦線終結の降伏文章調印式が行われ、その後で朝鮮戦争にも出動した艨艟《もうどう》だ。

記念艦〈ミズーリ〉――全長二七〇・四メートル、基準排水量四万五〇〇〇トンの洋上要塞である。

現在は博物館となり、観光名所として親しまれていた。今日の戦没者慰霊祭は、その艦上で行われることになっている。

感慨深げに〝マイティ・モー〟とあだ名された艦《フネ》を見上げるハルゼーであった。実は、乗艦した経験のある軍艦だ。第三艦隊司令長官だった一九四五年五月、ハルゼーはこの〈ミズーリ〉に将旗を掲《かか》げ、沖縄攻略に出撃していたのである。

長期間、モスボール状態にあったが、一九八〇年代には現役復帰し、湾岸戦争とやらにも駆り出されたらしい。

己の死後の活躍をテキストで読んだハルゼーは、戦艦という眷属《けんぞく》の末裔《まつえい》が形ばかりではあるが、まだ存続している事実を知った。それも戦艦の墓場と呼ばれた真珠湾においてだ。これこそ本当の〝リメンバー・パール・ハーバー〟であろう……。

ときに七時五〇分。一世紀近く前に惨劇が始まった運命の時刻となった。鎮魂歌《レクイエム》にも似た厳《おごそ》かな音楽の演奏が遠方から聞こえてきた。

その瞬間であった。なにかが空を駆けてきた。悪意を込めた人工物だ。

煙突か電柱に酷似《こくじ》したそれは、大地をかすめるように飛び、〈ミズーリ〉の上空で急上昇するや、そのまま慰霊祭が行われている記念艦へと突っ込んだのである。

有翼噴進弾の直撃だった。爆発音が遅れてやってきた。火炎と爆風が予想外に小規模であった点から考えて、もしや弾頭は空だったか？

もしも標的とされたのが戦闘配備を終えたイージス艦であれば、撃墜は可能だったかもしれない。だが、乗員もいなければ火器も搭載していない〈ミズーリ〉にそこまで求めるのは酷な話であった。

黒煙を噴《ふ》き出すかつての旗艦を見据えながら、ハルゼーは呪詛《じゅそ》の言葉を吐いた。

「チャイナマンめ！　やりやがったな！」

5　降伏の儀式

——二〇三X年一二月八日（中国時間）

中国標準時の午前二時——つまり真珠湾の〈ミズーリ〉に対艦ミサイルが激突してから一〇分後のことである。

北京《ペキン》、南京《ナンキン》、上海《シャンハイ》、成都《チェンドゥ》、重慶《チョンチン》、そして香港《ホンコン》といった主要都市におけるテレビ放送に加え、すべてのネットニュースおよび配信サービスで同一の動画が流れた。

青白い表情を携えたまま画面に登場したのは、自らの選択で自らの未来を閉ざした女性政治家の姿であった……。

『地球市民の皆さまに謹《つつし》んで申しあげます。私《わたくし》は中和泉光子です。現時点における日本国総理大臣でございます。

私はアルタイ共和国の某所にて開催されている国際平和会議に出席中です。昼夜を問わず活発な議論が続いておりますが、その中間報告という大役を仰《おお》せつかりました。

最初に断言しますが、私は気が違ったわけでもなければ、脅迫されたわけでもありません。自分の信念と良心に基づき、この場で発言に臨んでいることを御理解ください。

アルタイ国際平和会議は、本日ここに全アジア統一戦線の発足を宣言いたします。

これは欧米を中心とする支配の軛《くびき》から逃れ、真の秩序を世界にもたらすための大同盟であります。

しかしながら、単なる声明では濁《にご》りきった欧米の目を醒《さ》ますことは不可能です。それを知る史天佑《シィチンヨウ》国家主席代行は、警告としての行動を起こし、成果を得ております。

懲罰《ちょうばつ》の地はハワイ真珠湾です。驕《おご》り高ぶる欧米の帝国主義者に、自分が置かれた状況を認識させるためには、これ以上のステージはないでしょう。

どうか誤解しないでほしいのですが、私たちの行動は第二の真珠湾攻撃といった世俗的なものではありません。より崇高な思考に基づき、熟慮に熟慮を重ね、血涙を流しながら放った一撃なのです。

もちろん、全アジア統一戦線は戦争を臨みません。打擲《ちょうちゃく》の一撃は、ブーゲンビル島沖にてフリゲート艦に警告のために放たれたものと同様、無害の模擬弾にすぎません。

言うならば鎮魂の花火です。弾頭は空であり、高度二〇〇メートルで自壊し、死傷者はひとりも出ていないはずです。

これで老齢のエスポジート大統領にも理解できたでしょう。中国海軍は、いついかなる場所でも秘密裏に攻撃できる実力を保有している現実を。

今回の苦言を込めた一発は、中華人民共和国だけの意思ではありません。すべての黄色人種の怒りが込められた一撃なのです。

そして最後に親愛なる日本国民にも申し伝えておきたい。選挙で私に一票を投じてくださった有権者には、中和泉は国民を裏切ったと断罪するひとも出るでしょう。

私は彼らに忠告したい。夢ではなく、現実を直視しなさいと。

自衛隊など張り子の虎なのです。装備でも予算でも中国軍にはまったく敵《かな》わないのです。話し合いによる共存の道を選ぶのが賢者の道です。恥がなんです。生き残るほうがずっと大切です！

私は日本国総理大臣として宣言します。憲法九条に基づき、陸海空すべての自衛隊を解体します。忌《い》まわしい米軍基地は強制撤去させ、人民解放軍を新たな庇護者として沖縄をはじめとする日本全土に迎え入れるのです……』

6　クリムゾン・タイド

――二〇三X年一二月七日、午前八時（ハワイ時間）

潜水艦とは、己の存在を秘匿してこそ存在意義を見いだせるマシンであり、浮上と同時に攻守の能力は激減してしまう。

この厳然たる事実を無視する者がいた。政治将校の江紫釉《コウシユ》中校である。

「姜《キョウ》艦長。包囲網を潜《くぐ》り抜け、見事に鷹撃《インジー》二〇型を発射した君の手腕には感服し、敬意を払う。だが、結果が確認できないのでは意味がない。浮上して我らが英雄たる資格を得た事実を確認しようではないか」

この発言は、司令所に詰めるベテラン潜水艦乗りたちを慄然《りつぜん》とさせた。その空気を感じ取った姜浩宇《ハオユー》少将は、即座に応じるのだった。

「それは悪手です。〈長征《チァンヂァン》25号〉はかけがえのない戦略潜艇であり、本職には無事に母港の寧波《ニンポー》まで連れ戻す義務があります。破滅を呼び込む可能性が一厘《いちりん》でもある行動は、これを避けなければなりません」

「ならば浮遊式天线《フローティングアンテナ》を使いたまえ。あれならば海面に露出する部分はわずかですむ。どうせ真珠湾は大騒ぎになっているさ。美国《アメリカ》人は本艦どころではあるまい」

「太平洋上の制空権は相手が独占している現実をお忘れなく。特に日英合作のミルキー・マンタという自動給油機は、実際は対潜哨戒機《しょうかいき》として運用されているという説すらあるのです。金属丝《ワイヤー》を伸ばし浮遊式天线だけを分離させても、それが仮に数分間の露出であったとしても、危険は無視できません」

江中校は冷笑の態度を崩そうともしなかった。

「ああ、姜艦長よ。半導体の輸出制限で我らを苦しめた美国へと教育の一撃を突き刺した勇敢なる君は、いったいどこへ行ってしまったのだ？　見事なる水中発射を決めた勇猛な姜艦長は永遠に消えてしまったのか？」

　攻撃自体は別に難しい任務ではなかった。真珠湾から北に九八〇キロの海域に到達したあと、時間どおりに艦対艦ミサイルのＹＪ－20Ａに発射命令を下しただけだ。

　鷹撃二〇型とも呼ばれるそれは前級である一八型の強化版だ。最大射程が一一〇〇キロと倍増しただけでなく、誘導装置を一新しており、命中度は極めて高くなっている。潜水艦だけでなく水上艦艇や航空機でも運用可能な汎用性《はんようせい》の高い兵器であった。

　今回は垂直発射装置《VLS》ではなく、艦首の魚雷発射管から射出されていた。密閉カプセルに格納された状態で発射され、水面に飛び出すと同時に固体ロケットブースターに着火し、カプセルを引き裂《さ》いて飛翔を始める段取りだ。

　ただし、両眼と両耳を塞《ふさ》がれている〈長征25号〉には成果を確認する方法がなかった。真珠湾上空二〇〇メートルで飛翔体は爆裂し、汚い花火となって四散しているはずなのだが、実際にはわからない。

「姜艦長。なぜか我らに味方してくれる小日本《シャオリーベン》の政治家がこう言っていたぞ。一発だけなら誤射だとな。美国《アメリカ》は怒り狂うだろうが、その理屈で押し切るだけだ。本艦の行動は理論武装されており、隙などないのだ。

　加えて言うなら、政治将校の意思は党の意思だ。正論とはいえ、抗命にも聞こえる意見しか出さないようでは、叛意《はんい》ありと解釈されても仕方がないのだよ」

そこまで言われては仕方がない。姜艦長は通信長を呼び、浮遊式天线《フローティングアンテナ》の準備に入れと指示した。

その直後であった。声納《ソーナー》を操る若い少尉が金切り声をあげた。

「艦尾方向に魚雷音を探知！　艦尾より接近中の模様！　速度と針路は不明！」

とっさに姜艦長は対応策を叫んだ。

「航海長。増速だ。最大戦速まであげろ！」

命令は瞬時にして実行に移された。主原子炉の唸《うな》りが一気に数段階引きあげられ、やがて加速し始める。

水中最大速力は公称二〇ノットだが、無理をすれば二五ノットまで出せる。

そして、いまこそ無理をすべき場面だった。

(誰が撃った？　やはり美国太平洋艦隊か？　ここは連中の縄張りだ。対潜訓練など日常茶飯事だろう。ただ、それにしては反応が迅速すぎる。もしや待ち伏せか？……)

考えたくはないが、考慮から簡単には外せない可能性に姜は震えた。だが、それを部下に見咎《みとが》められることはなかった。

爆発音がすべてを帳消しにしてしまったからである。

鈍《にぶ》い響きは案外遠方から轟《とどろ》いたようであったが、それでも迫力のありすぎる重低音だ。

「敵魚雷はどこで破裂した？」

「本艦からおよそ一二〇〇メートル内外だと思われます」

声納操作員《ソーナーオペレーター》の返事に姜は顔をしかめた。遠すぎる。日本にせよ美国にせよ、対潜作戦の練度は高い。こんな間合いでしくじったりするだろうか？

「次が来るかも知れん。水雷長、すぐ誘餌魚雷《デコイトービドー》の準備に入れ」

姜艦長は常道に従い、対抗策を指令した。自艦のスクリュー音を真似たノイズを発し、敵魚雷のセンサーを攪乱《かくらん》する小型の囮《おとり》魚雷だ。

「一八〇秒ください。これより魚雷発射管室へ向かい、陣頭指揮を執《と》ります」

水雷長が司令室を飛び出して行くのを見届けた江中校は、冷や汗を拭《ふ》きながら言った。

「なんだ。思ったより遠いではないか。米帝か小日本か知らないが、こちらの位置はバレていない証拠……」

政治将校が台詞《セリフ》を言い終わらないうちに、新たな衝撃が出現した。

「再び魚雷走行音を確認！　やはり、艦尾方向から来ますッ！」

戦慄が艦内を支配した。連続攻撃を前に打つ手はなかった。身を固くして厄災《やくさい》の到来を待つだけの一同に、先ほどの爆発とは段違いの衝撃が襲いかかった。

「敵魚雷は本艦より六〇〇メートルで自爆しました！」

半ば想定していた報告に、姜艦長は身を強張《こわば》らせた。さらなる覚悟が求められる状況に追いやられてしまった。さらなる恐怖へ向かって、無謀にも一歩を踏み出さなければならぬとは。

「魚雷発射管室へ。こちら艦長。水雷長に命令。前部魚雷発射管、注水開始」

『待ってください。誘餌魚雷《デコイトーピドー》の装塡《そうてん》に手間取っております。あと一分だけ……』

「二番発射管には通常魚雷を装塡ずみだな。すぐ注水しろ。終わったら扉を開け」

『敵がどこにいるかもわからないんですよ。諸元値の入力ができません』

「艦長命令だ。ただちに実行せよ」

無意味な行動ではなかった。敵の意図と覚悟を確かめるための一手だった。そして、相手からの反応はすぐさま現実のものとなって現れたのである。

「三本目の敵魚雷！　高速接近中！」

死に神に襟首《えりくび》をつかまれた部下たちが悲鳴をあげたが、姜艦長は断言した。

「鎮《しず》まれ。この魚雷も自爆するぞ。恐らく本艦から三〇〇メートルの場所で……」

言ったとおりになった。格段に近いところから炸裂音《さくれつおん》が轟いた。

「ただいまの敵魚雷、本艦の左舷三〇〇メートルの海中で爆発……」

声納操作員《ソーナーオペレーター》の報告に誰もが不気味《ぶきみ》さを抱き、無言となった。艦長の予測が的中したからである。

「やっぱりか。本艦の行動は一部始終が見抜かれている」

壁面に体を預け、震えていた江中校が裏返った声で訊《たず》ねた。

「それは……どういう意味だね？」

「負けたということです。我々は指先ひとつ動かせない状況に追いやられました。なにか行動を起こせば、次は命中弾を叩き込んでくるでしょう」

「すぐに反撃したまえ！」

「敵が水上艦なのか潜水艦なのか軍用機なのかもわからない状況で、どうやって反撃せよと仰《おっしゃ》るのですか？」

「屁理屈を言うな。それなら逃走せよ。逃げても恥にはならん。いや、恥がなんだ。俺が生き残るほうがずっと大切だ！」

「水上艦は三〇ノット以上を発揮できます。日米の潜水艦も新型なら同程度のスピードを出せるはず。本艦は最大でも二五ノット。振り切れません」

「艦長！　さては貴様、サボタージュを決め込む気だな！　現時点をもって貴様の権限を剝奪《はくだつ》する！　以後、本艦は党から派遣された本職によって……」

姜艦長は、九二式手槍《けんじゅう》の銃口を政治将校の額に押しあてて言った。

「同志江中校。どうかお静かに。あなたの怒鳴り声は全乗組員を危険に曝《さら》しています」

そのまま銃把《じゅうは》で江紫釉のこめかみを一撃して気絶させるや、姜はこう命じた。

「政治将校は精神の調和を乱されたぞ。医務室に運び、鎮静剤を打つように艦医に命じろ。

本艦はこれより浮上し、死中に活を求める」

7　潜艇拿捕

――二〇三X年一二月七日、午前八時二二分（ハワイ時間）

「潜水艦らしきモノ、急速に浮上しつつあり！　右六〇度！　距離七〇！」

対潜専用ドローン〝シーバット〟から送られてきたデータを統括分析する水雷士の室田《むろた》武雅《むが》3尉が興奮した調子で言った。

「よし！　燻《いぶ》り出してやったぞ。これより中国原潜を洋上降伏に追い込む。航海長、最大戦速で該当海域へ急ぐのだ」

中央戦闘指揮所《CIC》に艦長である八塚厚志《やつづかこうし》2佐の命令が響いた。すぐさま、艦橋にて操艦に従事する原実雄紀《はらみゆうき》2佐の返答が届いた。

『了。二八ノットにて急行します』

八塚は素早く暗算した。彼我《ひが》距離七〇〇〇メートルならば八分半で到達できる。新たな攻撃準備には充分すぎた。

「砲雷長。主砲発射用意。二〇〇メートルで敵潜の艦尾を狙撃できるか？」

その任にあたる寄代三雄《よりしろみつお》3佐は、敵を呑んでいるかのように言い放つ。

「楽勝です。その倍の距離でもあててみせますよ」

フリゲート艦〈みょうけん〉のＣＩＣは、命のやりとりをしている現状にもかかわらず、悲壮感は皆無だった。

それは環境のせいかもしれない。改もがみ型である〈みょうけん〉のＣＩＣだが、過去の護衛艦のそれとは一線を画するデザインが採用されており、戦場を感じさせる要素など微塵《みじん》もないのだ。

室内は円形で、周囲三六〇度の壁はビデオ・ウォールと呼ばれるモニターで埋め尽くされている。かつてソーナーや対機雷戦指揮にかかわる部署は別室にあったが、それらも含めて一切合切《いっさいがっさい》をＣＩＣだけで管理監督できるようになっていた。

認めたくはないが、ゲーム感覚という要素が見え隠れしているのも事実である。ゲームと違うのは実際に死人が出る点だろう。副長から新艦長へと昇進していた八塚は、自分が大勢の生死を左右できるポジションにある現実を再認識しつつ、こう命じるのだった。

「主砲に無弾頭弾を装塡《そうてん》しておけ。艦尾のＸ舵をへし折ってやればいい。できるだけ流血は避けたいからな……」

このタイミングで〈みょうけん〉がハワイ北方に位置し、的確な対潜作戦を実施できたのは偶然などではない。わずかな可能性に賭けた海上自衛隊の強固な執念が、望み得る最上の結果を引き寄せたのである。

ブーゲンビル島沖海戦で被弾した〈みょうけん〉だが、廃艦処分が決定したという噂を意図的に流して諜報員の目をごまかし、その隙《すき》に修理と改装が実施されていた。

外見は破損部分を修繕しただけだが、装備品が見違えるほど充実していた。

特に新型無人機が多数搭載されており、もはやドローン母艦とでも称するのが相応《ふさわ》しいレベルであった。

なかでも対潜専用ドローンのシーバットが白眉《はくび》だ。それまで艦載ヘリコプター《HS》で運搬していた吊下式《ディッピング》ソーナーが搭載可能となっており、これで探知能力は大幅に向上した。今回の出撃では二四機が準備され、中国原潜の発見に寄与している。

威嚇《いかく》で発射され、海中でロシアン・ルーレットを演じたのは一二《ひとふた》式魚雷であった。二〇一二年に正式採用された対潜短魚雷であり、機動性と破壊力はアメリカ海軍からも一目置かれるほどの実力を秘めている。

最初に〈みょうけん〉が敵潜を探知したとき、距離は六〇キロ以上離れていた。一二式魚雷の有効射程は二〇キロ強であり、直接撃っても届かない。

そこで今回は〇七《まるなな》式魚雷投射ロケットが使用された。垂直発射装置《VLS》から射出され、目標近くまで超音速で飛び、一二式魚雷が入った弾体が切り離される。パラシュートで減速したのちに着水し、そこから敵潜へと疾走《しっそう》を始める仕組みである。

敵潜が探知できない彼方から一方的にアウト・レンジ攻撃を仕掛け、相手の神経を衰弱させて浮上を促すか、あくまで逃走を諦めないならば撃沈さえ視野に入れていた。

そして、三発の魚雷で敵潜は我慢の限界を超えたのか、水面へと急行した。相手の艦長は現実が見えているらしい……。


「敵潜浮上！　モニターに出します！」

室田3尉が報告するや、眼前の液晶画面に海面がクローズアップされた。乳白色の泡をともないつつ、鉄の鯨《くじら》が巨軀《きょく》を顕《あら》わにしてくる。

「シルエットとの照合完了。やはり唐《タン》型です。台湾沖でキャッチした音紋を信じるかぎりですが、高確率で新型でしょう」

水雷士の報告に、八塚は小さく肯《うなず》いた。たぶん〈長征《チャンヂァン》25号〉と呼ばれるフネだ。

艦長の確信は一朝一夕で得られたものではなかった。海上自衛隊は創設時より対潜作戦に注力しており、敵潜水艦の動向把握に血道を上げていた。それがこの状況で結実したのである。

半世紀前から台湾海峡や南シナ海といった海域の底には音響監視システムが埋設されており、二〇二〇年代には日米共同運用の新世代潜水艦探知網――NEO-SOSUS《ネオソーサス》が稼働していた。

中国原潜は想像もしていなかったが、母港寧波《ニンポー》を出撃した直後から、その動向は筒抜けになっていたのである。

「ただちに電子攻撃《EA》を開始。本国や支援船と連絡を取らせるな」

そう命じた八塚だったが、これは念には念を入れた選択だった。三〇分前から上空には太平洋艦隊のEA-18G〝グラウラー〟が張りついていた。

アメリカ海軍が長年運用する電子戦機だ。新型の戦術電波妨害装置《TJS》は完璧に中国原潜の通信をシャットアウトしていた。

「通信。敵潜との回路を確保せよ。まずは発光信号で呼びかけてみろ」

指示は即座に実行されたが、六〇秒が経過しても反応はなかった。

「こっちに気づいていないわけがあるまい。砲雷長。威嚇射撃始め」

改もがみ型である〈みょうけん〉には、六二口径五インチ（一二・七センチ）単装砲が一基だけ装備されている。正式名称をMk45-Mod4といい、イージス艦の〈あたご〉にも採用されている優秀な火砲だ。

「了。砲撃を開始します」

寄代3佐が宣言するや、主砲が火弾を一発だけ撃ち放つ。相対距離は二五〇〇メートルを切っており、それは敵潜の艦尾を巧みに捉えた。無弾頭で爆発はしなかったが、脆弱《ぜいじゃく》な船尾の舵を叩き折るには充分だった。

これに肝《きも》を潰したのか、敵潜は話し合いの意志ありと点滅信号で返してきた。周波数を伝えると、すぐ音声回線が確立した。中国語に明るくない八塚は英語で語りかける。

「こちらは海上自衛隊〈みょうけん〉の八塚2佐。貴艦の代表者と話がしたい」

相手もまた訛りの強い英語で返してきた。

『本官の氏名および本艦の艦名は申しあげられない。そもそも宣戦布告もなしに魚雷攻撃を実施し、浮上後に無警告で実弾射撃をするようなテロリストに、教える名など持ち合わせていない』

「本艦はこの海域で米潜水艦と演習を実施中である。事前通告なしに迷い込んだそちらにも非はあろう。また砲撃だが、あれは誤射だ。一発だけなら誤射なのだ」

『そんな世迷《よま》い言《ごと》が通るものか。〈みょうけん〉はブーゲンビル島沖で俺が痛打したフリゲート艦だな。これは個人的な復讐だ。日本には謝罪と賠償を要求する！』

「これは驚いた。因果が巡ってきたと見るべきだな。ならば貴官は姜《キョウ》大校か。二回もテロ攻撃をしかけるとは、教科書に悪名を残すべき大悪人だ」

『二回とはどういう意味か？』

「とぼけるな。無警告で真珠湾を攻撃し、大勢の死傷者を出したではないか」

『無駄なハッタリはやめろ。本艦は艦対艦ミサイルを放ったが、それは警告の一撃にすぎない。真珠湾の上空で散華《さんげ》したはずだ』

「知らないようだから教えてやろう。貴艦が撃ったYJ−20Aだが、記念艦〈ミズーリ〉を直撃し、退役軍人とその家族を計九八名も殺傷したぞ。死者のなかには現役の副大統領であるマリカルメン・ベタンクールも含まれている。ワシントンDCは中国政府に対して、国交断絶を宣言したところだ」

『仮想敵国たる小日本《シャオリーベン》の言うことなど信じられるものか……』

「ならば被害者に直接聞くがよかろう。ちょうど歓迎委員が来訪したところだ」

液晶端末には接近する三機の友軍機《フレンドリー》が映し出されていた。ティルト・ローター機の最高傑作MV−22B〝オスプレイ〟だ。

一機あたり三〇名前後の海兵隊かネイビー・シールズを搭載している。中国原潜の上空でホバリングし、懸垂下降《ファストロープ》で乗り移り、武力制圧を試みるのだろう。

「姜大校。君に選択肢などないぞ。世界屈指の特殊部隊が貴艦を拿捕《だほ》するべく動いている。その数は九〇名以上だ。敵《かな》う相手ではあるまい。ここは降伏し、乗組員の安全を確保するのが最善だ。

逃走の素振りを見せれば、本艦が即座に撃沈する。機密を保持するため、自沈を試みるという手段もあろうが、結果は同じこと。アメリカは世界トップクラスのサルベージ能力を持っている。ソ連海軍のゴルフ型潜水艦がこの近くで沈んだが、見事に引き揚《あ》げた前例もある。時間はかかるが、必ず唐型原潜も再び日の目を見るだろう……」

8　懲罰委員会

——二〇三X年一二月一〇日（日本時間）

現職総理大臣の実質的な拉致《らち》と、ハワイ北方海域における中国原潜の拿捕。

一世紀に一度起こるか否《いな》かという大事件の連打に直面した永田町であったが、政治的な混乱は意外にも僅少《きんしょう》であった。

度胸の座った政治家が大多数を占め、異常事態を冷静に受け止めたわけではない。事態の推移があまりに急で、誰もが受け流すという消極的反応しかできなかったのだ。

特に中和泉光子が命令した自衛隊の解体に反応したのは、ニュース番組で諸派と呼ばれる泡沫《ほうまつ》政党だけだ。彼らは自衛隊基地前に陣取り、最高指揮官たる総理大臣の命令にただちに従えとデモを続けたが、各種SNSサービス上ですら勢力拡張はできなかった。

誰もが自覚できていたのだ。日本は戦争を放棄できなくなったと……。

戦後初めて経験する未曾有《みぞう》の事態である。この厄災が襲うときに、国会議事堂を職場とする使命を自らに課した蜂野洲弥生は、武者震いにも似た感覚を総身に覚えていた。

第一公設秘書という立場は実に重い。防衛大臣のそれともなれば二四時間を職務に振り向けなければ切り盛りできない。

それに加えて、山本三七十は副総理というポジションにも就いていた。連立政権の相方となった共和翼賛党との折衝で、副総理はネオ・ジミンから選出することになり、山本に白羽《しらは》の矢《や》が立てられたのだ。

一年生議員としては異例すぎる抜擢《ばってき》だが、重鎮である池依駿太《いけいはやた》の指名とあれば、文句を言える者などいなかった。

副総理という役職は官職名ではない。総理大臣がやむを得ない状況で職務不能に陥《おちい》った場合、その臨時代理の地位に就任する第一順位の国務大臣の通称である。

そして、副総理とはアメリカの副大統領以上に暇なポストである。首相が全身麻酔を必要とする手術を受けるか、もしくは急死でもしないかぎり、これといって業務はない。

しかし、山本三七十は最悪の――そして最高のタイミングで副総理という地位にあった。これは天の配剤と言うべきか？　それとも悪魔の導きだろうか？

首相臨時代理として最初の仕事は、この日の午前九時より開始される衆議院懲罰委員会への出席であった。そこで除名処分となる代議士が決定するのだ。実際に国会から追放された議員は、戦後にかぎれば衆参合わせても三名しかいない。

そして、四人目こそがアルタイ共和国から帰国しない現役の総理大臣――中和泉光子であった……。

山本三七十は中和泉首相に対し、外患誘致罪を適用するべく、動き出していた。

刑法第八一条にはこう規定されている。「外国と通謀して日本国に対し武力を行使させた者は死刑に処する」と。

弥生にも先は読めた。船乗りであった山本三七十は文字どおり、この日本国の舵《かじ》を握る気なのだ……。


二〇三X年の師走《しわす》も中盤を迎えようとしていた。

混迷を極めた一年は鎮《しず》まりの兆《きざ》しすら見せない。そして、翌年の睦月《むつき》が鉄と血の暴風雨となる公算はとてつもなく大きい。

神ならぬ人にそれを完璧に読み取ることなどできないが、神に似た存在の恩寵《おんちょう》を受けた者であれば、片鱗《へんりん》くらいは把握できた。

山本三七十の姿を借りた山本五十六は、魔から与えられた覇道を力強く、一歩ずつ歩み始めていた——。

第2部
怒濤篇

第一章　提督の暗躍

1　ダウニング街一〇番地

——二〇三X年一二月二四日

イギリス南部の天候は昨夜から悪化し、クリスマスイブは降雪となった。

純白一色で染められればロンドンという街もそれなりに映《は》えるのだが、残念ながら現状の風景は芳《かんば》しくなかった。泥と埃《ほこり》にまみれた雪がわずかに積もっただけで、ホワイト・クリスマスとは言い難い状況だ。

それでも血まみれのクリスマスでなくてよかった。窓外を見据えるフィンリー・トーマ・シンプソンは、多少なりとも流血を先送りできた現実に、自らを慰《なぐさ》めるのだった。

ごく短期間のロンドン市長を経《へ》て、保守党から立候補するや、圧倒的な支持率を背景に首相の座まで獲得してしまった彼女は、権力という魔物の扱いに四苦八苦していた。

英国首相とは独裁者ではない。ただし、独裁者のように振る舞うことは可能だ。今後、どれだけ強権を振るわなければならないのだろう？

シンプソンの女体に居座るトーマス・フィリップスの精神は、切り盛りしなければならない状況を高みから俯瞰《ふかん》しようと躍起になっていた。

（……面倒で厄介《やっかい》な現況だが、これを突破するために私は再び現世へと甦《よみがえ》ったのだろう。乱世には強いチャーチル卿《きょう》のほうが適任であったかもしれないが、舞台へと追いやられたからには、最後まで踊りきるのみ……）

この邸宅ならば、それすら可能となるはずだ。ロンドン市ダウニング街一〇番地の第一大蔵卿官邸――すなわち、イギリス首相官邸は情報の集積度では合衆国のホワイトハウスすら凌駕《りょうが》するとの評価もある。

ただし、シンプソンは報告書の流れを堰《せ》き止め、最低限にしていた。ここに届くまでに信頼のおける専門機関に精査させ、要旨を纏《まと》めさせていたのだ。

朝九時三〇分。ヴォウト・パーカーという老齢の執事《バトラー》が、それを携《たずさ》えてやって来た。

「首相閣下《かっか》。チャタム・ハウスより最終報告書が届きました」

それはイギリス最高のシンク・タンクである王立国際問題研究所《RIIA》の通称だ。シンプソンがもっとも信奉する情報分析機関である。

手渡された茶封筒を脇に抱えると、パーカーに緊急連絡以外は取り次がないように命じ、シンプソンは執務室へ向かった。

取り出したレポートの表紙には質実剛健たる文字が躍っていた――。

＊

【国家極秘《トップシークレット》　関係者以外閲覧を禁ず《フォー・ユア・アイズ・オンリー》　機密解除時期《ディークラサフィケイション》未定《TBD》】

対中国全面戦争――その海戦における展望および勝機

Ⅰ：概論および結論

新首相閣下の要望に基づき、チャタム・ハウスは総力をあげて中華人民共和国を相手とした大戦争のシミュレーションを実施し、累計七二時間にも及ぶ図上演習の結果、一定の結論を得た。

英米日連合軍は、中国人民解放軍を完全に打破可能である。

もちろん、これは楽勝を意味するものではない。連合軍は多大な出血を覚悟しなければならず、国民にも犠牲を強《し》いるものとなるだろう。

ただし、それにつり合う見返り《ペイバック》は大いに期待できる。

太平洋には百年単位の安寧が訪れようし、我らがロイヤル・ネイビーは再び世界屈指の洋上戦力として、七つの海に君臨できよう。

外交が歪《いびつ》な形状で行き着いた先が戦争であることは重々承知しつつも、もはや話し合いで解決できる段階は過ぎたと判断せざるを得ない。

チャタム・ハウスの最終的な結論は〝発《た》つべし、撃つべし〟である……。

Ⅱ：戦闘単位の考察

中国人民解放軍と実際に刃《やいば》を交《まじ》えるにあたり、第一波として出動するのは海軍だ。よってここでは第三者の視線から彼我《ひが》の艦隊戦力を分析したい。

本稿では空母、潜水艦、および大型主力艦に絞《しぼ》って仔細を述べるものとする。駆逐艦やフリゲート艦といった小型水上艦艇は別紙を参照されたい。

①　中共海軍

・航空母艦……原子力空母二、通常動力空母三

中共海軍は沿岸《ブラウンウォーター・ネイビー》海軍からの脱却を図《はか》っており、外洋《ブルーウォーター・ネイビー》海軍への進化を志している。

その主力となる戦力こそ航空母艦である。恐れるべきは基準排水量六万八〇〇〇トンの原子力空母〈広東《カントン》〉〈浙江《ヂァジァン》〉であろう。

四年前の就役以来、二隻は太平洋各地で訓練を重ねており、練度は向上していると見なければならない。艦載機は一隻あたり六〇機を数えるが、発艦能力《ソーティアビリティ》はアメリカ空母のそれよりも低い。

通常動力空母としては発進方式にスキー・ジャンプ台を採用した〈山東《シャントン》〉と、カタパルトを搭載した〈福建《フーチェン》〉がある。こちらの搭載機は四〇機弱である。

稼働率はベテランの〈山東〉のほうが高く、〈福建〉は洋上よりもドック入りしている期間のほうが長い。これはアメリカですら持て余し気味の電磁カタパルトを強引に装備した弊害と思われる。ただ、試行錯誤《トライアンドエラー》の結果は新型原子力空母に反映されたと考えるのが無難であろう。

なお、中国初の空母〈遼寧《リァオニン》〉は練習艦としての役目を終え、現在解体中である。

・潜水艦……戦略ミサイル原潜一二、攻撃原潜一一、通常動力艦一七

西側を震撼させていた新型の唐《タン》型戦略原潜だが、先日のハワイ空爆事件の容疑者として

拿捕《だほ》され、真珠湾に曳航《えいこう》された結果、ようやく全貌が明らかとなった。

諜報員《スパイ》が入手していた情報はおおむね正しく、戦略単位としての性能は予測を逸脱するものではなかった。間違っていたのは水中速度が数ノット遅かったことくらいだ。


これにより八隻が就役中の晋《ジン》型の戦力も推《お》して知れる。唐型の前タイプであり、何割か差し引いた性能と考えて差し支《つか》えあるまい。

また、唐型をさらに強化した新型戦略原潜が開発中との未確認情報もあるが、真偽を突き止めるまでには到っていない。

通常動力潜水艦としては六隻の元《ユアン》型が比較的新型で一定の脅威とはなりえるも、他の宋《ソオン》型やロシア製のキロ型などは完成して三〇年以上が経過する旧式艦であり、中国海軍も戦力としてカウントしてはいない様子だ。

・揚陸艦……全通甲板式強襲揚陸艦八、ドック型揚陸艦八

台湾武力侵攻の主力となる揚陸艦だが、中国海軍はすでに空母式の飛行甲板を持つ強襲揚陸艦を就役させている。

海南《ハイナン》型と呼ばれるそれは三万トン超の大型艦だ。エア・クッション揚陸艇を三隻搭載し、一六〇〇名の歩兵を海輸できる。

外見はアメリカ海軍のタラワ型に酷似《こくじ》しているが、中国はBAeシーハリアーやF‐35Bのような垂直離着陸タイプの戦闘機を保有していないため、空母として評価することはできない。ただ、最大三〇機のヘリコプターが運用可能であり、正規空母の補助にはなるだろう。

また崑崙山《クンルンシャン》型のドック型揚陸艦も無視できない。こちらはアメリカのサン・アントニオ型に似せたデザインとなっており、やはりエア・クッション艇の運用を可能としている。なお海南型に続く新型（〇七六型？）も検討されたが、設計段階で放棄された模様だ。経済状態の深刻な悪化で建造費が払底《ふってい》したとの観測が強い。

② アメリカ海軍

・航空母艦……原子力空母一三

合衆国は世界最大の空母大国であり、ベテランのニミッツ型を九隻、そして新鋭のジェラルド・R・フォード型を四隻、合計一三隻を運用中である。

彼女たちを軸に据えた空母打撃群《CSG》は、小国であれば単体で屈服もしくは壊滅させることさえ可能だが、中国は名実ともに大国である。開戦ともなれば、その半数以上を極東方面へ出動させねば話になるまい。

中国も独自の衛星監視網を発達させている現在、その動きを察知されずに空母打撃群を移動させることは困難を伴う。アメリカ艦隊の初動の遅れは仕方のないものとして作戦を立案するか、もしくは監視衛星を無力化する手段を講じるべきであろう。

・潜水艦……戦略ミサイル原潜一八、攻撃原潜六三

サイレント・サービスこと潜水艦隊においてもアメリカ海軍は質・量ともに世界最強の勢力を保有し続けている。

戦略ミサイル原子力潜水艦は新型のコロンビア型が四隻、そして熟練の域に達したオハイオ型一四隻が就役中である。大統領命令さえあれば、地球という惑星を丸ごと蒸し焼きにすることも可能だ。

攻撃原潜としてはシーウルフ型が三隻、バージニア型が二九隻、そしてロサンゼルス型三一隻が実戦配備に就いている。

空母打撃群とは違い、こちらは文字どおり水面下で動けるため、配置転換が容易である。アメリカ太平洋艦隊の第一撃は潜水艦隊が投入されるであろう。

③　海上自衛隊《JMSDF》

・航空母艦……軽空母二、ヘリコプター空母二

ソ連極東艦隊の崩壊以降、日本の海上自衛隊は仮想敵を中国に定め、彼らの法律と予算内で拡充に尽力してきた。

その努力は実りつつある。およそ八〇年ぶりに空母の保有に成功し、イージス艦と組み合わせた機動部隊は、（艦載機の搭載数さえ除けば）アメリカの空母打撃群と遜色《そんしょく》がないまでに強力だ。

一六機のＦ－35Ｂを搭載できる〈イズモ〉〈カガ〉は、『ジェーン海軍年鑑』では軽空母に分類されているが、基準排水量二万トン超であり、中型空母と呼んで差し支えない。

また〈イセ〉〈ヒュウガ〉の二隻は、各一一機の戦闘ヘリコプターを運用でき、洋上補給基地として重要な駒《ピース》と言える。

なお、三〇ＤＤＬＨＡと呼称される四万八〇〇〇トン級の大型揚陸艦――合衆国のアメリカ級強襲揚陸艦に匹敵――が艤装《ぎそう》中だが、こちらは完成が来年の冬であり、今回の作戦には間に合わない。

・潜水艦……通常動力艦二九隻（練習潜水艦を除く）

原潜をまったく保有していない海上自衛隊だが、通常動力型潜水艦の整備に力を入れ、結果として最高水準の潜水艦隊を保有するに到った。総数は、アメリカ海軍の攻撃原潜の約半分であり、全艦を対中作戦に投入可能である。

主力であるソウリュウ型にはリチウムイオン蓄電池が搭載されたタイプもあり、静粛性では世界トップクラスである。環太平洋合同演習《リムパック》で何度かアメリカ空母の撃沈判定を得ていることを思えば、乗組員のレベルも相当なものだろう。

・主力水上艦……イージス艦一〇、アーセナル艦一

北朝鮮のミサイルという脅威に悩まされている日本は、弾道弾迎撃能力を持つイージス艦の保有に躍起となり、結果としてアメリカ海軍に次ぐ戦力を獲得している。

四隻のコンゴウ型に続き、アタゴ型、マヤ型、そしてフソウ型が各二隻ずつ建造され、艦隊防空および本土防衛の要《かなめ》として任に就いている。

これに加えて、六五〇〇発の垂直発射装置《VLS》を備える五万八〇〇〇トンのアーセナル艦《シップ》を世界に先駆けて完成させたことも特筆すべきであろう。

④　王立海軍《ロイヤルネイビー》

・航空母艦……通常動力空母二

フォークランド紛争以降、我がイギリスの航空母艦には受難の時代が続いた。容赦ない予算縮小のあおりを受け、空母全廃の声すら声高《こわだか》に叫ばれた。

逆風のなか、満載排水量六万七〇〇〇トン超の〈クイーン・エリザベス〉および〈プリンス・オブ・ウェールズ〉を完成させたのは、まことに慧眼《けいがん》であった。

この二隻なくして太平洋でロイヤル・ネイビーの威厳を披露することは不可能だったに相違ない。

・潜水艦……戦略ミサイル原潜八、攻撃原潜八

戦略ミサイル原子力潜水艦としては、円熟の域まで達したヴァンガード型の四隻に加え、ルーキーのドレッドノート型が四隻完成しており、核抑止の戦闘単位として充分な存在感を放っている。攻撃原潜の八隻はアスチュート型で占められており、ミサイル原潜と合わ

せて〝八八潜水艦隊〟を構成している。

Ⅲ：作戦発動にともなう環境整備

イギリス、アメリカ、そして日本の三カ国は、史上稀《まれ》なまでに強力な同盟関係を結び、中国という共通の脅威に対抗中である。

この枠組みは魅力的に映るらしく、インド、オーストラリア、ニュージーランド、韓国といった有力な艦隊を保有する周辺国からも参加の打診が寄せられている。

しかし、開戦は英米日の三カ国のみで実施しなければならない。友邦の数が増えるのは頼もしい話だが、防諜《ぼうちょう》という観点からは不利に働く危惧が強いだろう。彼らには〝勝ち馬に乗ってもらう〟ことを期待すべきだ。

そのためにこそ勝利を引き寄せなければならない。そして、勝つためには戦端を開かなければならない。幸か不幸か、二〇三X年一二月における米中関係はかつてないほどまでに冷え込んでおり、文字どおり一触即発の状況にある。

理由は明白だ。アメリカ副大統領が殺害され、中国原潜が拿捕されたとあっては、和解の道など閉ざされてしまったも同然であろう。

純粋に損得勘定をすれば、中国のほうが分《ぶ》は悪い。勇退が決まった副大統領と退役《たいえき》軍人の死体と引き換えに、唐《タン》型原潜一隻を失ったのだから。

もっとも重要な戦利品は潜水艦本体ではなく、艦内に収納されている二四発の戦略ミサイル――JL−3だった。そのすべてに核弾頭が搭載され、いつでも発射可能の状態に置かれていたのだ。

我らも同様の装備をした原潜を展開させている以上、大声で難詰《なんきつ》できる資格などないが、アメリカ市民が衝撃を受けたのは事実である。

ほぼ一世紀ぶりに真珠湾が再び空爆された。前回と同様、抑止も阻止《そし》もできなかったではないか。次は西海岸が狙われるかもしれない。JL−3の飛距離を考えるなら、東海岸も安穏《あんのん》としてはいられない……。

黄禍論《こうかろん》の再発が懸念されるなか、中国は堂々と〈長征《チアンヂアン》25号〉の返還と乗組員の引き渡しを求めてきた。当然ながらアメリカはそれを拒《こば》んでいる。

困難な状況だが、イギリスにとって妙味があるのは、両者の間で手打ちを演出できれば存在感《プレゼンス》を強く打ち出せることであろう。

これは非戦のためではない。真の狙いは時間稼ぎである。米中の激突を回避させ、なんとしても開戦を来年以降に遅延させる必要があるのだ。

地上に残された数少ない共産党独裁政権である中国と戦端を開くのは、歴史的必然かもしれない。イギリスは過去にもアヘン戦争、アロー戦争、北清事変《ほくしん》といった戦いを経て、極東に橋頭堡《きょうとうほ》を築いてきた。

太平洋戦争の結果、アジアの植民地を全損し、一九九七年には香港《ホンコン》までも返還した我々だが、復活の日は近づいていると断言したい。

それには軍事衝突が前提となるが、中共は遅かれ早かれ台湾へ武力侵攻を試みる。あの島こそ自由主義陣営にとって最後の防波堤であるとの認識は現在もなお主流だが、戦略的放置の段階はすでに終わっている。

北京が台湾攻撃を開始した後に反撃を企図する手もあろう。だが、それでは勝利をつかんだとしても、こちらの損害も計り知れないレベルに達する。

そして、中南海に驕《おご》りがあるのも事実。彼らは自らが棍棒《こんぼう》を振るうことは考えているが、先に頭を殴《なぐ》られる危険性は露ほども計算に入れていない。攻撃に強く、守備に脆《もろ》い。イギリスは過去にそうした敵を何度も打ち負かしてきたではないか。

圧勝のためには先制攻撃あるのみ。それがチャタム・ハウスの結論である……。

＊

報告書を一読したシンプソンは、己《おのれ》の予想を逸脱しなかった結論に安堵した。

王立国際問題研究所《RIIA》に非戦の魔法を望んでいたわけではない。世界第二位の人口を誇る国に喧嘩を売るにあたり、背中を押してくれる言葉を欲していただけだ。

（……およそ一四〇年前の清朝末期、中国は〝眠れる獅子《スリーピングライオン》〟と呼称されていた。目覚めると同時に大暴れし、すべてを呑《の》み込んでしまうと。

実際はライオンではなく豚だったわけだが、それを世界に知らしめたのは日本であった。日清戦争の勝利で列強は中国の実力を知り、本格的な武力介入に踏み切った。

そして、今回もまた日本は我々のチームにいる。日本の国会議員には親中派や媚中派《びちゅう》も多いとは聞くが、一帯一路や東亜インフラ投資銀行への参加を明確に拒絶し、西側に味方するとの態度を示し続けたのは大きい。

やはり、日本は侮《あなど》れない。私は彼らを舐《な》めた結果、とてつもない悪《あ》しき体験を味わったではないか。仰天《ぎょうてん》すべき体験の結果、再び生を受けたのだ。女体だからと言い訳などできない。同じ失策を重ねるほど暗愚ではないことを証明せねば……）

呼び鈴を鳴らすと、一〇秒と経《た》たないうちに執事《バトラー》が再び姿を現した。

「お呼びでございますか？」

「ええ。バッキンガム宮殿《パレス》に電話を繫《つな》いでください。至急、国王陛下《へいか》にお目通りを願わなければなりません」

2　ペンシルベニア通り一六〇〇番地

――二〇三X年一二月三〇日

アメリカ合衆国でもっとも有名な住所に屹立《きつりつ》する白亜の屋舎には、世界の王として君臨することを課せられた男が寄留していた。

彼の名前はダニエル・エスポジート。四年の任期を無難にこなし、二期目の選挙に勝利した傑物だ。現在、九一歳。文句なしに史上最高齢の米大統領である。

元気溌剌《はつらつ》とはお世辞にも評せない。足腰は弱り、移動はもっぱら車椅子《くるまいす》だ。一日の睡眠時間は一二時間を超え、寝たきり大統領《スリーピングプレジデント》というあだ名さえある。

ただし、頭脳は若い頃より明晰《めいせき》であった。記憶力にも優れ、人材登庸《とうよう》の才覚は超一流だ。そうでなければ、弱輩《じゃくはい》のワイアット・ハルゼーを副大統領に推したりはしない。

ホワイトハウスに乗り込む直前まで、山本三七十は相手の胆力に敬服していたのだが、青の間《ブルールーム》で実際に相対したとき、落胆を隠せなかった。

エスポジートは車椅子ではなく、医療用ベッドに横たわったまま、三七十を迎え入れたのである。

半身を起こしてはいたが、顔色は悪く、見た目には重病人だ。肩口に差し込まれたままの点滴の針が痛々しかった。両腕の血管にはもう刺さらないのだろう。胸に繋がれた細いチューブは胃瘻《いろう》のものだろうか。

しかし、大統領は意外にもしっかりとした口調で、こう語りかけてきたのだった。

「プライム・ミニスター・ヤマモト。こんな恰好で出迎えたことを、まずはお詫びしたい。心臓と消化器官がとても弱っていてね。食事も満足に取れないし、医療機器の側を離れることが難しいのだよ」

三七十を演じる山本五十六は、用意された椅子に腰を下ろすと、こう切り出した。

「お加減が芳しくない状況で時間を頂戴《ちょうだい》し、実に恐縮です。なるべく早く切りあげるようにしましょう」

「そうしてくれると助かる。いま死ぬわけにはいかんのでね。君たちのやらかそうとしている悪事の後始末を、我が生涯における最後の仕事にせねばならんから……」

不敵に笑ったエスポジートに、三七十は静かに言うのだった。

「大統領閣下には御心痛をおかけし、申し訳なく思っております。しかしながら、開戦は不回避となりました。あとはいかにして勝つかを考えるフェーズなのです」

「わかっている。ワイアットに懇々《こんこん》と聞かされたからな。戦端を開くのは大統領としての特権であり責務だ。そもそも合衆国は副大統領を暗殺されて沈黙を保つような腰抜けではない。それをベイジン《北京》の連中に教育してやらなければ」

「ひとつ確認したいのですが、イギリス経由で和睦《わぼく》の道を模索しているというのは、欺瞞《ぎまん》だと考えていいのですね？」

「ああ。調査が終わりしだい、中国に原潜だけは返してやろう」

「乗組員はどうしますか？」

「艦長をはじめとする全員がアメリカで裁判を受けることを望んでいる。帰国すれば処刑が待っているからね。連中はハワイに留めておこう。まだ使い道もある」

「賢明な選択です。どうか、一月中は送還しないように願います」

　エスポジート大統領は目を細めて言った。

「そうか……開戦は二月か。東シナ海が荒れる季節だ。兵士には苦労をかけるだろうな」

「此度《こたび》は海戦で雌雄《しゆう》が決します。米英の空母打撃群は戦場から距離を取りますし、潜水艦は海面下にいますから、海が荒れていても作戦遂行に影響は薄いでしょう」

「それでも最前線の重圧は相当なものがあろう。為政者の宿命だが、送り出す身もまた心穏《おだ》やかではいられないよ。ミスター・ヤマモト、君はどうかね」

　十数秒の間、熟慮し山本は言った。

「どれだけ世のなかが変わろうとも、若者を戦地へ突っ込ませるのは悲しいことです。許されるなら、この身を投じたい。詳《くわ》しいお話はできかねますが、僕は以前にも彼らを死地へ投入した経験があるのです……」

大統領は曇《くも》りのない視線を繰り出してきた。

「その言葉に嘘はないようだ。どうやら君もワイアットと同様、信じ難い体験をしてきたようだね。イギリスのシンプソンも同じらしいが……」

「体験談を話してもよいのですが、とうてい信じてはいただけないかと」

「聞きたくないね。これ以上、余計な情報を耳にしても老《お》いた頭が混乱するだけ。あまり遠くない将来、あちらの世界に行けばわかることとさ。いまは現職の日本国総理大臣としてのみ、相手をしたい。

ひとつ問わねばならぬ。対中開戦が現実のものとなれば、海上自衛隊は真っ先に矢面《やおもて》に立たされる。総合戦力としてロイヤル・ネイビーを凌駕《りょうが》しているのは承知しているが、実戦経験が皆無なのが気になる。自衛官は命令どおり引《ひ》き鉄《がね》を引けるかね？　平和憲法とやらが枷《かせ》となる危惧はないかね？」

「御懸念はごもっともですが、僕は防衛大臣就任と同時に人事に口を出し、豪胆かつ冷静なメンバーを前線指揮官に据えました。それに日本海軍も真珠湾攻撃の際にはベテランのパイロットだけでなく、初陣《ういじん》の者も参加させていたのです。必ずやってくれます」

「そうか……ミナト・ヤマモトというもと海上自衛官が、臨時とはいえ首相という地位に就いたのは強みといえよう。本来、その地位にあったレディ・ナカイズミはどうしているのだろうね」

「懲罰《ちょうばつ》委員会で除名処分となった現在、彼女はもはや総理大臣でもなければ国会議員でもありません。北京に護送され、亡命政権を樹立した様子ですが、法的な根拠のない行動にすぎませんし、中南海も持て余し気味ですからね」

「自称平和主義者の行き着く先か。結局のところ、ナカイズミも命が惜しいのだろう」

「死は誰でも恐れるものです。ただ、二一世紀の人々は恐怖に囚《とら》われるあまり、死を直視できなくなっています。僕のいた世界では、もっと死は身近なものでした。必死に生きてさえいれば、自らの滅びも自然と受け入れられるようになるものですがね」

荒れた呼吸を整えてから、エスポジートは返した。

「うむ……私がそれほど生に拘泥《こうでい》しなくなったのも、精いっぱい働いたという実感があるからかもしれない。ルーズベルト大統領も闘病しながら激務をこなしていた。死を恐れていたなら、勇退する道もあったはず。だからこそ、偉業を成し遂げられたのかもな」

「偉大かつ恐ろしい大統領でした。ルーズベルトの名は二〇世紀史に刻まれましたが、僕はダニエル・エスポジートの名前を二一世紀史に刻んでみせます」

老獪《ろうかい》な笑みを浮かべてから大統領は言った。

「いいだろう。君たちのケツは私が持ってやる。ワイアットと相談して万事うまくやってくれ」

3　上海《シャンハイ》市崇明《チョンミン》区富民沙路《フウミィンシアー》二二〇一号

――翌年二月一日

長江《チャンジアン》河口に位置する横沙《ホンシャー》島の北に、生粋《きっすい》の中国人でさえ聞き慣れない住所がある。表札は中共江海《ジアンハイ》村支部委員会となっており、それほど豪華ではないが、堅牢さを極《きわ》めた屋舎が建っていた。表札も嘘ではないが、現在は別の一面も追加されている。

国家主席代行史天佑《シィチンヨウ》の隠れ家だ。

上海に生まれた彼は、地元の強みを生かし、市内随所にセーフ・ハウスを設けていた。特に横沙島は東シナ海に直結しており、万一の際には海路にて脱出できるため、史はここを愛用していた。

今日から春節である。二月七日まで旧正月の祭りが続き、数億人単位の人間が国内外を移動する。余談ながら、海外旅行の人気において日本が不動の一位をキープしているのは北京にとって腹立たしい事実であった。

農地の多い横沙島でも、やはり春節は一大行事であり、そこかしこで派手な爆竹の音が鳴りわたっている。

「同志国家主席代行に申しあげます。人民解放軍海軍司令員への就任要請、しかと承《うけたまわ》りました。この周詩夏《シュウシーシ》、身を粉《こ》にして国家と人民の期待に応じる覚悟です」

史はシェルターに招き入れた四九歳の女性を満足げに見据えて言った。

「時間が取れず、早朝から呼びつけたというのに、素晴らしい返答である。だが、念のために問おう。周局長、貴官の双肩にかかる責任は人民解放軍海軍の歴史上いちばん重いものとなる。それを充分に理解しているかね？」

液晶モニターで囲まれた地下シェルター室で相対した周詩夏は、中肉中背で美人の部類に入る中年女性だが、さすがに表情は強《こわ》ばっていた。

権力闘争を生き抜いてきた彼女には、中共海軍が妬《ねた》みや嫉《そね》みに満ちた組織であると骨身に染《し》みてわかっていた。諸外国では司令長官に相当する司令員に、女性として初めて就任すれば、どれほどの迫害を受けるだろう。

そして、周は海軍軍人ですらなかった。これまで中国海警局ひと筋で職務にあたり、局長というトップに上り詰めた偉人であった。女性が登庸されるようになってのち、第一期生であったためか、多少は下駄を履《は》かせてもらっていたのだろうが、決して凡人《ぼんじん》ではない。

一瞬だけ瞳を伏せたが、やがて周はこう言い放った。

「中国海警局はかつて独立した一行政組織にすぎませんでした。二〇一八年に武装警察へと編入されたのち、いわゆる〝第二海軍〟へと変貌しましたが、海軍との完全な一体化が実現しなければ、台湾周辺の制海権確保など夢のまた夢。自分はそのための捨て石になる覚悟です」

半ば演技で、半ば本気だろう。そう看破しつつも、史は公人としての返答を口にした。

「よろしい。芳しくないことに相剋《そうこく》の関係を続ける北海、東海、南海の各艦隊を統括するには思い切った人事が必要だ。君の手腕に期待しよう」

その発言に一切の嘘はない。中国海軍は三つの艦隊を擁していたが、それらのトップは熾烈《しれつ》な権力争いを繰り広げており、史も手を焼いていた。

あえて海軍ではなく、中国海警局から司令員を抜擢《ばってき》するという奇抜な人選に踏み切ったのは、どの艦隊から選出しても内紛のタネになることが目に見えていたからだった。

「自分に求められている任務は重々承知しております。職責を果たすべく、最大限の努力をいたします」

教科書どおりの返答に、史は満足できなかった。

「努力など無用である。結果を出さなければ人民が納得すまい。私は顔も見たくない美国《アメリカ》と小日本《シャオリーベン》に特使を送り、なによりも貴重な時間を稼いだ。それを無駄にすることは絶対に許されない……」

「お言葉、胸に刻んでおきます。それにしても大英帝国を介し、問題を一時的に棚上げした手腕には感服するしかありませんでした」

「世辞はいらぬ。新しく首相になったシンプソンは、もと軍人のくせに軟弱な平和主義者だった。あの女の言い分を聞き、一歩譲ってやっただけでエスポジート大統領と山本総理は勝った勝ったと大はしゃぎだ」

「仔細は外電で聞きました。〈長征25号〉の行動は、姜浩宇《キョウハオユー》艦長ひとりの責任だと。精神に不調を来たし、勝手に真珠湾攻撃を命じたのだと……」

「原潜さえ返してくれたなら、その作り話を受け入れてやるとシンプソンに言ったのだよ。あとはそっちで軍事裁判でもなんでも適当にやれと。ただ、帰国を希望する乗組員がいた場合は、便宜《べんぎ》を図ってやってほしいとも頼んだが」

「英国首相も美国と日本に恩を売りたいのでしょう。なにしろ経済が回らず、海軍も拡充どころか維持に汲々《きゅうきゅう》としているそうです。二隻の大型空母も印度《インド》への売却話が何度も持ちあがっていますし」

「かつて中華の大地を侵略した大英帝国も、ついに落日を迎えた。倫敦《ロンドン》の連中は我らの聖戦には関与できまい。いや……小日本と美国にも口を挟ませたりはせぬ。我らは台湾のみを標的とする超限定戦を実施するのだから」

冷静さを武器に出世を重ねてきた周だが、動揺を完全に消し去ることなどできなかった。それだけ重みのある宣言だった。

「我らは慈悲深くも在日美国基地を攻撃しない。小日本の自衛隊基地も空爆しない。彼らの艦隊にも手を出さない。もちろん、非戦闘員しかいない街に导弹《ミサイル》を撃ち込んだりもしない。攻めるのは独立を企む台湾の分離主義者のみ。今回の特別軍事作戦は、誰がどの角度から見ても国内問題にしなければならん。周司令員に問おう。作戦開始から何時間で台北を占領できるかね？」

自信に満ちた表情で周は答えた。

「陸海空および火箭《ロケット》軍の協調態勢さえ整えば、四八時間で完了します」

「力強い返答に得心しているが、俄罗斯《ロシア》が乌克兰《ウクライナ》でやらかした失策を繰り返す危惧はないだろうか？」

「海警局が制海権の保持に全力を注いできたのと同様、海軍は上陸作戦の成功にすべてを捧《ささ》げてきました。そのために揚陸艦の調達を推し進めたはず。命令を頂戴できたなら、人民解放軍は圧政に苦しむ台湾の同胞を文字どおり解放し、共同富裕《ゴントンフーユィ》の夢を実現してみせます。ただ、同志国家主席代行にひとつお願いがあるのですが……」

「勇者の申し出を無視するほど私は暗愚ではない。許そう。話したまえ」

「作戦開始時期に関し、自分に意見を述べさせていただきたいのです」

「貴官の素晴らしい点は、常に真一文字に結論へたどり着こうとする思考回路だ。そして、私の頭には正解が入っている。それを見事にあててみたまえ」

周はすぐさま返答を口にした。

「作戦開始は四月初旬しかありません。台湾海峡の空《から》っ風《かぜ》が終わり、海霧が消える頃合いです。それより先送りにすれば、次は台風の季節になります。秋以降を待つ方法もありましょうが、美国《アメリカ》の横槍を考えるなら、これ以上の座視は難しいかと」

軽く頷《うなず》いてから史は答えた。

「それは常道から導き出された回答であり、一定の価値と勝算があると認めようぞ。しかしながら、兵とは詭道《きどう》である。敵も春先の進軍を予期しているはず。あえてそのタイミングで飛び込めば、こちらの被害も許容範囲を超えるだろう」

「それでは、同志国家主席代行はいつが適切だと？」

「春節が終わるのと同時に攻め込む」

「そ……それは時期尚早《しょうそう》では？　友邦国の意向も確認しませんと。特に北朝鮮の导弹《ミサイル》は、日本を食い止める抑止力となりましょうし……」

「我が国に友邦などない。いるとすれば臣下のみ。家来に相談する必要などあるものか。平壌《ピョンヤン》に教えてみろ。三〇分後には全世界に知れわたるぞ」

「渡海が困難です。この時期の台湾海峡は荒れない日が珍しいのです。敵と戦う前に海と戦わなければなりません」

「なんのために四万トン級の強襲揚陸艦を準備したのだ？　あれは実質的に全天候型だと報告を受けているぞ。孫子の兵法にも『兵は拙速を聞くもいまだ巧久なるをみざるなり』とあるではないか」

史は意見を求めていたわけではない。求めていたのは服従だ。

「旧正月は九日で終わる。つまり、進軍開始は二月一〇日だ。時間的に厳しいことは承知している。いまからでは不可能と考えるのならば、そう言いたまえ」

こう言われ、史の意に添わない意見を吐けば、己の収監命令証にサインをしたも同然である。周は明らかに狼狽《ろうばい》しつつも、必死にそれを押し殺そうとしていた。

「本職は全力で同志国家主席代行の指示を実現したく思います。まずは暇乞《いとまご》いを願わなければなりません。ただちに寧波《ニンポー》の東海艦隊司令部に出向き、部隊の編成に着手します」

「素晴らしい回答に満足している。私からも一報を入れておこう。周 詩夏《シュウシーシー》中将の言葉は、同志国家主席代行の言葉と思えとな……」


見通せない先行きに表情を硬くした周が退出するや、史天佑《シィチンヨウ》は約束を守るべく、ネットを用意した。最高の防諜装置が施され、盗聴は絶対不可能とされている専用線だ。

そのせいだろうか、接続には思いのほか時間を要した。やっと繋がったものの、相手は知らない男だった。

『こ、こちら東海艦隊司令部。いまは立て込んでおりまして、緊急以外の通信は……』

「緊急である。貴官は誰か？」

『連絡将校第三補佐黄《ホァン》上士（曹長）であります』

「奇妙だ。この専用回線は常に東海艦隊の総責任者に繋がるはずだが？」

『現在のところ、ここには僕しかいません。他は現場の確認に出払っているんです。あれだけの爆発ですから、司令部が揃うのはいつになるやらわかりません』

恥ずかしい現実だが、中国ではいろいろなものが唐突に爆発する。軍事基地もまた例外ではない。

「また事故か。消火は司令部の仕事ではあるまいに。早急に総責任者を呼び戻したまえ。怠工《サボタージュ》の罪は軽くないと言え」

「事故ではありません。攻撃です！　寧波は空爆されているのです！」

第二章　提督の逆襲

1　軌道上の眼球

――二〇三X年二月一日

《……真冬の中華人民共和国を震撼《しんかん》させ、天下大乱の発端ともなった早朝の寧波《ニンポー》奇襲だが、襲撃されたのはそこだけではなかった。

南海艦隊の要衝である湛江《チャンジアン》と北海艦隊根拠地である青島《チンタオ》もまた、数分のタイムラグの後に空爆され、甚大な被害を生じている。

宣戦布告なき先制攻撃を強行したのはトリプルA同盟――アングロ・アキツシマ・アメリカ・アライアンスを締結した三カ国であった。日米英はそれぞれの空母艦隊を分散させ、タイミングを同調させたうえで、空襲に踏み切ったのである。

ここに疑念が生じる。中華人民共和国および人民解放軍は、どうしてこれほどまで簡単に奇襲を許したのか？　様々な歴史家が独自の説を披露しているが、それらを読み込めば共通項が見えてくる。端的に言えば、慢心のひと言に尽きよう。

奇妙すぎる現実だが、人民解放軍は殴《なぐ》ることばかり考えており、殴られることはまるで想定していなかったのである。

過去四半世紀にわたり、人民解放軍海軍は台湾海峡と南シナ海で日本とアメリカを挑発し続けてきたが、相手が銃弾を撃ってくることはなかった。過度なまでに人道主義を標榜《ひょうぼう》する弱腰な政府からの指示で、牙を失ってしまったのだろう。彼らはそう考えた。

特に日本が先制攻撃を仕掛けるなど、夢にも思っていなかったようだ。その根拠となるのが憲法九条であったのは、大いなる皮肉としか言いようがない。戦争を放棄したと声高《こわだか》に叫ぶ連中が、撃ってくるわけがないと。

だからこそ、緒戦から海上自衛隊が参戦していると判明したとき、『華北日報』をはじめとする大陸の新聞各紙は「憲法違反」の記事で埋め尽くされたのだ。

人民解放軍からすれば、日本や自衛隊とは永遠に殴り続けられるサンドバッグであったはずだ。勝手な期待が裏切られた結果、彼らの怒りは敵味方双方へと向けられた。脅威を脅威と認識せず、等閑《とうかん》に付してきた責任は重いと。開戦後、すぐさま中央軍事委員会連合参謀部情報局の重鎮たちが罷免《ひめん》されたのは、その影響であろう。

ただ、単なる油断だけでここまでの破滅的な奇襲は実現できない。その裏には大規模な情報操作が存在したことは、もはや公然の秘密である。

対中軍事行動――オペレーション・ディープ・ブルー――紺碧《こんぺき》作戦の始動は、交通網が混乱する春節の初日、つまり二月一日だとされているが、実際は違う。目には見えぬ電子の戦いは、二カ月も前から開始されていた。

ここでも日米英は常道を歩まなかった。情報操作の発覚を危険視した彼らは、驚くべきことに任務を外注したのである。

請負《うけおい》業者となったのはワグネルＩＴＳ《インザスカイ》だった。

ウクライナ戦争で疲弊しきったロシアで急激に勢力を再拡張した民間軍事会社《PMS》である。一時は解散同然であったが、軍が瓦解《がかい》し、治安維持の必要性に迫られたモスクワは、その役目を新生したばかりのワグネルＲＵ《ロシア》に依頼したのであった。

同社は、ここで頭角を現し、数年で多国籍化に成功した。ワグネルＵＳＡ《アメリカ》とワグネルＵＫ《イギリス》が収益の柱となったが、ＥＵ諸国すべてに支部がつくられており、要人警護や盗聴防止などで着実に実績をあげていた。

次に彼らはアジアの市場を狙った。まず進出を図《はか》ったのが日本だが、これは門前払いにされた。ワグネルＪＰ《ジャパン》という商号を取得したものの、憲法上、民間軍事会社の存在は認められないと通達されたのだった。

中国はやや状況が違った。すでに民間警備公司が複数存在していたため、外資系であるワグネルＣＮ《チャイナ》はあっさり設立と営業が許された。地方では一揆が頻発《ひんぱつ》しており、武装警察の補助として重宝された。

　しかし、中国では共産党の鶴の一声ですべてが変わる。営業開始から二年後に減免額の一割増加を求めて交渉したところ、問答無用で営業免許を剝奪《はくだつ》されてしまった。それだけではなく、装備品のすべてを自主放棄し、国外追放を命じられたのだった。

　実質的な本社機能を持つワグネルＵＳＡにとって、これは裏切りであった。怨嗟《えんさ》の念を抱きつつ新たなる投資先を模索した彼らは、地球低軌道《ＬＥＯ》上に目をつけた。

　提携したのはスペース・ヴェンチャー企業のダークネビュラ社だった。ブーゲンビル島でも協力態勢を築くことになる二社は、宇宙空間にビジネスの活路を見いだすべく、ワグネルＩＴＳを設立したのである。

　独立ＧＰＳ網の構築が主な業務だが、裏の稼業もあった。中国製監視衛星のハッキングがそれだ。中共は人民解放軍戦略支援部隊に軍事衛星の管理を任せていたが、ここでも彼らは自らの衛星防諜門扉《サテライトセキュアゲートウェイ》を過信し、守りを軽視していたのだった。

　詐欺《さぎ》とは、騙《だま》す瞬間だけ成功しても意味がない。すべてが終わったあとでも露呈してはならない。それどころか疑いをかけられることさえ許されない。

　そして、ワグネルＩＴＳは完璧な詐欺を働いた。中国が打ちあげた監視衛星をごく短期間でハックするや、フェイク画像を送り込むことに成功したのである。中共軍は戦後まで虚偽の映像に騙され続け、あやまちに気づくことはなかった。

だから見抜けなかったのだ。合衆国海軍が原子力空母を一気に九隻も極東へ廻航しつつあった現実を……》

2　トラ・トラ・トラ

――同日、午前七時一二分（中国時間）

「スカイリム・パワーズ隊長機《リーダー》より全機へ。アタック・ポイントまで残り一二〇キロだ。APG―79レーダーのマスターモードを空対空《ATA》から空対艦《ATS》に変更し、高度九〇メートルを維持したまま進軍を継続せよ」

機載マイクに向かって告げたのはアレックス・バーター中佐であった。

第二四九戦闘攻撃飛行隊《VFA249》――スカイリム・パワーズの指揮官だ。年齢五四歳と、もはやベテランを通り越してレジェンドの域に入る男であった。

「戦闘開始《コンバットオープン》のタイミングは近い。緊張するなというほうが無理だろうが、我々は中国人民を真の意味で解放する尖兵《せんぺい》に選ばれたのだ。プレッシャーを存分に味わえ」

そう告げた直後、後部席の兵装システム士官《WSO》であるジョナサン・ローム少尉が、快活さを極《きわ》めた調子で言った。

「隊長《ボス》。定石《セオリー》どおりならファースト・ストライクはステルス爆撃機が担うんじゃないんですか。僕たちが乗る旧型機が投入されるのは想定外なのでは？」

ロームはまだ二三歳であり、バーターからすれば子供のような年齢である。軍人としては優秀だが、こんな若者を開戦初日の第一撃に投入しなければならない現実が、バーターには想定外だった。

「最新イコール最高とはかぎらん。今日はそれが証明される日だ」

バーターが操縦桿《スティック》を握っているのは〝スーパーホーネット〟もしくは〝ライノ〟という異名《いみょう》を持つ艦載機であった。

F／A−18F――合衆国海軍が空母での運用を続けている戦闘攻撃機である。

改造の母体となった〝レガシーホーネット〟ことF／A−18Aの初飛行は、一九七八年のことである。実に半世紀以上も昔だ。エンジンや電子装備など、中身はまったくの別物にされているF／A−18Fだが、外見の差は小さく、世界の空軍におけるトレンドとなった第五世代機と見比べれば古めかしくさえ見える。

「ローム。お前に尋ねよう。どうして我が海軍はライノを使い続けているんだ？」

「予算不足でしょうね。計画じゃとっくにF−35Cに置き換わっていないとおかしいのに。改編された空母航空団は、まだ全体の四割弱なんですよ」

「それも間違いではない。合衆国は不景気が続いている。月に人間を送り込むのと同時に、ベトナムで大戦争ができた時代もあったことなど誰も信じてはくれないだろう。ただし、金の問題だけじゃない。F／A‐18は見た目よりずっと強い。稼働率と頭数の多さではアメリカ海軍でいちばん優《すぐ》れた機体だからな」

バーターが飛ばす機体だが、正式には〝アドバンスド・スーパーホーネット・ブロックⅢ〟である。二〇二五年に製造中止となったF／A‐18シリーズのファイナル・ヴァージョンだ。

戦闘機の世代としては四・五世代に該当し、多目的用途戦闘機《マルチロールファイター》としては完成形と評して差し支《つか》えない。身をもってその実力を知るバーターは、こう断言するのだった。

「これに乗っていれば、必ず帰れるぞ。なにしろ俺はこいつをイラクでも飛ばし、そして、生還できたんだからな」

二〇〇三年に惹起《じゃっき》した対イラク軍事作戦こそがバーターの初陣《ういじん》であった。彼はそれ以来、F／A‐18の操縦士としてキャリアを重ね、昨年一二月に第二四九戦闘攻撃飛行隊《VFA249》の指揮官に就任を命じられていたのだった。

年齢的なハンディもあり、辞退も考えたが、次期副大統領のワイアット・ハルゼーが強く推薦し、就任が実現したのである。それを知るロームが、戦地に向かうとは思えないほど溌剌《はつらつ》とした調子で、こう訊《たず》ねてきた。

「隊長《ボス》はハルゼー副大統領のボスだったこともあるんでしょう。どんな男でした？」

「よく知っていたな。短い期間だが、CVN‐81〈ドリス・ミラー〉で部下だったよ。パイロットとしては俺には及ばないが、合格点をくれてやってもいい。まさか政治家になって指図してくるとはな。現役時代にいびったつもりはないんだが、面倒な仕事を押しつけてきたもんだ。まあ、この戦争が俺にとっては最後の御奉公《サービス》だ。老骨に鞭《むち》打って投げられる石になってやるよ……」

　そのときであった。タッチパネル式の二二インチ液晶ディスプレイが分割され、待ち望んだ情報が舞い込んだ。

「パスファインダーのＲＡＱ‐29よりデータ到着。いるぞ！　いるぞ！　チャイナシップが群れていやがる！」

　ロームの報告は上ずっていた。画面には事前のシミュレーションと大差ない分析画像が表示されているだけだが、やはり実物は迫力が違う。

　それは中共海軍東海艦隊が司令部を置く寧波《ニンポー》市の金塘《ジンタン》港を捉えたリアルタイム映像であった。撮影しているのは無人戦闘航空機《UCAV》だ。敵地上空へ侵入するパスファインダーの任務は、ステルス機のＦ‐35Ｃが担うべくローテーションが組まれていたが、今回は隠密性を確保するため、新兵器が投入されていた。

　無人偵察機のＲＡＱ‐29〝スプライト〟である。

　二一世紀に突入すると同時に、アメリカ海軍は空母における無人戦闘航空機運用の研究に着手し、まず燃料補給機ＭＱ‐25〝スティングレイ〟を完成させた。発艦、給油、着艦までを遠隔操作で行うマシンで、各空母では標準装備となっている。

ＲＡＱ‐29はそれを改造した機だった。ステルス性能を突き詰めた外見こそ似ているが、任務はまったく違う。敵地潜入および索敵、火器管制から目標設定までを全自動で実施してしまうのだ。

「全機へ告げる。最終セーフティ解除。マスターアーム・スイッチをオンにせよ。我らの任務はこれで終わりだ」

数秒後、ロームが鬼気迫る声で報告してきた。

「寧波《ニンポー》まで九八〇キロ。攻撃起点まで残り九〇キロ。武器管理権限は兵装システム士官《WSO》の手から離れました。僕に下せるのは中止命令だけです……」

「その心配はなさそうだ。正確には、心配する贅沢《ぜいたく》なんか俺たちにはない」

肉眼では見えない水平線の彼方《かなた》の敵をキャッチし、高度にネットワーク化された自律型ＡＩが、勝手に引《ひ》き鉄《がね》を引く。考えかたによっては実に恐ろしい世界である。

その是非を考えている猶予《ゆうよ》などなかった。前触れなしに、いきなり機体がふわりと軽くなった。Ｆ／Ａ‐18Ｆは自重四五〇キロの対艦ミサイルを二発搭載しており、それが二〇秒の時間差で順次発射されたのだ。

隊長機だけではない。四機ずつ横一直線《ラインアブレスト》で、三つの編隊を組んで進軍するスカイリム・パワーズの一二機は、次々に抱えた武器を投射していく。

戦場は八八〇キロの彼方で、もちろん視認など無理だ。射程ギリギリまで近づいて全自動射撃を行い、あとは帰艦するだけ。これではまるでミサイルの運搬屋ではないか。

俺たちは本当に戦争をしているのだろうか？　抱いた疑念を押し殺しながら、バーターは命じた。

「全機任務終了。スカイリム・パワーズはこれより母艦に帰投する」

＊

攻撃型原子力空母〈ドリス・ミラー〉の戦闘指揮所《CDC》は、殺伐《さつばつ》とした雰囲気に支配されていた。

第二二空母打撃群《CSG》を統括指揮するジョセフ・ジンガー少将は、苛立《いらだ》ちを部下にぶつけるような男ではなかったが、平常心を保つのに苦戦していた。

「第一波のスカイリム・パワーズは攻撃を終えたのだな。第二波のアイアン・ボトムズはまだ撃たないのか？」

艦長のクリストファー・ヴィレッジソン大佐が横から答えた。

「第二五〇戦闘攻撃飛行隊《VFA250》のアイアン・ボトムズは第一波と同様、一二機のスーパーホーネットで構成されています。こちらは単座のF／A-18Eですが、攻撃開始ポイントまではあと五分かかります」

それは事実の確認にすぎなかった。八隻の護衛駆逐艦に囲まれた〈ドリス・ミラー〉は硫黄島《いおうとう》の南を遊弋《ゆうよく》中であり、すでに四つの攻撃編隊の出撃を終えていた。

第三波のサンシャイン・ブラスターズ、そして第四波のソード・オブ・サターンは新鋭のF-35Cで構成され、やはり五分の時間差を設けて攻撃を開始する手はずであった。

各攻撃隊は北西へ一二〇〇キロ飛行し、沖縄本島の東一八〇〇キロの空域で対艦ミサイルを発射する。巡航速度から割り出すと命中まで四三分かかる計算になる。

より戦場に接近すれば反復攻撃が容易になるが、中国が誇る〝空母キラー〟こと対艦弾《AS》道ミサイル《BM》の存在を思えば、ここが限界だった。

「第一波の二四発がどれだけ命中するかでディープ・ブルー作戦の成否が決まる」

ジンガー少将が事実を噛《か》みしめるように言うと、ヴィレッジソンがすぐさま応じた。

「この二〇年間、兵と武器を鍛《きた》えたのはこの瞬間のためです。ここは我々が部下と技術陣をもっと信頼しなければ。きっとうまくいきますよ」

「君は楽天家だな。羨《うらや》ましいよ。だが、側にいてくれて助かる。俺ひとりだったなら、焦燥に耐えきれなかったかもしれない」

「ノー・サー。司令が堅実な慎重派だからこそ、システマティックな攻撃態勢が確立できたのです。僕なら勢いに任せて全艦を寧波《ニンポー》へと突撃させていたかもしれません。帰投機を迎え入れるために」

「帰路の燃料が心配ならカデナ基地に降りればいいのだが、今回は絶対に空母のみで作戦を完結せよとの厳命が出ているからな。往復には充分だが、念のため、スティングレイ《無人給油機》を飛ばしておこう……」

それを最後に、ふたりは最小限の言葉しか交《か》わさず、プロの軍人として黙々と任務遂行に勤《いそ》しんだ。時間の歩みは牛歩のそれになり、やがて永遠にも等しい四〇分強が過ぎ去った頃、待ち望んだ報告がもたらされたのだった。

「艦長！　スプライトよりデータ受信。ですが……意味がわかりません」

髭《ひげ》すら満足に生《は》えていない若き通信オペレーターが首をかしげている。

「読んでみろ」

「イエス・サー。『トラ・トラ・トラ』……いったいなんでしょう？」

それは攻撃成功を告げる符丁《ジャーゴン》だ。中年以上であれば基礎知識なのだが、若者には理解できなかったらしい。直後、傍《かたわ》らのジンガー少将は感情を爆発させた。

「奇襲成功だ。俺たちはアドミラル・ヤマモトを超えたぞ！」

3　軍港燃ゆ

――同日、午前七時二三分（中国時間）

寧波《ニンポー》は浙江《チョージァン》省の東端に位置する副省級市《ふくしょうきゅうし》であり、世界最大級の貿易港である。その年間貨物取扱量は毎年のように上昇していたが、二〇三〇年初頭を境に減少を始め、現在は全盛期の六割程度に落ち込んでいた。

商船の姿もめっきり減り、湾口設備に空きが増えた。クレーンなど、放置すればあっという間に錆《さ》びて動かなくなってしまう。特に金塘《ジンタン》港の荒れ具合が酷《ひど》く、早急な対応が求められていた。

ここに白馬の騎士《ホワイトナイツ》として現れたのが東海艦隊であった。

尖閣《せんかく》諸島（中国名：釣魚群島《ディアオユウ》）の領有権を巡《めぐ》って争う日本への対応のため、寧波にはかねて艦隊司令本部が置かれていたが、規模が拡張されることになったのだ。

金塘港は海軍基地へ急速に姿を変えていった。大型主力艦が北海および南海艦隊から抽《ちゅう》出《しゅつ》され、舳先《へさき》を連ねて繋留《けいりゅう》された。

狙いは日本だけではない。徐々に現実味を帯びてきた台湾侵攻作戦の前線根拠地として、ここはうってつけだ。台北《タイペイ》まで海路で五五〇キロ。その気になれば半日で進軍できる。

寧波の中心は甬江《ヨン》を遡航《そこう》した場所に位置しており、金塘港からは約二五キロ離れていた。一般市民の視線からは離れ、防諜にも適していた。

結果論ながら、これは寧波市民にとって幸いであった。心の拠《よ》り所としている大艦隊が瞬時にして、ひしゃげ、燃え、粉々にされる場面を目撃せずにすんだのだから。

白馬の騎士は、戦う前に血祭りにあげられてしまったのである……。

奇襲を許した東海艦隊の警戒態勢はたしかに手薄だった。

防空に従事していた長距離監視レーダーはＪＹ－二七と呼ばれるタイプであった。中国製にしては高機能で信頼性もあり、シリアやベネズエラに輸出され、好評も得ていた。

距離五〇〇キロ前後で航空目標をキャッチできるという触れ込みで、世界最強のステルス機であるアメリカ空軍のＦ－22〝ラプター〟さえ捕捉可能とされていた。対空ミサイルの赤旗一二号とも連動し、空の脅威を一掃できるはずであった。

だが、それは満足に機能しているとは言い難かった。

まず寧波の東部を担当するＪＹ－二七の群れがピンポイントでハッキングを受けており、虚偽のデータを表示し続けていた。

合衆国サイバー軍の戦果である。二〇〇九年に創設された機能別統合軍のひとつで、極秘裏に中国軍のネットワークへ侵入を重ねていたが、ついに実害を及ぼし始めたのだ。

また、レーダー操作員の技倆《ぎりょう》も低かった。熟練兵なら、わずかな反応速度の差に違和感を抱いたかもしれないが、指摘も報告も行われなかった。

減点主義が主流となってしまった組織にありがちだが、己《おのれ》に咎《とが》が及ぶかもしれない問題は無視する傾向が強まる。似たような誤探知や遅延は過去に何回もあったが、なにごともなかった。今度もそうに違いない。いや、そうなってほしい……。

希望的観測は常に目を曇《くも》らせるが、監視員だけを責めるわけにもいかなかった。接近してきたスプライトこと無人偵察機ＲＡＱ―29だが、そのステルス機能は前級のＲＡＱ―25を遥かに凌駕《りょうが》しており、レーダーには昆虫程度の反応しか現れないのだ。

また時期も悪かった。めでたい春節を迎えたばかりであり、監視員の多くは休暇で帰郷していた。運用のローテーションは厳しくなり、担当員は疲弊していた。

艦隊も同様だ。乗組員の三割は上陸が許され、歓楽街に散っていた。各主力艦は軒並《のきな》み人手不足であった。逆に言えば、そのおかげで犠牲者が限定されたのは大いなる皮肉だったわけだが……。


アメリカ軍は常にコスト・パフォーマンスを徹底する。

空爆においても、また然《しか》り。やるからには最低の費用で最大の効果を狙わなければならない。奇襲が成功するにせよ、強襲になるにせよ、第一撃で必ず高価値目標《ＨＶＵ》を潰す。それが至上命題だった。

今回の軍事行動における大義名分は、台湾の安全確保だ。ならば脅威対象として上位にリストアップされる艦《フネ》は決まってくる。

台湾海峡を突破するには空路か海路だが、中国軍は重火器や戦闘車輛《しゃりょう》の空輸能力に乏《とぼ》しかった。アメリカ陸軍が長年愛用するＣＨ‐47〝チヌーク〟や、海兵隊のＣＨ‐53〝シースタリオン〟のような重輸送ヘリコプターを保有していないからだ。

したがって敵地に兵力を送り込むには揚陸艦に頼るしかない。旧来の戦車揚陸艦《ＬＳＴ》も保有してはいるが、擱座揚陸《ビーチング》ができる海岸はかぎられており、台湾侵攻では二線級の戦力にしかならない。

よって狙うべきは航空母艦を模した強襲揚陸艦だ。

中国海軍は海南《かいなん》型（中国名：〇七五型）と呼ばれる全通甲板式のそれを八隻完成させており、寧波には全艦が繋留されていた。原子力空母〈ドリス・ミラー〉を軸とした第二二空母打撃群《ＣＳＧ》に与えられた任務は、それらをすべて海底へ叩き込むことだった……。

先発したスカイリム・パワーズのＦ／Ａ‐18Ｆが撃ち放ったのは、ＬＲＡＳＭ《ロラズム》と呼ばれる対艦ミサイルだ。型式番号はＡＧＭ‐１５８Ｃ。対艦誘導弾の代名詞ともなったハープーンの後継兵器である。

あまり実戦投入されないまま、お役御免となったハープーンの射程は最大でも三一五キロだが、LRASM《ロラズム》はそれを楽に超える。水上艦から発射された場合は五六〇キロ。そして、航空機からは九〇〇キロの彼方に到達できる。

命中精度も桁違《けたちが》いだ。それまでの対艦ミサイルは終末誘導システムにレーダーが使われていたが、LRASMには敵艦が発しているレーダー波を逆探知し、画像赤外線をもキャッチできる複合シーカーが搭載されている。

亜音速で低空を飛行した黒褐色《こっかっしょく》のLRASM——アレックス・バーター中佐機が放った処女弾——は金塘港《ジンタン》に到達する直前にホップアップするや、居並ぶ海南級強襲揚陸艦のうち、もっとも西側に碇泊《ていはく》するフネに突撃した。

ターゲットの最終選択を実施したのは、戦地の空を単機で飛翔する無人偵察機《スプライト》だった。海風が沖合から吹き寄せている関係上、発生する爆煙を考慮すれば西の隅から攻めるのがベストだと戦術AIは判断したのだ。

一番槍が突き刺さったのは〈寧夏《ねいか》〉であった。

海南型の八番艦であり、昨年夏に完成したばかりの新鋭だ。全長二三七メートル、基準排水量三万五〇〇〇トン、最高速度二二ノットと、アメリカのタラワ型強襲揚陸艦を完全コピーしたかのような軍艦だが、防御力に関しては真似ができなかったようである。

全通甲板の後部に着弾したLRASMは、薄手の装甲を食い破るや、ウェル・ドックに侵入し、盛大に死の歌を唄った。

そこには七二六A型というエアクッション艇が二隻、収納されていた。日米が運用して久しい揚陸艇のLCAC《エルキャック》に酷似《こくじ》したホバークラフトだ。LRASMはそれを巻き込む恰好で大損害を生じせしめたのだった。爆圧で全通甲板が内側から蹴破られ、大穴が開いた。同時に艦尾のランプが吹き飛び、浸水が始まった。

この一発のみならば〈寧夏〉は命脈を保てたかもしれない。乗組員は定数の三割、すなわち二四〇名近くが艦内にいたのだ。的確なダメージ・コントロールが実施されたならば、沈没だけは免れたはずだ。

海南型には近接防空ミサイルのHHQ-10と七三〇型三〇ミリCIWS《シウス》が装備されていた。対空火器としての性能は未知数ながら、発射命令さえ下されていればLRASMに抵抗できた可能性もあった。

だが、しかし——現実は厳しかった。艦長は不在で、留守を預かる副長は優雅な朝食の真っ最中であり、被弾と同時にパニックに陥《おちい》ってしまった。

最初の衝撃から一〇秒後、二発目のLRASMが艦橋を直撃した。右舷中央の構造物は根元から爆散し、粉微塵《こなみじん》に砕け散った。

わずか二打で戦力を全損させたと判断した無人偵察機《スプライト》RAQ-29の戦闘AIは、次に突撃してきたLRASMの軌道を変えるべく、信号を送った。

こうして新たな標的として〈寧夏〉の隣に投錨《とうびょう》する同型艦〈西蔵《せいぞう》〉が選ばれ、十数秒後に同一の運命が押し寄せた。やはり二発の命中弾で再起不能な損害を被ったのだ。

無人偵察機《スプライト》は戦場における軍神となり、的確に、そして無慈悲に監督を続けた。ここに歴史上初の全自動戦闘《オートマチックバトル》が展開されたのである。

その後の戦況は沈没艦を羅列《られつ》しただけで事足りよう。〈青海《せいかい》〉〈新疆《しんきょう》〉〈雲南《うんなん》〉の強襲揚陸艦は、いずれも側面を射貫かれて転覆し、〈広西《こうせい》〉と〈安徽《あんき》〉の二隻は艦首を砕かれて舳《へ》先《さき》から浸水し、スクリューを大きく海面から露出させていた。

ネームシップである〈海南《かいなん》〉がもっとも悲惨であった。都合四発のLRASMが左舷の中央部に集中して突き刺さり、竜骨がへし折られてしまった。

船体は一刀両断にされ、前半分は煮えたぎる溶鉱炉へ、そして後半分は黒炭に強制変換されていった……。


こうして合衆国海軍が高価値目標《HVU》と判断した八隻は、スカイリム・パワーズの一二機が放った二四発のLRASMによって開戦劈頭《へきとう》、無力化されてしまった。この瞬間、北京が抱く台湾侵攻という野望は頓挫《とんざ》したと考えてよい。

ただし、襲撃はまだ始まったばかりであった。スカイリム・パワーズに続き、第二波のアイアン・ボトムズが、そしてF-35Cで編成された第三波のサンシャイン・ブラスターズと第四波のソード・オブ・サターンも攻撃を終えていた。

寧波に碇泊していたのは強襲揚陸艦だけではない。その護衛に従事するミサイル駆逐艦が三一隻、そして四〇〇〇トン級のフリゲートも二二隻がひしめいていた。

空母〈ドリス・ミラー〉を出撃した四八機の艦載機は、わずか二〇分の戦闘でその過半数を再起不能に陥《おとしい》れたのである。

そして──中国海軍に爪を突き立てたのは第二二空母打撃群《CSG》だけではなかった。

合衆国は湾岸戦争とイラク戦争で六隻の原子力空母を参戦させたが、今回のディープ・ブルー作戦では、実に九つの空母打撃群が第一撃に投入されていたのである。

それだけではない。日英の通常動力空母四隻もまた、タイミングを同調する恰好で牙を剝《む》こうとしていた……。

4　殴られる者の矜持

──同日、午前七時二五分（中国時間）

南海艦隊司令員である洪宇航《ホンユーハン》上将は、健康を重視する男であり、早起きを自らに課していた。

常に五時三〇分に起床し、太極拳で入念に体をほぐすと、朝風呂に入る。かつて潜水艦乗りであった洪は、自らの体臭には神経質になっていた。

軽い朝食を口にしてから湛江《チャンジアン》市内にある艦隊本部へと車で向かった。平時における稼業開始は八時だが、その一時間前には常に到着していた。

好ましき習慣は、ここで多少なりとも実を結んだ。洪は寧波の異常事態をいち早く察知した海軍軍人として、後世の歴史家から一定の評価を得ている。

ただし、大損害を生じた責任者の一名という事実を糊塗《こと》するのは不可能だ。南海艦隊もまた壊滅状態に陥ったのは、動かし難い事実なのだから……。

「東海艦隊との連絡が途絶しただと？」

六一歳という高齢ながらも現役を貫き通すだけのことはあり、洪《ホン》の頭脳は明晰《めいせき》であった。疑念を口にしつつも、その正答を心で模索する。

（……毎度おなじみの通信障害だろうか？　海軍用の秘匿《ひとく》通信網は故障続きだからな。こういう際は迷わず民間の回線を使えと命じているが、部下の腰は重い。財政削減のあおりを食らった結果、下手《へた》をすれば自腹を切らねばならんからな……）

報告を寄こした連絡将校へと、洪は言った。

「寧波《ニンポー》の連中がこっちを無視しているだけかもしれない。何回でも呼び出してみろ。金は出してやるから、商取引用の省外電話も使え」

常日頃から北海、東海、南海の三艦隊は仲が悪かった。予算とフネと人員の奪い合いをしているのだから、当然と言えば当然だ。

「すでにやっておりますが、民間回線も軒並《のきな》み不通なのです。同期が金塘港《ジンタン》にいることを思い出し、ＳＮＳで通話を試みましたが……」

「それで、どうなった？」

「途中で切れてしまいましたが、気になることがあります。波止場で複数の爆発があったと話していたんです」

軍港では火災はたまに生じるが、爆発となれば穏やかでない。それが複数ならなおさらである。洪は厳しい表情を浮かべた。

「事故であってほしいが、最悪の可能性も考えなければならん。すぐに郭《クー》中校を呼び出せ。これより南海艦隊は戦闘即応態勢に入る」

連絡将校が緊張した面持《おもも》ちで退出してから二分と経《た》たないうちに、副官の郭大家《タージャ》が姿を現した。

「提督。寧波が燃えているそうじゃないですか。こいつは痛快ですなあ」

潜水艦長の頃から子飼いの部下として手元に置いていた郭は不敵な笑みを見せた。

「連中は、ここ湛江《チャンジァン》から〇七五型強襲揚陸艦を全部かっさらって行きましたからねえ。天罰が下ったんです。どうします？　火災の程度によっては補給艦を回して、恩でも売りますか？」

「そんな悠長なことは言っておられんのだ。これがもし敵襲だとすれば、同じ厄災《やくさい》が南海艦隊にも襲いかかって来るのは必定《ひつじょう》ではないか」

「まさか。小日本《シャオリーベン》や美国《アメリカ》は殴られてから殴り返すと公言している殊勝《しゅしょう》な連中ですよ。先制攻撃をやらかすような度胸などありゃしません。それに春節ですよ。人民が一年でいちばん幸せを享受《きょうじゅ》している時期です。いま戦争を始めたなら、一三億の中国人は一丸となって対抗するでしょうよ。死にかけの老体とはいえ、エスポジート大統領はそれくらいわきまえているはずでは？」

朗《ほが》らかな声で告げる郭に、洪は冷徹な調子で言い返した。

「欧米人は中華の常識を理解しようとはせぬ。だからこそ対立が起こるわけだが、悪辣《あくらつ》な奴らはその逆利用を欲するかもしれない。ただでさえ定数を満たせない乗組員のうち数割が帰郷している現在、襲撃を受けたなら……」

洪は先を続けることができなかった。窓外に朱色の火柱を認めたからである。

南海艦隊の戦闘艦艇は市内を東西に分割する湛江水道の東岸に投錨《とうびょう》しており、洪たちがいた司令本部もそこに隣接していた。

反射的に伏せて正解だった。爆風は防弾ガラスをも容易に叩き割り、建造物そのものを揺るがした。破片が背中を襲ったが、痛みはない。

やはり、無事だった郭が咳《せ》き込みながらも割れた窓へ近づいて言った。

「こりゃまずいぜ！　〈崑崙山《クンルンシャン》〉がやられたぞ！　全艦にわたって炎上中！」

それは〇七一型と呼ばれるドック型揚陸艦の一番艦であった。

船首から中部にかけてはミサイル駆逐艦を連想させるラインだが、艦尾は大きめの飛行甲板となり、その下部には七二六型エア・クッション艇が格納できる。

アメリカ海軍の〈サン・アントニオ〉をコピーしたかのような佇《たたず》まいで、見るからに現代軍艦としての風格を醸《かも》し出していた。ここ湛江には同型艦八隻が集中配備されている。

台湾解放は中国海軍の総力を傾けた大作戦であり、東海艦隊だけでなく、北海ならびに南海艦隊も当然参戦する。第一陣として全通甲板を有する〇七五型八隻が台北を、そして第二陣には〇七一型の八隻が台南を強襲する予定だったのだ。

それが瞬時にして御破算となった。〈崑崙山〉に続き、二番艦の〈長白山《チャンパイシャン》〉も同様の災難に見舞われた。軍艦構造ではなく、商船ベースで設計されていたことも裏目に出た。防御装甲が皆無に等しく、突き立てられた敵弾にはなす術《すべ》がなかった……。

「これは事故などではない。間違いなく敵襲である」

そう宣言した洪に、副官の郭は言った。

「ええ。まず揚陸艦を潰し、こっちの戦力投射能力《パワープロジェクション》を奪う気です。こんなことをやらかすのは美国《アメリカ》だけでしょうね」

「わからんぞ。大英帝国の空母二隻が澳洲《オーストラリア》と新加坡《シンガポール》を往復していた。定期便になっていたため半ば放置していたが、考えてみれば湛江《チャンジアン》にいちばん近い場所にいる〝敵空母〟ではないか。倫敦《ロンドン》が香港奪回の機会を狙っていたなら、可能性はある……」

洪《ホン》上将の想像は正解であった。

南海艦隊の根拠地に第一波として殴り込みをかけたのは、イギリス王立海軍の正規空母〈クイーン・エリザベス〉と〈プリンス・オブ・ウェールズ〉の姉妹であった。

それぞれ三六機のF－35B〝ライトニングⅡ〟を搭載しており、湛江を襲ったのは〈クイーン・エリザベス〉に座乗する〝ダム・バスターズ〟だ。

空爆の手順は寧波《ニンポー》攻撃と同様だった。一二機ずつ二波に分かれて接近し、タイムラグを確保したうえでの連打である。当然、無人偵察機のRAQ－29〝スプライト〟を先発させ、最前線で自動戦闘の指揮棒《タクト》を振るわせていた。

南海艦隊はステルス対艦ミサイルのLRASM《ロラズム》が接近している事実にまったく気づいていなかった。それも無理はない。発射ポイントが九〇〇キロの遠方だったこともあるが、南シナ海ではなく、第三国の領空から放たれた点がもっとも大きかった。

驚愕《きょうがく》すべきことに、英軍機はタイ王国のコンケン県上空へ侵入し、そこから攻撃を開始していたのである。

もちろん直前に事前協議を行い、了承は得ていたが、それはあくまで訓練を目的としたフライトであり、そのまま実戦に移行する事実は意図的に伝えていない。

イギリス特有の二枚舌外交が炸裂《さくれつ》した結果であり、タイ側に罪はなかった。加えて言うならば、彼らは実にしたたかであった。戦後、この一件を梃子《てこ》にしてタイ王国は戦勝国を名乗り、発言権を強めていったのである。

タイ王立海軍は東南アジア随一の規模であり、アメリカとの結びつきも強い。軍艦の輸入にも熱心で、米英はもちろん、スペインや韓国、シンガポールだけでなく、なんと中国からも新型艦の調達を進めていた。

現状は東南アジアにおけるバランス・メイカーであったが、北京は破格の安値で潜水艦までも提供し、陣営に引き込もうと躍起だった。そして、それは成功しかけているように思えた。だからこそ油断が生じたと評するべきだろう。

ともあれ、〈クイーン・エリザベス〉の〝ダム・バスターズ〟十二機に続き、〈プリンス・オブ・ウェールズ〉の〝レンデルシャム・フォレスト〟に所属する十二機が、やはりタイ上空から長槍を放った。

そして、その標的は湛江ではなかったのである……。

＊

四〇発以上の爆発音が鳴りわたったあと、南海艦隊司令部は奇妙な静寂に包まれた。

五体満足なことを確認した洪《ホン》上将は、副官に被害確認を命じたが、郭《クー》中校は渋い顔だ。

「この状況ですよ。まともな損害報告は無茶な相談ってもんでしょう。ここから確認できる範囲ですが、〇七一型の八隻は全滅ですな」

「うむ。無念ながら、我々は揚陸艦を全損した。再建には一〇年以上もの年月を要しよう。それまで国費が持つ保証もない。台湾解放は露と消えたか……」

意気消沈する時間など与えられなかった。司令員として、まだ打てる手があった。

「生き残りの駆逐艦、フリゲート、コルベットのすべてに命令。可及的すみやかに離岸し、東海島《トンハイタオ》南端に展開、防空戦闘に従事せよ」

怪訝《けげん》な表情を示してから、郭は言った。

「東海島ですか？　失礼ですが、海南島《ハイナンタオ》とお間違いでは？」

海南島はここから一三〇キロ南に浮かぶ中国第二の大島だ。外国人用のリゾート施設も多い観光地ながら、南海艦隊の分署としての意味合いも強く、南端の三亜《サンヤー》には海軍基地が展開していた。

「海南島には〈山東《シャントン》〉と〈福建《フーチエン》〉が停泊中です。あの二空母だけは死守しませんと」

「海路で五五〇キロだぞ。間に合うものか。ワシが守れと言っているのは、ここから南へ一二キロの海に浮かぶ東海島で間違いない。正確には、その南西に建造された地下ドックだよ。最終艤装《ぎそう》段階のあれを破壊されたならば、ワシらは国家主席代行に凌遅刑《りょうちけい》にされてしまう。たとえ空母二隻を生贄《いけにえ》にしてでも、あれだけは……」

ことの重大性に気づいた郭も、声のトーンを落として言った。

「超極秘の物件です。美国《アメリカ》や小日本《シャオリーベン》には露呈していないでしょうよ。東海島はかつて流刑《るけい》地《ち》でして、現状も治安がよいとは言えません。よほどの物好き以外は近寄りもしませんし。確かにあの原潜だけは守り切らなければなりません。仮に北京が蒸発しても、あの潜水艦さえあれば、戦争に負けることはないのですから」


終日にわたって南海艦隊の厄災は続いた。

洪たちが覚悟したとおり、〈プリンス・オブ・ウェールズ〉の攻撃隊は海南島へとLRA《ロラ》SM《ズム》を撃ち放った。

攻撃目標は揚陸艦に次ぐ重要目標——すなわち航空母艦である。中国海軍は四隻の大型空母を運用しており、そのうち半分が南海艦隊に所属していた。
○○二型〈山東〉と○○三型〈福建〉がそれである。二隻とも海南島南西の三亜軍港に碇泊していたが、そこを襲われた。
最初に狙われたのは〈山東〉であった。

中国初の空母〈遼寧《リャオニン》〉は旧ソ連製の〈ワリヤーグ〉を改修したものにすぎなかったが、〈山東〉は純粋な国産だ。

全長三〇五メートル、全幅三七メートル、基準排水量は五万六〇〇〇トン。スキージャンプ台を駆使し、三六機の固定翼機を運用可能な大型空母である。

設計は〈遼寧〉を踏襲しつつ、独自のアレンジを加えたものであったが、オリジナルの図面を引いたのはロシア人であり、可燃性という似なくてよい点まで似てしまった。

LRASM《ロラズム》の一発目は不格好にねじ曲がった艦首を砕き、二発目は艦橋と一体化している煙突を根元から吹き飛ばした。

当然、火炎が生じ、すぐさま飛行甲板の全域へと無遠慮に展開していった。特に艦尾は着艦する艦載機を停止させるため、幾層にも滑《すべ》り止めの塗料が塗られていたのだが、呆《あき》れたことに引火しやすい物質が混合していたのだった。

ここに〈山東〉は燃え盛る火葬場と化し、空母としての機能を全損した。すべての空爆現場で着弾の指揮を執《と》る無人偵察機RAQ-29スプライトは、それをすかさず察知するや、次弾を〈福建〉へと振り向けた。

原子力空母の習作とまで呼ばれた〇〇三型は、〈山東〉よりもわずかに大きめのボディを持ち、カタパルトとアレスティング・ワイヤを用いて離着艦を行うCATOBAR《キャトバー》式を採用している。

つまり、合衆国の空母と肩を並べるまでに到ったわけだ。特に艦載機を射出するカタパルトだが、蒸気式ではなく電磁式を採用した点も見逃せない。

アメリカもジェラルド・R・フォード型で四苦八苦しながら実用化にこぎつけたものであり、さすがに技術的に冒険がすぎた。三基設置されたが、ひとつは常に故障しているような代物である。〈福建〉は原子力艦でなく、通常動力艦であったため、電力確保にも苦労していたらしい。

攻めに転じた場合は、スキージャンプ台よりも遥かに多くの航空作戦《ソーティ》をこなせると期待されていたが、撃たれる身となった現在、すべては徒労に帰した。投錨中では回避運動もできない相談だ。

飛来した対艦ミサイルＬＲＡＳＭは、まずもって右舷中部の艦橋構造物《アイランド》を痛打し、たちまち指揮系統を壊滅状態に追いやった。

海軍にかぎらず、人民解放軍全般に言えることだが、上の指示がないと一切のアクションを起こさないという傾向が強い。命令以外の行動に走れば、たとえ望ましき結果をもたらしたとしても懲罰《ちょうばつ》の対象になりかねないからだ。

司令部が壊滅した〈福建〉の艦内では、不可思議極まりないことに、誰もなにもしようとしなかった。長年かけてそのように調教された結果だが、自らの生命が潰《つい》える瞬間まで動こうとしないのは、やはり奇異な組織と言わざるを得まい。

彼らは水兵の恰好をしていたが、真の意味での水兵ではなかった。いや、船乗りでさえなかった。急速に膨張していく中国海軍の定数を満たすため、そして天井知らずの若者の失業率を改善するため、質を問わずに入営させた素人《しろうと》にすぎなかった。

直撃弾は九発に及んだ。そのすべてが計算された軌道を描くや、右舷ばかりを、それも超低空から舷側を狙った。

爆発で巨大な穿孔《せんこう》が生じ、そこから生温かい海水が流入してきた。こうして〈福建〉の命脈は完全に潰《つい》えた。電磁カタパルトの整備ばかりにかまけ、船体の補修が疎《おろそ》かになっていたせいもあり、カタログデータどおりの耐久性は発揮できなかった。

船体は右へ大傾斜するや、そのまま転覆して息絶えた。浮力はたちまち零《ゼロ》となり、〈福建〉は南溟《なんめい》の海に引きずりこまれていった……。

こうしてタイランド湾にて遊弋《ゆうよく》していた〈プリンス・オブ・ウェールズ〉は、イギリス海軍初の「敵空母を撃沈した空母」という栄誉《えいよ》を手にしたのである。

先代の戦艦〈プリンス・オブ・ウェールズ〉は、マレー沖海戦において日本海軍航空隊に葬《ほうむ》られたが、空母〈プリンス・オブ・ウェールズ〉はここに雪辱《せつじょく》を果たしたと評価できるだろう。

英空母二隻はヒット・アンド・アウェイで逃走に移った。しかし、南海艦隊にとっての惨劇は終わりを告げたわけではなかった。

英空母艦隊だけでなく、その背後には米空母打撃群《CSG》が待ち構えていたのである。

CVN-75〈ハリー・S・トルーマン〉にCVN-77〈ジョージ・H・W・ブッシュ〉の二隻は、残敵掃討という名目のもと、殲滅《せんめつ》行動を開始したのだった……。

5　再び青島へ

——同日、午前七時三五分（中国時間）

米英の空母部隊が着実に戦果を刻むなか、日本の海上自衛隊もまた動いていた。貴重な多機能航空護衛艦〈いずも〉〈かが〉が日本海へと投入され、戦場へと急行中だ。

二隻は臨時編成された第七護衛艦隊群に編入され、旗艦は〈かが〉に定められていた。イージス艦〈こんごう〉〈まや〉に、むらさめ型護衛艦〈さみだれ〉〈いかづち〉〈あけぼの〉〈ありあけ〉の六隻が周囲を固め、潜水艦〈せきりゅう〉〈じんりゅう〉も海中にて警戒に従事していた。

群司令は蓑田《みのだ》篤彦《あつひこ》海将補だ。古風な海の男である彼は、戦闘指揮所《CIC》ではなく、風を感じられる航海艦橋で指揮を執《と》っていた。

「自衛隊が様変わりする瞬間に居合わせるとは、実に因果な役回りだよ。重要影響事態を飛ばして存立危機事態が認められ、防衛出動が命令されるとは……」

士気の阻喪《そそう》を招きかねない愚痴に反応したのは、〈かが〉艦長の荒見雅和《あらみまさかず》1佐だった。

「侵略を待っていたのでは侵略者の好き放題にされます。それはウクライナが身をもって教えてくれたではありませんか。憲法も理念も、現実に対応できなくなった時点で再点検すべきなのです。それに……」

「日中はブーゲンビル島沖海戦以降、法的には交戦状態にある。中国共産党は宣戦布告を取り消していないのだから、と言いたいのだろう」

「そのとおりです。史天佑《シィチンヨウ》国家主席代表は外交部報道官であった頃、自らの口でそう断言しました。宣戦布告という言葉の重さを嚙《か》みしめてもらいませんと」

「できれば、五年前か五年後にやってほしかった。私が貧乏籤《びんぼうくじ》を引くことになろうとはな。ブーゲンビル島事件の前に〈みょうけん〉を下りたのが失策だったぞ。あのときの艦長が、よもや総理大臣にまで出世しようとは」

蓑田の言葉はすべて真実だった。まだ1佐だった昨年の四月、隊司令として〈ざおう〉と〈みょうけん〉の二隻を率い、日豪合同訓練〝ウルルⅣ〟に参加していた彼は、ヘリコプターの着艦事故で修理に入った〈みょうけん〉から〈ざおう〉に将旗を移し、ひと足先に帰国していたのだった。

不満げな蓑田であったが、結果的に事件には巻き込まれず、経歴にも傷はつかなかった。

群司令に昇格したのも、ミスをしなかったという点が評価されたわけだ。

荒見艦長は、弱気にも思える群司令を嫌ってはいなかった。第一線部隊の指揮官には常に慎重さが必要とされるのだから。

「本艦のグレイ・ヘロン隊と〈いずも〉のバラエニセプス・レックス隊は、もう対艦ミサイルを七二発も発射してしまいました。賽《さい》は投げられたのです。現状を悔やんだところで状況は変わりません。アジアに新秩序を確立するには金を出すだけでは駄目です。自衛艦旗を翻《ひるがえ》し、血を流さなければなりません」

艦長の辛辣《しんらつ》な言葉に群司令は何度か肯《うなず》いてみせた。

「正論に浸《ひた》れる君が羨《うらや》ましい。私は心配だよ。本当に韓国はＬＲＡＳＭ《ロラズム》の上空通過を認めてくれるだろうか？　左派政権が中国へと擦《す》り寄り、一時期赤化しかけていたじゃないか。いまは西側陣営に舞い戻ったようだが、スパイも多かろうよ」

「イギリスはタイで同じことをやる予定です。こっちも負けちゃいられません。アメリカさんの説得がうまくいったことを祈りましょう」

第七護衛艦隊群は昨日の夕刻に舞鶴《まいづる》を出向し、北西へ向かっていた。

偽装針路の先には竹島《たけしま》がある。海面下に潜《ひそ》む中国の潜水艦に見つかっても、韓国と帰属問題の燻《くすぶ》る場所へ向かう武威だと映るだろう。

もちろん、実情は違う。ディープ・ブルー作戦の一環としての対中戦闘行動だった。

夜明け前に各一八機ずつのF－35Bを出撃させ、排他的経済水域《EEZ》の境界線、具体的には山口県沖合から北西へ向け、対艦ミサイルLRASM《ロラズム》を撃ったのである。

標的は青島《チンタオ》であった。正確には、そこを根城にする北海艦隊の面々だ。

ただ、九〇〇キロ近い射程を持つLRASMであっても、そこから青島を直撃するには韓国本土を横断する必要があった。蔚山《ウルサン》から大邱《テグ》を越え、瑞山《ソサン》を抜けて黄海に出るコースである。

一歩間違えれば日韓開戦にも繋《つな》がりかねないが、在韓米軍の特別訓練というカバー・ストーリーで押し通すことになった。幸い、現在の韓国与党と大統領は親米派であり、当日になってから手渡されたエスポジート大統領の要請を受諾してくれた。

訓練成功の暁《あかつき》には、まだ輸出対象国となっていない韓国軍にもLRASMを供与しようという好餌《こうじ》につられたのだった……。

合同訓練を通じ、韓国軍の実情を理解している荒見艦長は、こう断言した。

「半島の防空能力ですが、北も南も似たようなものです。装備品はあってもメンテナンスが悪く、使いこなせていません。またLRASMはステルス性が極めて高い対艦ミサイルなので、上空を飛行しても気づかないのでは？」

蓑田群司令は、なおも複雑な表情を示した。

「今回の任務に私を指名したのは山本三七十《やまもとみなと》総理ご本人らしい。意趣返しではなく、運がいい男だから選んでくれたそうだ。喜ぶべきか嘆くべきかわからんよ。それにしても日本が再び膠州《こうしゅう》湾を攻めることになろうとはな」

「およそ一二〇年前、帝国海軍は水上機母艦〈若宮《わかみや》〉から複葉水上機を出撃させ、ドイツ帝国の租借地であった青島空爆を成功させました。歴史は繰り返すのですね」

私物のμ《ミュー》グラスを装着し、情報を表示させてから蓑田は続けた。

「うむ……日本海軍初の空爆は輸入機、モーリス・ファルマンのMF7だったか。そして、今度の空爆も輸入機だ。一世紀経っても同じことを繰り返しているとはな……」

艦内電話が鳴った。航海長からの定時報告だ。それに短く応じてから、艦長は話した。

「波が荒れ始めています。回復の見込みは薄いようです。F−35Bの着艦は見合わせ、岩国《いわくに》に向かわせたほうが無難かと思われますが」

「いや……それは絶対に駄目だ。今回は徹頭徹尾、艦隊だけで作戦完結させなければならない。基地を使えば、本土攻撃を許す名目を与えてしまうからな……」

再び電話が鳴った。受話器を耳にあてるや、驚くほどの大音量で報告が流れてきた。

『衛星画像の受信に成功。命中弾を確認！　命中ですッ！』

三六機の艦載機――F―35Bの編隊が標的としたのは、中国海軍が二隻保有する超大型原子力空母の二番艦であった。

〇〇五型〈浙江《せっこう》〉である。全長三二一メートル、満載排水量九万二〇〇〇トンの巨体はアメリカ海軍のジェラルド・R・フォード型にも見劣りはしない。

北海艦隊の主力ながら、昨年一二月から入渠《にゅうきょ》していた。最大の売りであった電磁カタパルトが耐久期限を超えたため、関連装備をすべて新品に交換する必要が生じたのだ。

三〇〇〇名弱の乗組員も大半がフネを下りていた。一一三〇型CIWS《シウス》など対空火器も搭載されていたが、中国船舶重工集団が完成させた巨大ドックに身を横たえていたのでは手の打ちようがなかった。

LRASM《ロラズム》は実に一三発が命中した。船体は四つに引き裂《さ》かれた。〈浙江〉は紅蓮《ぐれん》の炎を噴《ふ》き出しながら、火葬に処されていった。

無人偵察機スプライトは、寧波《ニンポー》および湛江《チャンジアン》空爆と同様、ここでもまた神の視座から戦場を俯瞰《ふかん》し、空母撃破は成ったと断定するや、残るLRASMを停泊中のミサイル駆逐艦へと振り向けていった。

北海艦隊の主力は数分で壊滅にも等しい打撃を受け、ここに海上自衛隊は、敵の原子力空母を屠《ほふ》るという世界初の金字塔を打ち立てたのであった。

その代償だが、気の毒にも罪のない青島市民が支払うことになった。

実際の話、搭載原子炉には損害がなく、放射性物質の漏洩《ろうえい》は確認されなかった。しかし、そうした政府発表を誰も信じようとはせず、市街からの自主避難が始まった。

その後も九〇〇万の青島市民は長期間にわたり、風評被害に苦しんだのである……。

6　艦砲射撃

――同日、午前四時三〇分（印度洋標準時）

まだ朝焼けも始まらぬ印度洋をスリランカ方面へ東進する艦隊の姿があった。

灯火管制が敷かれており、遠目からは見えないが、マストには中国海軍旗が掲《かか》げられている。

原子力空母〈広東《カントン》〉を旗艦とする空母機動部隊だ。

艦隊はジブチからの帰路にあった。アフリカ北東に位置するこの小国に、中国は多額の経済援助を行い、見返りにジブチ保障基地の建設を認めさせていたのだった。

ただし、ジブチは根っからの親中派というわけではない。アメリカや日本にも基地建設を認めるなど、まるで節操がなかった。

それでも羽振《はぶ》りがよかった時代は対中政策に重きが置かれていたが、支援金が途切れると同時に冷淡となり、ジブチ政府は基地反対派のデモすら取り締まらなくなってしまった。

ここを失えば、一帯一路は完全に崩壊する。武威を示す必要があった。中国海軍は定期的に主力艦をジブチに派遣し、砲艦外交を実施していたのである。

新鋭空母の〈広東〉は示威行動にはうってつけだった。乗組員の練度を向上させるためにも、〝二一世紀の鄭和《ていわ》船団〟に存在意義はあった。

だが、艨艟《もうどう》の姿が消えると途端に反中行動が活発化してしまう。そのため、何隻か軍艦を常駐させなければならなかった。

空母の帰国に随伴しているのは〇五五B級ミサイル駆逐艦〈長歌《チャンゲー》〉と〈西岐《シーキー》〉、そして補給艦の〈査干湖《ジャーガンフー》〉だけだ。ジブチに三隻のコルベットを残してきたため、守りがやや手薄になったが、平時であれば問題などない。

そして、彼らはまだ知らなかった。

本国の艦隊根拠地が数分前に空爆を受け、壊滅的損害を蒙《こうむ》った事実を。自分たちが中国海軍に残された最後の空母艦隊となったことを。

スリランカと中国本土との時差は三時間であり、各艦隊根拠地が空爆に曝《さら》された頃、まだ太陽は水平線の下であった……。

駆逐艦〈西岐〉艦長の呉欧扇《ウーオーホー》大校は、寝入り端《ばな》を衝撃音で叩き起こされた。

艦長室で横になったばかりで休息などまったく取れていないが、異常事態なのは確実である。急いで軍服に着替えていると、戦闘指揮所《CIC》の船務長から連絡が入った。

「艦長、一大事です！　艦橋に火災発生。〝ドラゴン・アイ〟が機能していません！」

竜の眼球《ドラゴンアイ》とは前檣楼《ぜんしょうろう》トップの四角錐《よんかくすい》に収納されたアクティブ・フェイズド・アレイ・レーダーのことだ。正式名称は三四六B型。艦隊防空を担うミサイル駆逐艦には、不可欠の電探であった。

〇五五A級——日米では潼関《トングァン》型とも呼ばれるそれは、いわゆる中華イージスである。全長一八四メートル、満載排水量一万四〇〇〇トンとアメリカのタイコンデロガ型巡洋艦よりも大きく、もはや駆逐艦と呼ぶことすら躊躇《ちゅうちょ》する図体だ。

六〇セルの垂直発射装置《VLS》を二基、合計一二〇セルも備え、対空・対艦・対潜ミサイルを自在に発射可能な最新鋭艦だった。現在六隻が就役しており、なおも四隻が計画中だ。

呉大校は二代目の艦長であったが、就任時から〈西岐〉は厄介《やっかい》だと感じており、やや持て余し気味であった。

前の〇五五型を拡大したタイプで、技術的な冒険は小さいはずだが、不具合の洗い出しがいつまでも終わらなかった。自慢の統合電気推進も故障ばかりで、機関室が小火《ぼや》を出した過去もある。

「また火事なのか。今度は艦橋が燃えたとは。帰国と同時に俺は強制労働施設に送られるだろうな」

しかし、船務長の報告は意外すぎるものであった。

「事故ではなく、着弾の可能性があります。本艦は攻撃されたと考えるべきです。現在のところ、艦橋との連絡は途絶。天线関連《アンテナ》が全滅し、南海艦隊司令部との通信もできません」

「着弾だと!? ありえない。导弾《ミサイル》なら探知されて然《しか》るべきだろうに！」

「雷达《レーダー》にはなにも映りませんでした。隐形《ステルス》の対艦誘導弾かもしれません」

「誰か艦橋にやったか？」

「いいえ。こっちが人手不足なのは御存じかと」

「総員非常配置。艦橋へは俺が向かう」

呉《ウー》艦長は軍服を着込むなり、通路へ出た。すぐさま焦《こ》げ臭いにおいが鼻を突いた。階段を昇るのと正比例して悪臭は酷《ひど》くなっていく。

呆然《ぼうぜん》としている水兵を押しのけて、息を切らせつつ航海艦橋へ続くドアにたどり着いた。歪《ゆが》んだ角度で固定されている扉が、上からの衝撃が凄《すさ》まじかった事実を物語っている。

半ば開いていた隙間《すきま》から無理やり体をねじ込ませると、副長と航海長の二名が血まみれで倒れているのがわかった。

「艦医を大至急ここへ寄こすように言え！」

ドアの彼方に怒鳴ったが、すでに両名は事切れていた。天井には穴が開いており、火花が舞い込んでいる。

機能が失われたのは部下だけではなかった。航海艦橋そのものが稼働不能に陥っている様子だ。液晶モニターは砕けるか沈黙するかしており、情報が表示されているものはひとつもない。電源が落ちているのだ。戦闘指揮所と話がしたいが、通信は切断されたままだ。伝声管など遥かな昔に全廃されていた。これでは手も足も出ない。

呉艦長は夜の闇を見据えた。すると——海上の一角に橙《だいだい》色の燈火が見える。何かが爆発したらしい。

光と闇が織り成すシルエットでわかった。同型艦の〈長歌《チャンゲー》〉が燃えているのだ。

「絶対に事故ではない。敵襲だ。まず防空艦を潰してから本命を狙う気か……」

呉《ウー》艦長は卓越した洞察力を持っていたわけではなかった。相手が極めてオーソドックスな手法で攻めてきた。ただ、それだけの話であった。

帰郷中の中国空母艦隊を痛打した相手は、水平線の彼方から狙撃を試み、それを確実に成功させた。

使用したのは対艦ミサイルではない。昔ながらの艦砲から射出された砲弾だ。

一五五ミリ極超音速滑空弾頭《HGB》——ステルス性能は最初から無視されているが、小型かつ高速であり、その速度はマッハ五を超える。近距離の発射であれば、レーダーに探知されたときには既に命中している。今回がまさにそうであった。

戦果を稼いだのは合衆国海軍インド太平洋軍に直属するミサイル駆逐艦ＤＤＧ－１００５〈ウィリス・Ａ・リー〉である。

その艦名は、太平洋戦争で活躍した砲術の大家ウィリス・Ａ・リー中将に敬意を表して採用された。かつてミッチャー型駆逐艦の三番艦にも使われていたが、二一世紀になって、再び甦《よみがえ》ったわけだ。

異形《いぎょう》の軍艦と呼ばれるズムウォルト型の六番艦であり、駆逐艦とは思えない戦力を誇るフネであった。リー提督の芳名《ほうめい》を授ける資格はあるだろう。

ズムウォルト型はステルスを極限まで追求した結果、積み木で多面体を組みあげたかのような姿となってしまい、軍艦というより建造物だ。全長一八三メートルと巨大で、これは真珠湾で沈んだ戦艦〈アリゾナ〉をも超える数字である。

当初は三〇隻以上もの調達が見込まれていたが、建造費があまりにも高額につき、また初号艦の運用評価が芳《かんば》しくなかったため、完成したのは三隻のみであった。

その再評価が始まったきっかけはウクライナ戦争である。

ズムウォルト型の建造理念において重視されたのが海上からの拠点破壊であったが、クリミア半島の衝突では、その実例《シーン》が頻出《ひんしゅつ》したのだ。

特にセバストポリの黒海艦隊司令部を空中発射巡航ミサイル〝ストーム・シャドウ〟で痛打し、将校三四名を殺害した事件は記憶にも新しい。そして、費用対効果を考慮するのであれば、ミサイルよりも砲弾のほうが国庫に優しかろう。

つまり、来たるべき中国との衝突には、優れた投射能力を持つステルス軍艦が必要だと判断されたのである。

反米を強める北京の態度を思えば、一から図面を起こしている暇などなかった。こうしてズムウォルト型は再注目され、四番艦から六番艦までの追加建造が決定した。

二〇二九年に就役したのが、六番艦の〈ウィリス・A・リー〉であった。

八〇セルの垂直発射装置《VLS》も搭載されているが、今回用いられたのは新世代型先進砲《NGAGS》システムと呼ばれる二基の一五五ミリ単装砲だ。

ズムウォルト型が廃《すた》れた理由のひとつに主砲弾の高騰があった。一八五キロの飛距離を誇る長射程対地攻撃砲弾《LRLAP》は一発一億円超である。それに対し極超音速滑空弾頭は、飛距離こそ落ちるものの、汎用性《はんようせい》が高く、量産が見込めるために安価となる。

旧来の艦砲システムの発展型であり、いわゆる電磁気で砲弾を射出するレールガンではないが、必要充分なレベルで強力だった。

飛距離は五万三〇〇〇メートル。戦艦〈大和〉の四六センチ砲が四万二〇〇〇メートルなのだから、それをも軽く凌《りょう》駕《が》している。

もちろん、命中精度もずば抜けていた。中国空母部隊上空には、MQ-8Z〝アドバンスト・ファイアスカウト〟、すなわちヘリコプター型の無人観測機が飛び、敵情を刻一刻と送り続けていたのである。前級のMQ－8〝ファイアスカウト〟を電動化して騒音を抑え、一定のステルス性も確保させていた。

空母〈広東《カントン》〉も哨戒ヘリコプターのKa－31を定期出撃させていたが、北方には飛ばしていなかった。最近ではインドやスリランカも反中の姿勢に傾きつつあり、領空侵犯には目くじらを立てていたからだ。

しかし、〈ウィリス・A・リー〉はスリランカの領海内に身を潜《ひそ》め、夜半に中国空母を求めて出撃してきたのだった。すでに合衆国はスリランカ海軍と密約を交《か》わし、中古のコルベットを無償提供することを条件に、領海内通行を認めさせていたのである。

闇に隠れて水平線の彼方から砲撃するとはいえ、〈ウィリス・A・リー〉は単艦であり、数では負けている。ここは脅威対象から潰し、大物は最後に回すべきだろう。

こうして〈長歌《チャンゲー》〉と〈西岐《シーキー》〉が生贄《いけにえ》に選ばれた。極超音速滑空弾頭《HGB》は対地にも対艦にも使用可能だが、中国艦にどれだけ通用するかは未知数だった。

だが、心配は無用であった。MQ－8Zに最終誘導された砲弾は、まず〈西岐〉の艦橋構造物を痛打し、通信系統を全壊させた。また〈長歌〉の艦尾飛行甲板を貫いた一発は、機関部まで侵入して破裂し、推進機関の息の根を止めた。

〈ウィリス・A・リー〉は、補給艦〈査干湖《ジャーガンフー》〉を無視し、その筒先を〈広東《カントン》〉へと向けたのである……。

「旗艦はなにをやっている！　護衛艦が燃えているんだぞ！　さっさと逃げろ！」

呉欧扇《ウーオーホー》艦長は大破した航海艦橋から〈広東〉を怒鳴ったが、六〇〇メートル以上も離れていては、聞こえるわけなどなかった。

巨大原子力空母に炎の大輪が咲き誇った。

被弾したのだ。ひとつ、またひとつと真っ赤な火の手がそこかしこにあがる。

驚くべきことに、敵弾は三秒に一発のペースで落下してきた。大半が飛行甲板へと突き刺さり、阿鼻叫喚《あびきょうかん》のカーニバルを演出していった。

露天駐機されていた四・五世代の主力艦上戦闘機J-15Bが、そして中国初の実用ステルス戦闘機J-35が次々に火炙《ひあぶ》りにされてしまった。

特等席から地獄を見分する運命を課せられた呉大校は、ようやく状況を呑《の》み込めた。

「これは導弾《ミサイル》じゃない。昔ながらの艦砲射撃だ……」

ミサイル駆逐艦という称号に反するかのように、今回の海戦において〈ウィリス・A・リー〉は、二門の一五五ミリ砲のみを用いた攻撃に終始した。

特記すべきは極超音速滑空弾頭《HGB》の射撃を早々に終え、ミリ波誘導の対艦専用砲弾に切り替えたことだろう。爆裂による延焼効果は極超音速滑空弾頭のそれを上回る。航空母艦とは今も昔も洋上に浮かぶ可燃物だ。炎上させるには対艦砲弾のほうが有利だった。

戦闘時以外は砲身が収納されている一五五ミリ単装砲だが、六秒に一発のペースで射撃を行える。それが二基、交互に打ち方を継続した結果、〈広東〉は四六発の被弾が生じた。

そして、四七発目が炸裂したのは、艦載機の弾薬集積庫であった。

地震と落雷と竜巻が同時に訪れたかのような轟音《ごうおん》が鳴りわたり、船体の三分の一が裂け、艦首部分が跡形もなく吹き飛んだ。

これにて戦果充分と判断した〈ウィリス・A・リー〉は、悠々とシンガポール方面へと引き揚《あ》げていったのである。

空母が艦砲射撃で撃沈されたケースを過去に求めるならば、一九四四年一〇月二五日のレイテ沖海戦において、日本の軽空母〈千代田《ちよだ》〉が重巡〈ウイチタ〉〈ニューオリンズ〉に屠《ほふ》られた前例があるが、やはり極めて珍しい戦果と言えるだろう……。

空母〈広東〉の艦尾は、それから二時間も未練がましく海面に縋《すが》りついていたが、やがて浮力を喪失《そうしつ》し、巨軀《きょく》を波間に消していった。

ここに原子力空母は沈んだ。補給艦〈査干湖《ジャーガンフー》〉に救助されたのは二四一名のみだ。九割以上の乗組員がフネと一緒に印度洋に沈んだことになる。

航行不能となった〈長歌《チャンゲー》〉を放置し、まだ動ける駆逐艦〈西岐《シーキー》〉と艦隊を組み、這々《ほうほう》の体《てい》でスリランカのハンバントタ港を目指した〈査干湖〉だが、そこでも非情な現実が待ち受けていた。

　港湾施設建造費の債務放棄と引き換えに、九九年の運営権を獲得したハンバントタ港であったが、スリランカ陸軍は同港の管轄権を武力で奪い、寄港も上陸も拒絶する旨《むね》を通達してきたのだ。

　敗戦が決まった中華人民共和国の味方など、もはやできないと……。

第二章　提督、核と対峙す

――二〇三X年二月四日

1　会議は踊る

「だから聞いているんだよ！　俺たちは誰に襲われたのだ!?」

怒鳴り声を室内に響かせたのは石金山《シージンシャン》海軍上将であった。昨年から北海艦隊司令員の任に就いている男である。

「あれから七二時間も経過しているのだぞ。中国海軍を破滅に追い込んだ犯人の名前すら特定できないとは、いったいどういうことだ！」

男にしては妙にかん高い声で、本当に耳障《みみざわ》りだ。発言内容も愚痴にすぎない。こんな奴が司令員とはな。北海艦隊の参謀たちも苦労させられたに違いあるまいよ……。

南海艦隊司令員の洪宇航《ホンユーハン》上将は口を閉じ、石の発言を聞き流すだけだった。

自分の陣営に招いておいて主導権が取れないのは忌々《いまいま》しいが、彼の手元にも自慢できるような戦力は残されていないのだから仕方がない。

「美国《アメリカ》か英国《イギリス》か小日本《シャオリーベン》か？　はたまた印度《インド》か俄羅斯《ロシア》か？　韓国か朝鮮か？　あるいはそれら全部かもな」

捨《す》て鉢《ばち》の態度を崩《くず》さずに言ったのは劉勝利《リウシエンリー》上将だった。東海艦隊司令員であり、寧波《ニンポー》から今朝到着したばかりだ。休憩を取っていないのか、目の周りに浮かぶどす黒い隈《くま》が痛々しかった。

北海、東海、南海の艦隊司令員が集《つど》ったのは海南島《ハイナンタオ》の三亜《サンヤー》海軍基地だった。その避難所《シェルター》に設けられた仮設戦略指揮本部に集合せよとの命令が下ったのは、昨夜のことである。

洪は、この施設が地下に位置している事実に安堵《あんど》していた。地上であれば、撃破された〈山東《シャントン》〉〈福建《フーチエン》〉の無様《ぶざま》なありさまを披露しなければならなかった。二隻の空母は形ばかりの救助活動を終えたあと、放置されていたのだ。

「西洋列強の対中侵攻史をひもとけばわかるが、彼らは常に連合軍で攻め寄せてきている。劉上将の言葉は真実かもしれぬな」

洪はそう言ったあと、人民解放軍海軍司令員に水を向けた。

「周《シュウ》上将の思慮をお聞かせ願いたい。我らは誰に反撃の槍を突き立てるべきか？」

その場に居合わせた唯一の女——周詩夏《シーシー》上将は、やがて重い口を開くのだった。

「なんという残酷な質問でしょう。自分はその正答を持ち合わせていません」

「なんという事務的な返答だ。名目上とはいえ、中国海軍のトップに座った人物の言葉としては不適格そのものではないか」

石上将が横から口を挟んだ。

「大人げないぞ！　余所者《よそもの》を責めても仕方ないだろう！」

周は中国海警局の出自であり、生粋《きっすい》の海軍軍人である三名からすれば外様《とざま》だった。本来なら認めたくない上司だが、国家主席代行の肝《きも》いり人事であれば無視もできない。彼女もまた無茶な組織改編の犠牲者であることは事実なのだから。

「それに反撃の槍だと？　洪上将、どこにそんな戦力が残っているんだ？　艦隊は全滅にも等しい打撃を受け、出撃中の潜水艦も次々に消息を絶っているじゃないか！　やられたのは軍港だけではない。湾港設備に各種ドック、滑走路、地下燃料集積所がことごとく破壊されてしまったんだぞ！」

疲れ切った声で劉上将が続いた。

「我らは台湾強襲を重視するあまり、防御と警戒を軽視しすぎた。信じられぬことに弾道《B》弾早期警戒システム《MEWS》さえ自力開発できなかった。俄罗斯《ロシア》から供与を受け恰好をつけようとしたが、乌克兰《ウクライナ》戦争の結果、それもなし崩しになった。核戦争の対応すらいい加減だったのだ。通常攻撃の備えができているはずもない……」

重苦しい沈黙が流れ始めた直後、壁面のモニターが切り替わった。現れたのは、本来ならこの場に来なければならない死刑執行人であった。

『諸将に告げる。遠路遥々《はるばる》、本当にご苦労であった。各艦隊が苦境に置かれている現在、集合だけでもひと苦労であったはず。逃亡や亡命も頭をかすめたであろうに、ここに到着しただけで党への忠誠心は満点だと認めよう』

史天佑《シィチンヨウ》の発言は丁寧ながらも、剃刀《かみそり》のような鋭さもかい間見せていた。生殺与奪の権利を握る相手へと、洪は抱えた質問をぶつけるのだった。

「同志国家主席代行にお訊《たず》ねしたい。いま、どちらにいらっしゃるのでしょう？　そして、この回線は安全でしょうか？」

『居場所は教えられないが、諸将が詰めた海南島からそれほど遠くないとだけ伝えておく。また盗聴の可能性は皆無である。この回線はワグネルCN《チャイナ》が撤退する前に敷設したもので、存在自体が知られていない。もちろん、私も諸将と直接会って話をしたいが、中央軍事委員会を筆頭に出席しなければならない网络会議《ウェブ》が多すぎ、どうにもならぬ状況だ。許してもらいたい』

石上将が早口で質問を口にした。

「とにかく上からも下からも情報が回って来ないんです！　いったい俺たちは誰と戦えばいいのですか？」

数秒間だけ沈黙したあと、史はこう返した。

『恐らくだが、その問いに答えてくれる奴の会見が始まる。映像を切り替えよう』

すぐさま画面が分割され、世界中で知らぬ者などひとりもいない有名人の姿が映った。

史上最高齢で合衆国の王座を死守した男、ダニエル・エスポジート大統領である。

ただし、健康体というわけではなさそうだ。車椅子《くるまいす》に座り、鼻カニューレと呼ばれる酸素チューブを口の上につけているのが痛々しかった。

表情を歪《ゆが》めつつも、大統領は姿勢を正し、こう語り始めた――。

＊

『……合衆国市民の皆さま、そして自由主義陣営の国民の皆さまに対し、私ことアメリカ大統領ダニエル・エスポジートは重大な事実をお伝えしなければなりません。どうか家族や友人、上司や部下、先輩や後輩など、知り得るかぎりのすべての知人に声をかけてください。ひとりでも多くのかたが放送を視聴することを期待します。

アメリカ合衆国は七二時間前、中華人民共和国の人民解放軍に対し戦端を開きました。紛争や特別軍事作戦といった陳腐《ちんぷ》な単語でごまかす意図はさらさらありません。これは文字どおり〝戦争〟なのです。合衆国は戦闘状態に突入しました。

アメリカだけではありません。我らの強力な同盟国、つまりイギリスと日本もまた開戦と同時に参戦していることを、ここに公表します。

宣戦布告なき開戦に国際世論は合衆国を非難するでしょう。特にイギリスの仲介で和睦《わぼく》の兆《きざ》しが見えてきたいま、真逆の行動に走ったことで、私の支持率は急降下するかもしれません。

しかしながら、この状況下でこそ発しなければならないフレーズがあります。

リメンバー・パールハーバー！

そうです。真珠湾の惨劇を決して忘れてはなりません。敬愛する副大統領であったマリカルメン・ベタンクールを殺害した連中を放置するなど、絶対に許されないのです。

最初に刃《やいば》を振るうのはこちらでも、我らをそうした状況まで追い詰めたのは中国である事実を心に留《とど》めて戴《いただ》きたい。ただし、単なる復讐《ふくしゅう》戦ではありません。我らには戦闘行動に踏み切らざるを得ない理由があったのです。

北京《ベイジン》政府は二月中旬を期して台湾全土侵攻をスタートする計画でした。

我々は、ありとあらゆる手段で平和的解決を模索しましたが、物理的に敵の戦力を排除する以外に台湾の安全を確保できないという結論に到りました。台湾関係法という法律が存在する以上、合衆国には座視するという選択肢はありません。

二〇〇一年九月一一日——全米を震撼させた同時多発テロ事件の後始末として、我が国はアフガニスタン討伐を敢行しました。その最終的な結果は必ずしも望み得る最良の形とはなりませんでしたが、今回は違います。

合衆国は攻撃を完璧に成功させたことを、ここに宣言します。

米英日で合計一三隻の空母打撃群から出撃した攻撃隊は、北海・東海・南海艦隊の中国海軍基地を襲撃し、空母四隻、強襲揚陸艦一六隻、ミサイル駆逐艦四一隻、フリゲート艦二九隻を撃沈破する大戦果をあげたのです。

その代価として支払った損害ですが、ほぼ皆無です。着艦事故で艦載機を三機失ったとの報告を受けていますが、反撃で撃墜された機体はなく、損傷した艦船もありません。

当然、反撃を覚悟したのですが、中国は空襲から三日が経過した現在においても、どこから攻撃を受けたのかもわからず、右往左往している状況です。敵とはいえ、無様《ぶざま》すぎる現状には逆に哀れみすら感じます。

北京政府に申しあげる。中国海軍を壊滅状態に追い込んだのは合衆国だ。

正確にはトリプルA同盟――すなわちアングロ・アキツシマ・アメリカ・アライアンスを構成する三カ国の合同艦隊が青島《チンタオ》、寧波《ニンポー》、湛江《チャンジアン》を空爆したのだ。

ここで明言しておきたい。戦争に突入したのは米英日のみ。他の国家も組織も、これに加担してはいない。

ロシア、インド、スリランカ、マレーシア、ベトナム、フィリピン、オーストラリア、ニュージーランド、韓国、そして台湾は一切無関係だ。これらの国家を攻撃し、敵を増やすような真似は慎《つつし》むべきであろう。

また、もうひとつ強調させてもらう。今回の軍事行動は海軍のみで実施し、攻撃対象もあえて海軍施設に限定した。これは一般市民の犠牲を最小限に食い止めると同時に、中国政府のプライドを考慮しての選択でもある。

その気になれば、陸軍および空軍の基地も同時に壊滅させられたが、意図的に回避させてもらった。特に空軍およびロケット軍の戦力には無視できないものがあるが、これらを掃滅すると、全面核戦争——最終戦争《アーマゲドン》を現出する可能性も高いからだ。

中国人民解放軍には反撃の能力も意思もあるだろう。しかし、忠告しておきたい。我らは海軍艦艇、つまり職業軍人のみを排除対象として作戦を敢行した。そちらが軍艦や基地以外を標的にした場合、こう解釈させてもらう。

中国共産党による組織的なテロ活動であると。

ウクライナ戦争の結末を思い出すがよかろう。全世界からテロ国家と見なされたロシアは没落を極《きわ》め、国民の三割は国を捨て難民となる道を選んでしまったではないか。現実を認めずに破滅に突き進んだ悪《あ》しき例を踏襲するのは利口ではあるまい。

提案しよう。トリプルA同盟は、今後一切、中国本土および軍事施設に対する攻撃を実施しない。だから、そちらも一切の反撃を放棄したまえ。今回の被害を増長と傲慢《ごうまん》の懲罰《ちょうばつ》だとして受け入れるのであれば、近い将来、再び手を携《たずさ》えて栄える日もあろう。

もちろん、拒絶する自由も存在するが、米英日は中国人民解放軍の反撃に対し、完璧な防御戦闘を展開できる。すべての攻撃は徒労に帰するだけだ。

史天佑《シィチンヨウ》国家主席に申しあげよう。警告はした。ボールはそちらにある。取りあえず、生を選ぶか、確実な破滅を選ぶかはそちら次第である。

合衆国と自由主義陣営に神の御加護があらんことを……』

＊

エスポジート大統領はやつれた様子だったが、舌鋒《ぜっぽう》は鋭かった。放送が終わったあとでさえ、洪宇航《ホンユーハン》上将は迫力に気圧《けお》され、言葉を失ったほどだ。

真っ先に反応したのは瞬間湯沸かし器の異名を取る石金山《シージンシャン》上将であった。

「上等だ！　夏威夷《ハワイ》と关岛《グアム》、圣地亚哥《サンディエゴ》を核攻撃してやる！　俺たちが味わった惨禍《さんか》を千倍万倍にして返してやる！」

血気盛んな石に、南極の冷気を想起させる声が飛んだ。

『その具体的手段が海軍に残されているのか？』

史《シィ》の指摘に、石も洪も押し黙るしかなかった。冷静さが売りの海軍司令員の周詩夏《シュウシーシ》上将が早口で解説する。

「我々は一一隻の戦略ミサイル原潜を保有しています。正確には、七二時間前までは確実に保有していいいいました」

『原潜の現状について正確な内訳は？』

「ドック入りしていた二隻の〇九四型が空爆で破壊されました。残る六隻の〇九四型と、三隻の新鋭艦〇九六型は一月二〇日までに出撃を終えていますが、生存確認が取れておりません……」

劉勝利《リウシエンリー》上将が不機嫌な調子で言った。

「武威とはいえ、やはり真珠湾に模擬弾を撃ったのは失策だった。あれで〈長征《チアンヂアン》25号〉が拿捕《だほ》され、隅から隅まで検分が行われたのだ。音紋を採取されれば、位置はすぐ露呈してしまう。私の記憶が確かならば、〈長征25号〉は北海艦隊に帰属していたな」

すぐに石は嚙《か》みつくように叫んだ。

「俺の所轄《しょかつ》だからと俺のせいだと言いたいのか！　この断袖《トゥアンシュウ》野郎！」

それは男色家を指す侮蔑語《ぶべつご》である。劉は少年愛に傾倒中であり、部下に対するセクハラは公然の秘密であった。彼は自虐《じぎゃく》的に言い返した。

「事実の指摘で感情を揺さぶられるのは人間ができていない証拠だな。貴様に沈黙を課すには、私と同様に袖の下が効果的かもな」

劉上将が無類の賄賂《わいろ》好きなのも中国海軍では公然の秘密だ。東海艦隊で艦長になるためには家一件分の賂《まいない》が必要だと囁《ささや》かれていた。

このままでは殴《なぐ》り合いになりかねない。洪はあえて口を挟んだ。

「上層部が敵を間違えるのは人民解放軍海軍にとって悲劇そのものだ。憎しみは海の彼方《かなた》へ向けなければならない。傲慢《ごうまん》な大統領の言い分を聞いたであろう。拳击《ボクシング》に喩《たと》えるならば、試合が始まる前にいきなり殴りつけ、勝手に舞台《リング》を降り、これで納得しろと命じているも同然ではないか。

同志国家主席代行。よもやここで鉾《ほこ》を収めるような真似はなさいますまいな？　それは中国共産党の崩壊に直結します。人民は絶対に納得しませんから」

全員の視線が史天佑《チンヨウ》が映る画面へと向けられた。無表情を極めたまま、国家主席代行はこう告げたのだった。

『中国は復讐の権利と手段を有する。すでに火箭軍《ロケット》には即時報復態勢を命じた。どこを叩くかは、二人目の怨敵の言い分を聞いてからでも遅くはないだろう』

モニターは再分割され、白人の中年女性が登場した。険しい顔をしてはいるが、こちらも知らない者のほうが少数派の政治家であった——。

＊

『……イギリス国民の皆さまに、ご報告申しあげます。

首相という重責を担う私――すなわちフィンリー・トーマ・シンプソンは、大英帝国《グレートブリテン》が中国と交戦状態にあることを宣言します。

先ほどアメリカ大統領エスポジート氏が発した声明には、誇張も嘘もありません。我が王立海軍は二隻の空母を緒戦に投入し、奇襲攻撃を成功させたのです。

アヘン戦争やアロー戦争といったベストとは言えない過去の行動をトレスするかのような決断に到ったのは、実に慚愧《ざんき》の極みではあります。しかしながら、ウクライナという最悪の前例が教えてくれるように、静観が許される状況ではありませんでした。

真珠湾におけるベタンクール副大統領の爆殺事件以来、緊張の度合を増す米中の仲介に、イギリスは尽力して参りました。それと真逆の行動に突き進む選択を非難する声は、当然あがるでしょう。

ですが！　ここで私は強調しておきたい。和睦に向けての建設的な会話のすべてを拒絶したのは北京政府であると。

中国が求めていたのは、妥協点《だきょうてん》の発見ではなく、服従のみでした。ひたすら拿捕《だほ》された原潜と乗組員の返還ばかり要求し、真珠湾に撃ち込んだミサイルに関しては、やれ花火だ模擬弾だと聞くに堪《た》えない戯言《たわごと》を繰り返すばかりでした。謝罪の言葉などなにひとつなく、説明も二転三転したのです。

彼らに謝罪イコール敗北という文化があるのは承知していますが、本当の狙いは透《す》けて見えていました。台湾侵略のための時間稼ぎです。最初から事を共に語るに足る相手ではありませんでした。

結果的に中国の油断を誘う形にはなりましたが、兵は詭道《きどう》なりと申します。騙《だま》そうとした相手を騙しただけ。二枚舌の誹《そし》りを甘受する必要などありません。

しかし、政治的判断には結果責任が伴います。中国人民解放軍が復讐のため、イギリスの国土や国民を害そうと欲するのは自然の流れかもしれません。

これだけは保証します。彼らがどのような野望を抱こうとも、イギリスには万全の備えがあります。政府も、そして国王陛下《へいか》もロンドンを離れることはありません。

神よ、王を守りたまえ《ゴッド・セーブ・ザ・キング》……』

*

「倫敦《ロンドン》を核攻撃しろ！」

石上将《シー》が癇癪玉《かんしゃくだま》を破裂させて叫んだ。

「英国にも第五列は入り込んでいるはずだ。連中に命じて破壊活動に打って出るべし！」

第五列とは潜入工作員の別称である。日米英など主要国のすべてに紛《まぎ》れ込み、一般市民として生活をしているが、一朝有事の場合はテロ行為に勤《いそ》しむという寸法だ。

細く長いため息をついてから、劉《リウ》上将がこう話した。

「火箭軍《ロケット》のＤＦ－31級か、より大型の大陸弾道弾を使えば英国全土が射程に入る。だが、それをやると絶滅戦争を覚悟しなければならない。我々とて北京を吹き飛ばされたわけではないのだから」

「貴様は初代国家主席であった毛沢東《マオツォートン》のお言葉を忘れたのか。全面核戦争で人類の半分が死滅しても中国は数億人が生き残る。つまりは勝利できると仰《おっしゃ》ったのぞ。このままでは人民解放軍の沽券《こけん》にかかわる！」

ふたりを牽制《けんせい》するかのように洪《ホン》は言った。

「英国を撃つなら倫敦ではなく朴次茅斯《ポーツマス》だろう。海軍基地がある重要拠点だ。首都を蒸発させれば交渉相手がいなくなって困るしな。周《シュウ》司令員にお訊ねしたい。海軍が戦闘能力を全損している現状では、すみやかなる反撃は陸軍、空軍、火箭軍に依存する形になるが、協力は得られるだろうか？」

周詩夏《シーシ》は押し黙ったが、やがて重い口を開いた。

「海軍の窮状は、もう全軍が知るところです。救援の申し出も複数届いていますが、内心はまるで面白がっているかのようでした……」

舌打ちをしてから石上将が話した。

「ありそうな話だぜ。陸軍は海軍のことを下部組織にしか思っていないし、空軍は航空機の取り合い、火箭軍はミサイルの奪い合いで対立する間柄だしな。人民解放軍とひとくくりにしているが、実情はバラバラの別組織だと考えたほうが無難だ」

劉上将も重苦しい声で、こう指摘した。

「内なる敵に頭を下げて、復讐に力を貸してくれと懇願しなければならないとはな。結局、艦隊を急拡大したのは獲物《えもの》を増やしただけに終わったのか……」

そのとき、画面の向こうにいる史天佑《シィチンヨウ》が大声で宣言した。

『頭など下げる必要はない。すでに火箭軍に対し、反撃準備着手を命じた』

驚くほどの淀《よど》みなさで史は続けた。

「人民解放軍に求められるのは国土の安寧だ。そのためには矜恃《きょうじ》など捨て、実利を求めなければならない。攻撃対象はその観点から選定した。

英国は遠すぎる。軍事基地を叩いても脅威対象の削減には繋がらない。美国《アメリカ》の軍事基地を攻めたいが、報復攻撃は国民が辛抱《しんぼう》できる範囲を超えてしまう。

ここは日本を討つべきである。前線基地があり、それでいて歴史的な象徴たりえる場所を攻めてこそ、真の報復となりうるのだから」

生唾《なまつば》を呑《の》み込んでから洪は訊ねた。

「それで……標的はどこなのでしょうか？」

『広島および長崎』

居合わせた海軍上将たちは息を呑んだ。起死回生の一手と確信したからだが、数分後に開始された日本国総理大臣の演説で、その思いは脆《もろ》くも崩れ去ったのである……。

2　首相会見

――同日、午前九時（日本時間）

『……日本国民の皆さまに謹《つつし》んで申しあげます。

現在、我が国は中国との実質的な戦闘状態に置かれております。合衆国およびイギリス政府の正式発表は事実であり、虚偽や誇張はまったくございません。

軍事機密に触れる点も多く、公《おおやけ》にできないのがもどかしいのですが、我が国土と財産に対する直接的な脅威、すなわち中国海軍に再起不能な打撃を与えたことは確実です。歴史に準《なぞら》えるのであれば、真珠湾攻撃とマレー沖海戦を合算した以上の戦果を獲得したと評価できましょう。

また、今回の軍事行動はすべて法に則《のっと》ったものであります。私は一月三一日の時点で、存在危機事態と判定し、防衛出動を指示していました。ここに個別的自衛権の発動が可能となり、日米安保に基づいた共同作戦が実施されたわけです。

先制攻撃を仕掛けた事実は認めますが、これは自衛戦争であり、国民の生命および財産を守るためには、他に選択肢などありませんでした。

攻撃は軍事施設に限定していることは言うまでもありません。どの基地を攻撃したかは明言できませんが、大いなる成功を収めたとだけ申しあげておきます。

短期決戦、そして早期和平。

それが今回の軍事行動の肝《きも》でありました。決戦は実に短期間で終結しましたが、和平は相手の出方次第です。ここで銃を置くことが双方にとってベターな未来を呼ぶはず。私はそう確信しており、米英と連携して停戦および終戦の道を探っております。

しかし、復讐という感情から己《おのれ》を解き放つのは非常に難しいことであり、中国首脳部が受諾するかは計算できません。彼らは〝核〟という手段を保有している現実があります。

中国人民解放軍ロケット軍は、核弾頭搭載型の中距離弾道弾を配備ずみで、その照準は数十年前から日本の大都市へと向けられております。

そして――ここで大変憂慮すべき情報をお伝えしなければなりません。

イギリス経由の信頼に足る諜報員からの通達によれば、中国は日本の二都市をミサイル攻撃する意思を固めたようです。

それは広島と長崎であります。

真実だとすれば、神をも恐れぬ所業と言わざるを得ません。あの平和な二つの街が一度ならず二度までも核によって破壊されるようなことは、絶対あってはならないのです。もちろん、対応策は準備しております。

私はここに〝D計画〟の発動を宣言します。

Dとはドッジ《Dodge》――つまり回避を意味します。実はこんなこともあろうかと、政府与党は大規模な脱出計画を策定ずみなのです。

一一九万の広島市民と四二万の長崎市民の皆さまにお伝えします。マイナンバーと紐付《ひもづ》けられている電子端末をご確認ください。一時間後から本格始動する退避プランの詳細が表示されています。集合場所は徒歩一〇分圏内に指定されているはずです。

撤収は鉄道とバス輸送を活用し、完了までに約一八時間を予定しております。なお交通渋滞を回避するため、自家用車での退避は厳禁です。

電子端末が手近にない方は、各種公共機関を利用し、広島駅もしくは長崎駅にお急ぎください。新幹線にて安全な場所までお送りします。

現場の管理監督は陸上自衛隊および県警が行います。どうか秩序を維持し、スムーズに退避が行われるよう、ご協力を願います。

そして、国民の皆さまにお詫びしなければなりません。開戦は今も昔も、一部の政治家がやむを得ないのひと言で決めてしまいます。その結果として、守るべき国民が血と汗を流すのでは、まさに本末転倒も甚《はなは》だしいと評せましょう。

しかしながら、行動せぬことで生じるリスクは、行動した結果として生じるリスクより遙かに重大なのは歴史が証明しています。

今回も袖手傍観《しゅうしゅぼうかん》していれば、国土と国民の破滅は火を見るより明らかでした。苦渋《くじゅう》の選択ではありましたが、私は起つことを決断したのです。

そして……これは現代の日本人には不可能な選択だったはず。実際に死線を潜《くぐ》り抜けた私にしかできない判断でした。それに付随する非難は為政者の宿命として甘受するつもりです。

ただし、これだけは申しあげておきます。私こと山本《やまもと》……三七十《みなと》は、戦線後方の安全な場所にて采配《さいはい》を振るったりはしません。常在戦場を実演して御覧に入れます。

会見は以上です。これより閣僚会議に入ります。委細は官房長官から報告があるでしょう。それでは！』

モニター越しではあったが、山本2佐の表情は自信に満ちているように感じられた。

ほぼ一世紀ぶりの開戦という異常事態に巻き込まれた蜂野洲弥生《はちのすやよい》は、不安と緊張、そして興奮で身が火照《ほて》るのを禁じ得なかったが、上役の落ち着き払った態度を目にし、冷静さを取り戻しつつあった。

山本三七十は、首相官邸の会見場から小走りで戻ってきた。実年齢は三九歳だが、それよりずっと若々しく思える。真冬だというのに、額に汗までかいていた。

第二公設秘書の笠松絹美《かさまつきぬみ》が、すかさずタオルを手渡す。

「艦長。素晴らしい演説でした。きっと国民も一定の理解を示してくれるでしょう」

彼女は徹頭徹尾、山本2佐のことを艦長と呼び続けていた。総理も別に咎《とが》め立てしたりもせず、それを受け入れていた。顔を拭《ぬぐ》いながら、山本2佐は言う。

「プロンプターという最先端技術は実に画期的だな。原稿を読んでいるだけなのに、聴衆には暗記しているかのように見えるのだろう。これさえあれば、優秀な政治家らしく印象づけられるじゃないか」

弥生は、すぐに応じた。

「半世紀以上の歴史があるシステムです。視聴者にもカラクリが知られているため、その神通力もかなり薄れています。政治家ならプロンプターなしで、自分の言葉で話せと批判する記者も多いのです」

「それじゃ弁論が不得手な奴は為政者になれないじゃないか。昔、ドイツに演説が巧《たく》みなだけで天下を獲《と》った男もいたことを令和のブン屋は忘れてしまったのかね。まあ、演説の大半を君に書いてもらった僕が言えた義理じゃないが」

「手渡した原稿は三倍はあったはずですが、手際よく纏《まと》められましたね」

「あれより短くすると意味が通らなくなるからね。恐慌を食い止められるのは、嘘のない情報のみ。それも短ければ短いほどいい。君を第一公設秘書にしてよかったな。切り取りやすい文章には感服したよ」

笠松がタオルを受け取ってから言う。

「D計画を公表したのは大正解でした。場当たり的なものではなく、以前から立案されていた事実を知れば、大衆も安堵するでしょう」

指定された都市から二四時間以内にすべての住民を脱出させるドッジ計画だが、策定のきっかけとなったのは東日本大震災の福島原発事故だった。

関東一帯の全市民を強制避難させる計画が俎上《そじょう》に上り、幸いにもそのときは実行に踏み切らずにすんだが、同様の事故や事変が起こらないと誰が断言できるだろう。万一の場合が想定され、研究と検討は継続されていたのだった。

それでも発動は今回が初である。弥生は悲観的な思いを拭い切れなかった。

「量子AIの計算では楽観視できない数字が算出されています。脱出には三二時間が必要とされ、百名単位の負傷者も覚悟すべきだと」

「ガダルカナル島から一万人の将兵を撤退させたことに比べれば楽な話だよ。人智を尽くして天命を待とうじゃないか。そうして人っ子ひとりいなくなった街を中華製の核爆弾が襲う。なんとも超現実的な光景だね」

笠松が太った体を揺らしながら、なにかに気づいたかのように早口でしゃべった。

「無人であるとわかりきった場所に攻撃などしない。軍事上の鉄則ですね。まさか艦長はそれを狙って広島と長崎だと……」

唇の端だけで笑ってから、山本2佐は続けた。

「御名答。イギリスから諜報員情報なんか届いちゃいないよ。あれはハッタリさ。正確には消去法から導き出した推測だね」

弥生は抱いた疑念を口にするのだった。

「推測で被爆都市を指定されたのですか!?」

「そう怖い顔をしないでおくれよ。こう見えても僕の勘は計算づくだから、よくあたるぞ。中国人はいきなり帝都東京を吹き飛ばしたりはしない。僕が死んだら降伏勧告ができなくなるし、こっちが海軍基地を痛打した以上、復讐《ふくしゅう》を考えるのなら、やはり鎮守府を狙うのが筋というものさ。

つまりは呉《くれ》、佐世保《させぼ》、舞鶴《まいづる》、横須賀《よこすか》が標的たる資格を得よう。その中でも象徴的な広島と長崎を打擲《ちょうちゃく》すれば、全世界への心理的痛手となる。首都に近い横須賀の可能性も捨てきれないが、そこは僕の博才に賭けてもらうしかない。

こっちは広島と長崎を空城とした。これで市街は安全だ。誰もいなくなった街を核攻撃しても弾頭を無駄にするだけだからね。これで弾道ミサイルを誘導できる。誘導ができれば迎撃もできるという案配さ」

戦時下という混乱した状況で、先の先まで読んでいる。この人物は本当に令和を生きる昭和の男かもしれない。弥生がそう直感したとき、笠松がμパッドを見せながら言った。

「最新の世論調査の数字が出ました。内閣支持率は七二パーセント。D計画の発動に賛成すると答えたひとは八五パーセントを超えています」

ほうと感嘆した声を漏《も》らしてから、山本2佐は頰《ほお》の裂傷をさすりながら続けた。

「悪くはないが、もう少し高いかと期待していたのにな。まあ、あまり贅沢《ぜいたく》は言うまいよ。これで安心して古巣に戻れる」

3　弾道弾迎撃戦

——同日、午後一時（日本時間）

開戦後三日で山本三七十総理が下した決断は、結果的には福音《ふくいん》をもたらした。

中国人民解放軍ロケット軍は、呉と佐世保を標的に噴進弾を集中発射し、これら軍港の破壊を目論《もくろ》んだのである。

用いられたのは準中距離弾道弾のDF－21であった。量産が始まって四〇年以上が経過したオールド・タイマーだが、信頼度は高い。

中国は極超音速滑空弾《HGV》や極超音速巡航ミサイル《HCM》の実戦配備も進めていた。速度がマッハ五から一〇に達し、迎撃不可能とまで喧伝《けんでん》されているが、数を揃えるには至っていなかった。ロケット軍は、毎年のように幹部が逮捕や追放されている点からもわかるように、腐敗が酷《ひど》く硬直化が進んでいた。新兵器の配備はすべて遅れがちだったのだ。

ＤＦ－21は即応態勢が敷かれていた。すでに日本の原子力発電所へ照準が定められており、一五分で初期準備は完了する。

ミサイル格納庫《サイロ》が設けられている遼寧省《りょうねい》と江蘇省《こうそ》の発射基地に攻撃命令が下されたのは、日本時間の二月四日午前十一時頃だったらしい。

ただ、史天佑《シィチンヨウ》国家主席代行の真の狙いがどこにあったかまではわからない。当初は広島市および長崎市への限定核攻撃が手配されていたが、山本総理の記者会見後に目標を呉と佐世保に変更したとの未確認情報も存在する。

ともあれ、最終的な標的はこの二都市に決定した。格納庫だけでなく、トレーラー型の移動式発射装置も含めると、実に六九基のＤＦ－21が日本本土へと飛来した。

そのうち二一発が対艦攻撃用のＤＦ－21Ｄであった。

いわゆる〝空母キラー〟である。ここで実績をあげ、アメリカ海軍の原子力空母を討ち取る野心を抱いていたのだろうが、それを水泡に帰す自衛艦が、呉にはいたのだった……。

山本三七十は政府専用機にて広島空港へと急ぎ、そこから陸上自衛隊のＶ－22〝オスプレイ″に乗り換え、呉入りを果たしていた。

出向いた先は呉市海軍歴史博物館――いわゆる戦艦ミュージアムである。他の公共施設と同様、さすがに今朝から臨時閉館しており、客はいない。

この街には海上自衛隊の様々な施設が点在しているが、山本2佐は意識的にそれを避けていた。もう自衛官ではないという理由だったが、民間施設のほうが攻撃対象に選ばれる可能性が低いからかもしれない。

同行していた蜂野洲弥生は、そんな想像を巡《めぐ》らしつつ、第一公設秘書として総理の後ろを歩いていた。

呉まで同行したのは彼女と笠松、そして警備要員が七名のみ。官房長官をはじめとする閣僚たちは東京に残留していた。政府機能が全滅する愚は避けなければならないからだ。

山本2佐は、戦艦ミュージアムの玄関に展示されている〈陸奥《むつ》〉の主砲身や主舵に目を細め、館内に展示されている五分の一サイズの戦艦〈大和〉の模型に感嘆の声をあげてから七階の会議室に入ると、窓外を見やった。

「こいつは特等席だな。見たまえ。自衛艦隊が一望できるぞ。連合艦隊は一度《ひとたび》滅したそうだが、見事に再生したわけだ」

彼はそう言うと、おもむろにμグラスを装着した。弥生もそれに倣《なら》う。居並ぶ護衛艦に重なるように艦名など付随情報が表示されていく。

「艦長。ここに〈みょうけん〉がいないのは少し寂《さび》しいですね」

笠松の台詞《セリフ》に、山本2佐は苦笑《にがわら》いを浮かべて反応した。

「あのフネには詳《くわ》しくないというか、どうにも記憶が薄くてね。ハワイ沖ではよくやってくれたから感謝状を贈らないとな。ともあれ、現在の呉に必要なのはイージスシステムと連携できる対空艦だ。いまはあの巨艦さえいてくれれば、それでいいさ」

指差す先には異形《いぎょう》を極めたシルエットが浮いていた。

甲板上に目立つ構造物は存在しない。艦首部分にドーム状の艦橋があり、中央の両舷に小型の煙突が見え隠れしているだけだ。旧来の護衛艦との類似点は艦尾側のヘリコプター甲板だけである。巨大なのは一目瞭然だが、遠方からはタンカーにしか思えなかった。

だが、μグラスはすかさず情報をレンズ越しに提示してくれた。

SAS－01〈YAMATO〉と……。

それは海上自衛隊が建造した超大型護衛艦スーパー・アーセナル・シップ〈やまと〉である。

日本語に訳せば〝超武器庫艦〟となるこの艦《フネ》だが、外見からはおよそ艨艟《もうどう》の資格などなさそうに思える。

似た形状の自衛艦を探すなら、二〇二九年度計画で完成した〈さろま〉が近いが、それもそのはずである。その新型高速輸送艦は〈やまと〉のテストヘッドでもあったのだ。

かつて帝国海軍は大和型戦艦を設計するにあたり、高速戦艦〈比叡《ひえい》〉の改装を叩き台としたが、同じことが二一世紀に繰り返されたわけである。

海上自衛隊では自粛《じしゅく》されてきた〈やまと〉という名だが、その封印を破るには相応《ふさわ》しい図体と戦力をあわせ持つ護衛艦であった。

全長二九二メートルと先代の〈大和〉より長大だが、満水排水量は五万八〇〇〇トンとやや控えめの数字となっている。最大速力は二二ノットと遅いが、実質的には洋上砲台であるため、瑕疵《かし》とはならない。完全自動化が進み、乗組員はわずかに九九名だ。

特筆すべきは各種ミサイルを収納する垂直発射装置《VLS》であろう。

その数、実に六五〇基！

ベテランの域に入った〈まや〉〈あたご〉といったイージス艦は九六基、そして最新鋭の〈ふそう〉〈やましろ〉でさえ一二八基なのだから、どれだけ破格の数字かが理解できるというものだ。

今回、垂直発射装置はＳＭ‐３ブロックⅡＣが満載状態であった。世界でも最高の命中率を誇る弾道弾迎撃ミサイルである。

発射管制には長距離識別レーダーが必須《ひっす》だが、〈やまと〉には搭載されていない。舞鶴に設置した地上型ＳＰＹ‐７レーダーか、または他のイージス艦からのデータを頂戴《ちょうだい》して攻撃を開始する仕組みだ。

宇宙空間から飛来する敵弾を打ち据えるべく、〈やまと〉は鏃《やじり》を研《と》ぎ澄まし、初陣《ういじん》の瞬間を待ち構えていた……。


「艦長。中国軍がいつ動くかはわかりません。ここはひとまず第四護衛艦隊群の司令本部へと向かい、情報収集にあたるのが適切では？」

笠松の進言を山本２佐は拒絶するのだった。

「在日米軍経由の情報によれば、遼寧の各ミサイル発射基地は人員の往来が激しくなっているらしい。必ず来るさ。僕の演説でいろいろと段取りがチグハグになったはずだ。その埋め合わせには速攻を採用するしかないからね」

次に弥生が率直な疑問を口にした。

「自衛隊は敵基地攻撃能力を保有して久しいのです。相手が撃ってくるのがわかりきっているのですから、先にこれを叩くという選択肢はなかったのでしょうか？」

それに答えたのは笠松だった。

「発射拠点はある程度まで絞《しぼ》れるけれども、サイロはともかく移動式発射装置のすべてを潰すのは無理。そして、軍港以外を攻撃したならば、中国にも日本本土の無差別爆撃を許す口実を与えてしまう」

すかさず山本2佐が補完するかのように告げた。

「先にぶん殴ったのはこちらだが、反撃をさせて、いわゆる〝後《ご》の先《せん》〟を取り、反抗に意味などないと理解させたほうが得策。ハルゼー副大統領やシンプソン首相も同様の考えだ。その矛先《ほこさき》を一身に受け止めるのが日本なのは不条理だが、戦争とは不条理なものだしな」

山本2佐が肩を竦《すく》めた直後、急報が飛び込んできた。彼のμグラスが強制着信モードに切り替わった。ボリュームが大きめだったせいか、音声が漏れ伝わってきた。

『第四護衛艦隊群司令の八重蓮也《やえれんや》海将補です。山本総理、極めて残念ですが、中国本土に複数の発射反応を確認しました。在日および在韓米軍からも同様の通報が入っております。目標が広島だとすれば、弾着まで二〇分内外と思われます』

「ご苦労。噴進弾の数は？」

『確認できているだけで四二発です。想定より少ないですが、サイバー攻撃によるソフトキルで一定数を潰せたのでしょう。なお、発射のタイミングは一斉射撃にかぎりなく近いものでした』

「飽和攻撃か。なら第二波の可能性は薄いな。初手にすべてを賭けるわけか。やり方として嫌いではないぞ。八重海将補、あなたにすべてを委《ゆだ》ねる。横槍は一切入れない。現場の判断を優先するので、邀撃《ようげき》作戦を展開してください」

『承知しました。〈やまと〉を信頼し、あのフネにすべてを託します』

通話をオフにしてから、山本2佐はふたりの女性へと穏《おだ》やかに話した。

「君たちは退避しなさい。この建物にも地下室はあるだろう。僕につき合って命を落とす必要はないからね」

しかし、笠原は首を大きく横に振った。

「逃げる気ならば、艦長のセキセイインコをお世話しながら東京に引き籠もっていました。私はここを動きません」

弥生も力強くそれに続いた。

「どこへ隠れても核の直撃を受ければ同じことです。ここは総理の悪運に全額ベットがベストでしょう」

薄く笑ってから山本2佐は応じた。

「君たちのような大和撫子《やまとなでしこ》には生き残ってほしいのだが、男女を問わず危険を分かち合うのが最近の常識らしい。それなら僕も止めやしないさ。史上最大の防空迎撃戦を砂被りで見物しようじゃないか」

その台詞を言い終えて十秒と経《た》たないうちに、沖合に碇泊《ていはく》している〈やまと〉の甲板に白煙が生じ、稲光が連打した。

一三時一三分一三秒。史上初の弾道《B》ミ《M》サイル防《D》衛戦が開始されたのだ――。

超大型護衛艦〈やまと〉から射出されたSM-3ブロックⅡCは一六〇発であった。保有量の二五パーセント近くを一気に撃った計算になる。これを多いと見るか、少ないと考えるかは議論の分かれるところであろう。

ピストルの弾をピストルの弾で撃ち落とすに等しいとまで評された弾道ミサイル防衛《BMD》戦であったが、四半世紀もの研究で一定の成果をあげていた。ハワイ沖にて何度も行われた実弾テストでは、三五パーセント前後の命中率が確保されている。

ならば敵弾の三倍から四倍を撃てば、完全撃破も夢ではない。一六〇発という射出数はそこから逆算されたものであった。

SM-3ブロックⅡCは一発三五億円もする高価な兵器だ。今回の迎撃戦闘で五六〇〇億円が消えた計算になるが、国民の生命を守るためなら安すぎる出費と言えた。

迎撃は敵ミサイルが大気圏外を飛行している段階、つまりミッドコースと呼ばれる区域で実施される。高度は一〇〇キロから二〇〇キロであり、SM-3はロケットモーターを分離しながら高みまで翔《か》け上がった。赤外線シーカーでターゲットの捕捉と追尾を自在に実施し、運動《キネティック》エネルギー弾頭を直撃させて破壊する仕組みだ。

宇宙空間に肉薄する場所で実施された迎撃戦である。地上から肉眼で確認することなどできないが、SM-3ブロックⅡCは呉に殺到する中国製のDF-21を、ことごとく破壊し尽くしたのである。

先代の戦艦〈大和〉は空からの脅威に膝《ひざ》を屈したが、二一世紀の〈やまと〉は天空から落下する悪魔の累卵《るいらん》を壊滅させ、史上最強の防空艦として鮮烈なデビューを果たしたのであった……。

第四章　提督、四帝海戦に挑む

——二〇三X年二月一四日

1　香港島沖の衝撃

中南海《ちゅうなんかい》が停戦の決断を下したのはいつなのか？

いまや混迷の大地となった中国大陸では、証言者や証拠を探し求めるのは困難を極《きわ》める作業である。真相が明らかになる日は永遠に来ないかもしれない。

ただ、戦闘を中止したきっかけは明白だ。呉《くれ》と佐世保《させぼ》へのミサイル攻撃が完全な失敗に終わり、それを暴露されたことである。

呉で理想的な作戦を完遂した〈やまと〉に続き、佐世保でも同様の防空戦が展開されていた。

投入されたのはSAS−02〈むさし〉である。〈やまと〉の同型艦であり、昨年一一月末に進水式を終えたばかりの新鋭だったが、完璧な状態ではなかった。〈むさし〉はまだ艤装《ぎそう》を終えておらず、未完成であった。

なんとしてでもディープ・ブルー作戦に間に合わせよとの厳命が下され、昼夜問わずに突貫工事が行われた結果、二カ月で垂直発射装置《VLS》六五〇基の据《す》え付けを終えたのは奇跡としか言いようがない。

もっともガスタービン・エンジンは稼働試験さえできず、航行は無理だった。発電機のセットも間に合わず、地上から電線を引いて艦内の電気を灯《とも》しているありさまである。

それでも浮かぶミサイル・ランチャーとしての役割は果たすことができた。佐世保へと飛来したDF–21は二七発であったが、長崎湾に入港していたイージス艦〈こんごう〉の適切なサポートもあり、全弾撃墜に成功したのである。

この事実は全世界へと報道され、〈やまと〉〈むさし〉の艦名は海戦史に永久に刻まれることになった。戦果を目《ま》の当たりにしたアメリカ海軍がアーセナル・シップの導入に踏み切ったのも肯《うなず》ける話だ。

中国は情報統制を強化したが、ワグネルITS《インザスカイ》が二九〇機も打ちあげていた超高速インターネット衛星〝スカイ・インフィニティ〟シリーズを無料開放した結果、一三億の人民に門戸は開かれたのだった。

彼らはここに真実を思い知らされた。憎みても余りある小日本《シャオリーベン》を痛打せんと発射されたミサイルは、広島と長崎に大打撃を与えたと大きく報道されていたが、実際は一発も着弾していなかったのだ。

不信感が醸成されていった。目に見えるデモや反乱は武装警察が目を光らせているため惹起《じゃっき》しなかったが、挙国一致で夷狄《いてき》に備える態勢は、もはや構築不能となった。

中南海にはまだ選択肢もあった。その気になれば継戦も可能だった。中距離ミサイルの在庫は新旧含めて九〇〇発近くあったのだから。

ただ、ロケット軍は気乗り薄な態度を示していた。日本側が優《すぐ》れた防空システムを稼働させている現実を目にし、戦意を削《そ》がれてしまったのだ。ここで失敗を繰り返したならば、政治犯収容所での自己批判の日々が待っている。

そんな状況で、準備されていたかのように停戦の話が持ち込まれたのだった。

仲介役となったのはイスラエルであった。北京《ペキン》とテルアビブの蜜月《みつげつ》関係は半世紀以上も継続しており、一帯一路構想が破綻《はたん》しかけた際もイスラエルは最後まで肩を持ってくれた。北京政府としても黙殺はできなかった。

終戦や降伏ではなく、停戦というのもなかなか魅力的であった。ひとまず時間を稼げる。その間に復讐《ふくしゅう》の準備に着手すればよい。人民にも負けてはいないのだと強弁できよう。

こうしてイスラエルの女性首相デボラ・カントロヴィチの橋渡しは成功し、二月一四日に香港《ホンコン》にて停戦に向けた対話が行われることとなった。

アメリカはオアフ島での実施を強く望んだが、中国が折れなかった。なによりも面子《めんつ》にこだわる彼らは、本土に日米英の首脳を招き、朝貢《ちょうこう》の恰好を取らせたかったのである。

トリプルA同盟も本気で停戦を望んでいた。日本からは山本三七十《やまもとみなと》総理が、イギリスはフィンリー・トーマ・シンプソン首相が香港へ向かった。

合衆国もエスポジート大統領が出席を望んだものの、出発直前に重篤《じゅうとく》に陥《おちい》り、ドクターストップがかかってしまった。そのため、副大統領のワイアット・ハルゼーが代役として乗り込むことになった。

日米英の代表は空路ではなく、海路を選んだ。やはり飛行機では撃墜される危惧を無視できないし、香港市民に存在を示す必要もあった。

こうして海上自衛隊の航空護衛艦〈かが〉、王立海軍《HMS》の空母〈プリンス・オブ・ウェールズ〉、合衆国海軍の原子力空母〈ドリス・ミラー〉は若干《じゃっかん》の護衛艦を引き連れ、東洋の真珠と謳《うた》われた魔都へ急行した。

艦内には開戦を決めた三名の傑物を乗せている。これぞ砲艦外交の極みであろう。

そして、後世に〝四帝海戦〟もしくは〝血のバレンタイン〟と呼称される死闘が始まろうとしていた……。


「やっとホンコン島に到着ですな。あれがもうすぐ英国の植民地に戻るとは！」

屈託のない笑顔で言ったのはアダム・ラジェンドラ中佐であった。

「あちらに投錨《とうびょう》中なのが〈ドリス・ミラー〉、手前が〈カガ〉ですね。なんと本艦がブービーですか。これじゃ分け前にありつけるか不安だな」

彼は現在もなお〈プリンス・オブ・ウェールズ〉の飛行長として任務に従事しており、南海艦隊の母港湛江《チャンジアン》空爆では大戦果を稼いでいた。大佐昇進は目前であり、艦長の席すら夢ではないと囁《ささや》かれていた。

しかし、フィンリー・トーマ・シンプソンの内面に巣くうトーマス・フィリップスは、その人事に賛同はできずにいた。ラジェンドラは野望があまりにも強すぎる。こういう男は人命を扱う責任者に向いていないと。

「ラジェンドラ中佐。私が向かうのは停戦交渉であって、降伏の儀式ではないのです。領土割譲など言えるはずもありません」

R09という艦ナンバーを持つ〈プリンス・オブ・ウェールズ〉の後部艦橋は、それまで賑《にぎ》わいを示していたが、シンプソンの冷や水で一気に静まり返った。かつての艦長であり、いまや首相となった女傑の台詞《セリフ》には、それ相応の重みがあったわけだ。

シンプソンはロンドンからシンガポールへ飛び、同地で待機していた〈プリンス・オブ・ウェールズ〉に乗り込んでいた。四五型駆逐艦の〈ディフェンダー〉と〈ダンカン〉の二隻を伴い、香港へ向けて出港したのは三六時間前のことである。

元艦長であり、現首相である彼女の人望は絶大だが、それでもラジェンドラは諦めたりしなかった。彼は玩具をねだる子供のような表情で、得々と話す。

「首相は歴史をお忘れですか？　ホンコン島は約二〇〇年前に我らの大先輩であるチャールズ・エリオット海軍大佐に占領され、イギリスの永久領土となったのですよ。一九九七年には返還が実現しましたが、北京の連中は交《か》わした約束をなにひとつ守りませんでした。この際、再び英領として教育を施すのも政治の役割では？　ホンコン・シティは九龍《カオルン》半島南端とホンコン島から形成されていますから、せめて島だけでも……」

その発言にも理はあった。当時、イギリスが締結した香港返還協定では、最低でも五〇年は現行の資本主義経済と社会制度を保持すると明記されていたが、一国二制度など遥かな昔に画餅《がへい》に帰している。

しかし、シンプソンは渋い返事を舌に乗せる。

「私には……遠い昔にホンコンを失った記憶があります。日本に占領されたのです。終戦で再びユニオンジャックが翻《ひるがえ》るようになり、単なる田舎《いなか》の漁村を世界有数の金融街にまで育てあげたのは我らの先達《せんだつ》でした。しかし、もはや植民地は過去のもの。時計の針を戻すのは非生産的。ミスター・ラジェンドラ。あなたはインド系のはず。先祖が味わった苦渋《くじゅう》を中国人に強要するのは、褒《ほ》められた行為ではありません……」

そう言い残すや、シンプソンは航空機管制を司《つかさど》る後部艦橋を退出した。これ以上、会話を続けるとボロが出る。そんな気がしたのである。

航行を監督する前部艦橋へ行こう。艦隊司令のスマート・レイヤー中将と現艦長のリシャール・ジャクソン大佐に会い、ホンコン島のマカオ・フェリー・ターミナル付近に投錨する案について聞いておかなければ。そこから会議の舞台となる香港会議展覧中心《ホンコンコンベンションセンター》へはヘリコプターを使うべきなのか？　それとも短艇のほうが安全だろうか？

このときシンプソンことフィリップスには油断があった。仮初《かりそ》めの生を永遠のそれだと錯覚《さっかく》していた。だからこそ、気づかなかった。魂の返却期限が迫っていたことを。

後部艦橋を抜け出し、飛行甲板に足をつけた直後のことだ。前触れなしに、満載排水量六万七〇〇〇トンの巨艦が揺れ、爆風が背後から襲いかかってきた。

耐熱塗装が施された飛行甲板に叩きつけられた。火炎で背中を焼かれた。あまりの激痛で気絶もできない。

一秒か一分か一〇分か自覚できないが、無限に思える時が流れ、やがて誰かが駆け寄る足音が聞こえてきた。

「艦医を呼べ！　首相が負傷されたぞ！」

「……いったいなにがあった……？」

「敵襲です。後部艦橋に直撃弾！　痛みますか？　すぐ医務室に運びます！」

トーマス・フィリップスは、ここで生涯二度目の台詞を口にしたのだった。

「ノー・サンキュー……」

2　日米空母の惨劇

——同日、午前一〇時二五分

香港島の北端に位置する香港会議展覧中心《ホンコンコンベンションセンター》には、日米英の外交官と武官が数多く集合しており、プレスセンターも併設されていた。

蜂野洲弥生《はちのすやよい》は笠松絹美《かさまつきぬみ》と一緒に民間機で先乗りし、ここに詰めていた。山本2佐が到着すると同時に円滑《えんかつ》なサポートを可能とするためだ。

完全な敵地《アウェイ》だが、雰囲気は意外にも緩《ゆる》かった。そこに中国軍人の姿はない。武装警察はいたが、どことなく気が抜けているような雰囲気であった。継戦当事者としての覚悟など見受けられない。戦争など遠い世界の話だと錯覚しているのか、はたまた諦めの極致なのだろうか。

弥生はテラスからビクトリア・ハーバーを見下ろした。九龍《カオルン》半島と香港島を隔《へだ》てる海峡には三本の海底トンネルが掘られており、橋はない。そのためか船舶がよく見えた。当然、集結しつつある軍艦の姿も明瞭に確認できた。

だからこそ目撃してしまったのだ。英空母〈プリンス・オブ・ウェールズ〉が保有するふたつの檣楼《しょうろう》のうち、後方の航空機管制艦橋が炎に包まれる瞬間を。

現実感などまるでなかった。まるで映画でも見ているかのようだった。

凝固した弥生とは違い、もと自衛官の笠松は反射的に動いた。すぐさまμ《ミュー》グラスを準備すると、山本2佐とコンタクトを試みたのだ。

弥生もそれに相乗りした。プレスセンターは独自の衛星通信を使用しており、こうした状況下でも回線は繋《つな》がった。数秒後には山本三七十が音声モードで会話に現れた。

『笠松くんか。いったい何事だ？　いま〈かが〉の貴賓室《きひんしつ》を出て、艦橋へと向かっているところだ。状況がまるでつかめない』

「艦長、事故ではありません。敵襲ですよ。〈プリンス・オブ・ウェールズ〉の後部艦橋が炎上中。対艦ミサイルの直撃を受けたものと思われます！」

『そうか……話し合いではなく、あくまで武力でカタを付ける気か。中国人は日清《にっしん》戦争の頃から進化も退化もしていないな。ならばお相手するのみ』

弥生は強引に会話に横入りして叫ぶ。

「山本総理。〈かが〉は危険です！　至急随伴している〈みょうけん〉に避難を！」

『それが賢い道だな。敵は僕の抹殺《まっさつ》のみが目的だろう。すぐ航海艦橋に行き、オスプレイの手配を……』

唐突に回線が切断された。理由は不明だが、遠因と思われる現象が目視できた。

原子力空母〈ドリス・ミラー〉の右舷後方に、巨大な水柱が屹立《きつりつ》したのである……。

＊

現代の対艦魚雷は敵艦に直撃するのではなく、艦底部七メートル前後のポイントで炸裂《さくれつ》する仕組みを採用している。

これで超高圧の衝撃波とガスバブルとを作り出す。バブルは膨張と収縮を数回繰り返し、最終的には高圧の水流が船体を引き裂《さ》く恰好で炸裂する。いわゆるバブルジェット効果と呼ばれる現象だ。一万トン級の駆逐艦であれば一撃で撃沈に追い込める。

CVN－81〈ドリス・ミラー〉は満載排水量一〇万トン超の巨艦であり、さすがに沈みはしなかったが、再起不能に近い損害を蒙《こうむ》ったのは確実だ。

不意打ちの刺客は出し抜けに現れ、米空母の右舷艦尾を無慈悲に嚙《か》み砕いた。スクリューは四つともへし折られ、浮力こそ維持できたものの、航行能力は瞬時にして失われた。

また人的被害が大きかった。五〇〇〇名超の乗組員のうち、機関科を中心として約一割が即死したと考えられている。

そして、同乗していた副大統領もまた大きな手傷を負った……。

ワイアット・ハルゼーのボディをレンタルしているウィリアム・ハルゼーは、被弾した瞬間、搭乗員待機所から退出しようとしていたところだった。副大統領としてパイロットたちを激励していたのである。

　軍人の死が勇壮なものであることは稀《まれ》だ。ほとんどは地味に、それでいて不意に訪れるものなのだ。

　逝去《せいきょ》という希有《けう》な経験を覚えていた彼は、〈ドリス・ミラー〉が揺さぶられ、肉体が壁に叩きつけられたときも、自分の境遇を客観視できる余裕があった。

　火炎が室内に侵入してきた。顔面に焼けるような痛みが走り、心拍数が激増した。

　悪あがきはしなかった。戦場で死者を飽《あ》きるほど見てきた経験から、自覚もできていた。この体はもう長くはないと。

（……どうやらタイムアップらしい。もうひと暴れしたかったが、死神に目をつけられたからには、どうしようもないな。この世界での役目がすべて終わったということだろうぜ。願わくば俺の行動と選択がアメリカ合衆国に栄光をもたらさんことを……）

　激動の人生を二度も味わったハルゼーは、ここに反魂《はんごん》のときを迎えた。

　戦士の使命は終わった。休息のときが来たのだ……。

＊

「被弾！　〈ドリス・ミラー〉が被弾ッ！　右舷へと大傾斜中！」

そう叫んだのは大南泰三《おおみなみたいぞう》2尉であった。〈かが〉船務士の彼は、山本三七十と〈みょうけん〉で知己《ちき》だったらしいが、その体を転借している山本五十六に実感はない。

航海艦橋に詰めていた艦長荒見雅和《あらみまさかず》1佐が双眼鏡を覗《のぞ》き込む。

「酷《ひど》いやられようだ。あれじゃ沈むぞ。まさかアメリカ空母が撃沈されるとは……」

現在のところ合衆国海軍で最後に戦没した空母はCVE–95〈ビスマーク・シー〉である。一九四五年二月に硫黄島《いおうとう》を巡《めぐ》る戦いに投入され、神風特攻隊の自爆攻撃で沈没したわけだが、〈ドリス・ミラー〉は九十数年ぶりに悪《あ》しき轍《てつ》を踏むのだろうか。

しかし、山本は冷徹な視線で状況を看破するのだった。

「米空母のダメージ・コントロール能力をなめてはならんよ。あれにはずいぶんと苦労させられたからな。大丈夫だ。沈みはせん。艦《フネ》に行き足がついていたから、うまく陸地へとのしあげればいい」

山本の言葉はすぐに現実のものとなった。〈ドリス・ミラー〉は香港島に傾斜した右舷を押しつけ、もたれかかるような恰好で座礁《ざしょう》したのである。

ひと息ついてから、大南2尉が勢い込んで、

「敷設機雷にやられたんでしょうか？」

と訊《たず》ねたが、山本はひと言のもとにその可能性を除外した。

「違うね。英空母が噴進弾でやられたのだ。米空母は魚雷で仕留められたと考えなければなるまい。潜水艦がいるな。それもすぐ近くに」

軍人山本五十六の口から出た台詞は真実そのものだった。

米英空母を立て続けに痛打したのは、ともに中国原潜から発射された兵器であった。

最初に〈プリンス・オブ・ウェールズ〉を襲ったのは、YJ-20A——中国海軍が鷹撃《インジー》と呼ぶ対艦ミサイルだ。

発射には艦首の魚雷発射管が使用されていた。海面を切り裂いて登場した円柱形の異物は、ターボファンエンジンを用いて加速し、激突前の最終速度はマッハを超えた。

直撃を食らった〈プリンス・オブ・ウェールズ〉の後部艦橋は、見るも無惨な状態へと追いやられてしまった……。

そして、〈ドリス・ミラー〉を再起不能へと追いやったのは、魚八《ユ》型と呼称されるYU-8長魚雷であった。

中国海軍が新型原潜の自衛用に開発した最新対艦魚雷で、前級のYU-6長魚雷の改良版である。射程五五キロで最高速度は六五ノット超。有線誘導を用いており、命中率の向上も期待できた。

水酸化ナトリウムが充填《じゅうてん》された大型弾頭は、一太刀《ひとたち》で〈ドリス・ミラー〉の艦尾を両断

するや、座礁にまで追い込んだのだった
大金星あげた中国原潜は、香港島の西に展開する西博寮海峡《シーランマ》の水深五〇メートルに雌伏《しふく》したまま、さらなる打擲《ちょうちゃく》の機会を窺《うかが》っていたのである……。

群司令の蓑田篤彦《みのだあつひこ》海将補が航海艦橋に姿を見せるなり、大声で命令を発した。

「全艦戦闘準備。〈みょうけん〉と〈ざおう〉を救助に向かわせろ」

だが、山本はそれを即座に否定するのだった。

「非情なようだが、他人様《ひとさま》にかまけている余裕はないよ。本艦は特段に危険な状況に置かれているのだから」

荒見艦長が言葉を選びながら言った。

「敵の刃《やいば》が〈かが〉にも及ぶと？」

「そういうことだよ。敵は本気を出せば米英の空母にトドメを刺せるのに、それをやってこない。つまり、撃沈が狙いじゃないんだ。香港市民の前で勝利と慈悲を演出するつもりと見たが、どうかな？」

大南2尉が裏返った調子で訊ねた。

「艦長……いえ、総理。つまりブーゲンビル島の事件と同じ、というわけでしょうか」

「まあね。ただ、僕はあの海戦は思い出したくない。正確には、思い出せないのだが」

横から荒見艦長が小声で言った。

「総理。オスプレイの準備はできました。どうか脱出なさってください。フリゲート艦への着艦訓練は終えています。〈みょうけん〉のほうが安全でしょう」

陸上自衛隊に続き、海上自衛隊にも導入されたV-22〝オスプレイ〟が飛行甲板で待機中だった。あれで脱出を図《はか》るのが常道だろう。

それは理解できていたが、山本には即断即決はできなかった。

「できれば……ここで諸君と運命をともにしたい。軍人なら……いや自衛官であれば絶対にそうしている。ただ、現在の僕は防衛大臣であり、総理という身分にある者。自分の命を自分で投げ捨てる真似は許されない立場だ。ここは荒見1佐の進言に従わせてもらうとしよう」

総理は敬礼で見送られながら、航海艦橋をあとにした。大南2尉が半泣きの表情を示していたのが印象的だった。かつての部下だったと聞く男の様子に、山本は奇妙な既視感を抱いてしまった。遥かな過去に同じ体験をしたような微《かす》かな記憶が脳裏をかすめた。

邪念を振り払い、飛行甲板へと急いだ。右舷の艦橋構造物の後方にF-35Bが四機、露天繋留されている。オスプレイは艦尾側で発艦の準備に入っていた。

異形《いぎょう》のティルトローター機に乗り込み、促されるままシートに座る。ベルトを固定するよりも早く、機体が垂直に浮いた。

その直後であった。航空護衛艦〈かが〉に魔手が触れたのである。

飛来したのはYJ-20Aであった。対艦ミサイルにしては至近距離から放たれた一撃に〈かが〉は対応できなかった。唯一、艦橋前方に据えられていたCIWS《シウス》――高性能二〇ミリ機関砲が猛然と全自動射撃を開始したが、命中には到らなかった。

敵弾は艦橋へと突き刺さるや、盛大に破裂した。押し寄せた爆風でオスプレイが揺れた。機体はバランスを大きく崩《くず》し、揚力を失い、海面へと落下した。

ベルトを装着していなかったため、山本は投げ出され、床面へと押しつけられた。横倒しとなった機体は急速に沈み始める。

昇降口に左手をかけ、身を乗り出そうとした刹那《せつな》であった。破損したローターの一部が飛び込んできた。左手に熱が走った。指に力が入らない。凝視すると、人差し指と中指が途中から消えてなくなっていた。

山本五十六は罪悪感に苛《さいな》まれた。この肉体は間借りをしているだけなのに、頬《ほお》に裂傷を負っただけでなく、またしても指を失うハメになろうとは。できれば、きれいな体のまま持ち主に返したかったのだが。

海水が機内に流入してきた。異様な生温かさが生への執着心を薄れさせていった。

その直後、五〇メートルも離れていない〈かが〉の艦首に、巨大な水柱が噴《ふ》きあがった。被雷の物的証拠である。

（……噴進弾と魚雷を一発ずつか。あれではフネが持つまい。中国はやはり日本人だけは絶対に許さないのだな。先代の〈加賀〉はミッドウェー海戦で真っ先に被弾したが、今回もまた……）

彼の思考は大波でかき消された。海水の束《たば》で全身を強打され、山本五十六の霊魂は再び肉体を離れてしまった……。

3　勝利宣言

——同日、午前一〇時四五分

日米英の三空母を痛打したのは海面下に身を沈める新型原子力潜水艦であった。

〇九九型の一号艦であり最終艦——戦略ミサイル原潜〈長征《チァンヂァン》33号〉がそれだ。

欧米では蜀《シュ》型と呼ばれることになる新鋭艦の全長は一四四メートル。前級の〇九六型が一六七メートルだったことを思えばコンパクト化された印象が強い。その目玉兵器であるＪＬ－３〝巨浪《ヂィラン》３〟も八発のみと、〇九六型の三分の一にまで減っている。

これはスピードを重視した結果だった。生存性を確保するには逃げ足の速さが最重視される。新型の原子炉と蒸気タービンを三基ずつ搭載するという無茶すぎる設計図を実現し、水中最高速度四四ノットという性能を獲得したのには驚くしかない。

運動性は晋型《ジン》こと〇九四型と遜色《そんしょく》なく、魚雷発射管も六基装備していた。つまり通常の攻撃型原潜としての一面も保有しているハイブリッド型潜水艦なのだ。

建造は湛江《チャンジアン》の南に位置する東海島《トンハイタオ》南端の地下造船所で極秘裏に行われた。南海艦隊司令員洪宇航《ホンユーハン》上将が、その死守を試みたのは〈長征33号〉が就役直前だったためである。

香港にて実力を存分に発揮した〈長征33号〉だが、日米英も存在を察知していなかったわけではない。特にイギリスは完成が近いことをキャッチしていたが、ディープ・ブルー作戦があまりに上首尾に終わったため、緩みが生じていたのだ。

日米は東シナ海における対潜警戒網を構築ずみで、文字どおり水も漏《も》らさぬ態勢を維持していた。米軍は統合海底監視システム《IUSS》を、海上自衛隊は潜水艦音響探知システム《ソーサス》を半世紀以上にわたって整備し、中国潜水艦の動向なら手に取るようにわかっていた。緒戦において行動中の中国原潜をことごとく撃沈できたのは、新型のNEO《ネオ》-SOSUS《ソーサス》システムが順調に稼働していたためである。

だが、中国海軍も怠惰《たいだ》ではない。日米の監視網を掻《か》い潜《くぐ》る方法を模索していた。

彼らは米海軍が無人海中ドローン《UUV》を多用している事実を突き止め、類似品を大量に投入する攪乱《かくらん》戦術を採用した。真偽不明のデータを大量に流し、どれが本当か嘘かをわからなくしてしまうわけだ。

また〈長征33号〉は静粛性《せいしゅくせい》においても格段に向上しているだけでなく、中国沿岸の浅瀬ばかりを選んで香港まで到達しており、日米の捜査線上には引っかからなかった。

そして、この特殊な原潜はもうひとつ大きな役割を秘めていた。

政府要人を絶滅戦争から生存させるための海底シェルターだ。移動する最前線基地であり、暫定的《ざんていてき》な首都の役割すら求められていた。

この日、このとき――〈長征33号〉の艦内には中国共産党のトップたる人物が鎮座しており、高らかに勝利宣言を全世界に向けて発したのであった……。

『……美国《アメリカ》、英国《イギリス》、小日本《シャオリーベン》の本国に巣くう残党政治勢力に申し伝える。

私こと中国国家主席代行の史天佑《シィチンヨウ》は、日英の首相および美国副大統領を地球上から排除した事実を公表するものである。

陥穽《かんせい》とも知らず、無謀にも香港に集結していたトリプルA同盟の航空母艦は、三隻とも戦闘不能に陥った。これは偶然でもなんでもない。我が中国人民解放軍海軍が鋼鉄の意志のもと、微《かす》かな可能性を現実に変えた。それだけの話である。

香港からの中継を見ればわかるように、我々は敵の航空母艦を完全に無力化できる能力を保有している。その気になれば、撃沈もできたが、我々は無益な殺生を欲しない。

宣言する。人民解放軍海軍は勝者として君臨し、敗者の処遇は我々が決める。

連中はここに停戦を求めて集った。しかし、もはやその資格は失われた。許されるのは降伏のみだ。もちろん、敵本国にはまだ戦力が豊富にある。その気になれば、夏冬二度の五輪大会を開催した平和都市たる北京を核攻撃もできよう。

しかし、暴挙に出たところで真の勝者にはなれない。北京が蒸発したところで首都機能は維持できるからだ。私が乗艦する最新鋭原子力潜水艦〈長征33号〉は、海底で生き残る政府機関なのだ。

言うまでもないが、核弾頭装備の戦略ミサイルを複数保有している。世界のどこへでも届く長槍を、こちらから先に投擲《とうてき》することは絶対にないが、復讐の稲光を煌《きら》めかせることはできるのだ。

我らは海底から武威のもとに世界人類を幸福に支配するであろう。美国、英国、小日本の賢い選択を期待している……』

4　大反撃

——同日、午前一〇時五〇分

消毒液の香りで意識を取り戻したとき、彼女にはすぐ自覚できた。自分は医務室に担ぎ込まれているると。焦《こ》げ臭い匂いに加えて、死臭が漂っているのがわかった。呻《うめ》き声が聞こえる。負傷者も大勢いるらしい。

半身を起こそうとするが、左手に力が入らない。右手でベッドの枠をつかみ、無理に体勢を立て直すと、見知らぬ女医が側に駆け寄って来た。

「首相。無理をなさっては駄目です。あなたは左半身に重度の火傷《やけど》を負っています」

「ここはどこですか？　私は誰ですか？　首相とは……いったい……」

「記憶に混乱があるのかもしれませんね。ここはHMS〈プリンス・オブ・ウェールズ〉。あなたの名前はフィンリー・トーマ・シンプソン。現在、あなたこそがイギリスの首相なのです」

「……どうやら煉獄《れんごく》か異世界に投げ込まれたみたいですね。だからと言って、なにもしないでいるのは罪。〈プリンス・オブ・ウェールズ〉なら勝手はわかっている。すぐ航海艦橋に行きます。手を貸しなさい」

「許可できません。あなたは重傷で出血もまだ止まっていないのですよ。痛みを感じていないかもしれませんが、それは麻酔が効いているだけです」

「本艦は苦境に置かれているのでしょう。艦《フネ》が沈むか否《いな》かの瀬戸際《せとぎわ》ですよ。出血がどうのこうの言っていられません。これは命令です！」

女医は折れたのか、階段の自動昇降もできる電動の車椅子《くるまいす》を準備してくれた。足回りは無限軌道《キャタピラ》となっており、段差も超えられる。介助を受けながらやっと座り込むと、すぐに自動で走行を始めた。医務室と前方の艦橋は大して離れておらず、一分とかからずに到着した。

　そこはカオスな空間へと変貌していた。かつて彼女が艦長であった頃は、知性と技術と情報と電子の城であったのに、いまはそれに混沌《こんとん》が重くのしかかっている。

「艦長はいますか!?」

　シンプソンが叫ぶと、大佐の襟章《えりしょう》をつけた中背の黒人が歩み寄って来た。

「首相。お怪我は大丈夫ですか？」

　なぜだか皆が私のことを首相と呼んでいる。どうしてだろうか？　わけがわからないが、あるがままに状況を受け入れたほうが得策な様子だ。

「頭でも打ったのか、記憶が曖昧《あいまい》です。貴官の名をどうしても思い出せない……」

「リシャール・ジャクソン大佐です。首相の後任として〈プリンス・オブ・ウェールズ〉の艦長を任されています」

　耳にさわる外国語がモニターから流れていた。見覚えのある中国人が冷徹な表情で演説を続けている様子が、字幕つきでリピート再生されている。

　中共政権のスポークスマンだった男だ。名はたしか史天佑《シィチンヨウ》。しかし、肩書が国家主席代行となっている。手の込んだ冗談とも思えない。だとすれば、私が把握している時間軸とは別の世界線なのか？

　思い出せる最後の記憶は、結婚したばかりの夫、すなわちアーチー・マー・シンプソンとドライブ中に交通事故に遭《あ》い、彼が即死する凄惨《せいさん》なシーンであった。脳内で反芻《はんすう》すると、発狂しそうになる記憶を無理に封印し、ジャクソン艦長に問いかけた。

「この中国人はどこから放送しているのです？　後ろに見える配管から潜水艦の内部ではないかと推測しますが？」

「お言葉のとおりです。奴は新型原潜からこっちを脅迫しています。本艦を攻撃したのも奴のフネでしょう」

「ただちに反撃しなさい！」

ジャクソン艦長は驚愕《きょうがく》したかのような表情を見せた。

「本当によろしいのですか？　首相の命令とあれば最優先で実行しますが、奴は核攻撃をちらつかせているのですぞ。アメリカ艦隊も海上自衛隊もまだ動いていませんが」

「その前に沈めればノー・プロブレム！　さっさと動きなさい！　このフネに男は私しかいないのか！」

シンプソンの譴責《けんせき》は航海艦橋に詰めた水兵たちを活性化させた。被弾して士気が阻喪《そそう》しかけていた彼らだが、明確な指示のもと、それぞれの任務に邁進《まいしん》し始めた。

ディスプレイされている地勢図を凝視したシンプソンは、思わず言った。

「ここはホンコン島なのですか！」

怪訝《けげん》な顔をしてジャクソン艦長が言った。

「そのとおり。水道が入り組んだ場所で中国原潜がどこに隠れているかは不明です。二隻の護衛艦からも、まだ発見報告は入っていません。接近するミサイルを捕捉できなかった点から判断し、数十キロ以内の至近距離から発射された可能性が高いと思われます」

「ここは中華系の夫と何度か旅行に来たから勝手を知っています。東の水道は浅瀬が多く、およそ潜水艦の活動には不向き。近距離からダイレクトに撃たれて着弾したなら、西側にいるはず。恐らくはシーランマ海峡のどこかに！」

「決め打ちは危険ですが、迷っている時間などなさそうですね。女性の勘を信じて、〈ディフェンダー〉と〈ダンカン〉をそちらに急派しましょう」

「なにを言っているの。獲物が待ち伏せているところへ無防備な狩人《かりゅうど》を向かわせても返り討ちに遭《あ》うだけよ。まずは誘い出さないと」

「どうなさるお考えですか？」

「選択肢はただひとつ。〈プリンス・オブ・ウェールズ〉を囮《おとり》にします」

＊

被雷した〈ドリス・ミラー〉は艦尾をもぎ取られながらも香港島の北西付近へと座礁に成功していた。

とはいえ、軍艦としての寿命は尽き果てていた。人的被害が許容範囲を超えてしまい、もう戦えるような状況ではない。特に搭乗員待機所が全壊し、パイロットが皆殺しにされたのが痛すぎた。

通路の一角でワイアット・ハルゼーは突如として目覚めた。天井を走る独特なパイプの束で自分が軍艦内に、それも空母にいるらしいとわかった。

奇妙すぎた。記憶をたどると、思い出せるのはウクライナの暑い夏だ。F-16で飛行中に衝撃を受け、脱出《ベイルアウト》したはずなのに、これはいったいどうしたことだ?

MA-1と呼ばれるフライトジャケットを着込んでいたが、違和感を覚えるまでに肉体が冷えていた。額が濡れている。指で確かめてみると、出血しているのがわかった。それもかなりの量だ。

どうにか立ちあがると、階段をよろめくようにして昇り、飛行甲板に到着した。フネは右舷に五度ほど傾斜しているようだ。島型艦橋《アイランド》に描かれていた81という艦ナンバーから、ここが古巣の〈ドリス・ミラー〉だと理解できた。

「副大統領《ヴァイスプレジデント》！　大丈夫ですか！」

声の主はすぐわかった。かつての上官だ。戦闘攻撃飛行隊《VFA》を率いるベテランのアレックス・バーターに違いない。

「バーター中佐。実に久しぶりですね。引退したパイロットを副大統領と呼ぶのが最近の冗談ですか？」

「大丈夫じゃないみたいだ。出血も酷《ひど》いですな。とにかく脱出を！　本艦はホンコン島にのしあがった状態で停止しております」

「被弾したとはね……敵は誰なんだろう？」

「サー。中国の原潜であります。魚雷で艦尾を切断されたのです」

バーター中佐は、昔の部下に相対しているとは思えないほど丁寧な口調だった。まるで本物の副大統領と話しているかのようだ。

「……状況がまるでわからんが、中共海軍と交戦中なんですな。フネをここまで痛めつけられて黙っていられるか。可及的すみやかに反撃しなければ！」

「敵潜の居場所が不明なのです。日英の空母もやられ、駆逐艦も救援が精いっぱいで動きが取れません。白鯨《モビーディック》がどこにいるかわからないかぎり、打つ手がありません」

ワイアットは反撃手段を求め、艦首へと視線を投げた。そこには単座機のF／A-18Eが何機か倒れていたが、一機だけ体勢を維持している機もあった。

「あれを使わせてもらうぜ。パイロット待機室から逃げてきたんだが、あそこは全滅だよ。もう搭乗員もいない。俺が上から探してやろうじゃないか」

「無茶です。対潜ヘリならばともかく、スーパーホーネットではなんの役にも……」

「だが、時間は稼げるぜ。このまま煮崩れる空母と心中するのが本望かよ？　一矢《いっし》報《むく》いて見せなければアメリカ市民は納得してくれない。そして、星条旗ここにありという覚悟を示さなければ、あとに続く者が出てきやしないぜ！」

不意に視界の一角が暗くなった。こめかみから溢《あふ》れた血液が飛行甲板を汚した。

「……見てのとおり、俺もあまり長く持ちそうにねえよ。最後にせめて爪痕《つめあと》だけ残したい。パイロットとして空で死なせてくれ……」

＊

海面に浮上し、肺に酸素を送り込んだ直後、山本三七十の意識は覚醒《かくせい》した。

頭上に回転翼機《ヘリコプター》特有の風切り音が鳴った。潜水士の恰好をした隊員が、ホイスト降下と呼ばれる方式でロープごと降りて来るのがわかった。彼は着水と同時に、山本の上半身に浮き輪をつけ、背中から抱え込んだ。

潜水士が親指をあげると、彼と山本の体は空中に引き揚《あ》げられ、十数秒後には機内へと収容された。

「大変だ！　総理が左手を負傷しておられる！」

潜水士がそう叫んだが、揺れる機内では治療などできない。山本を救助したＵＨ－60Ｊは、そのまま高度を下げ、発進したばかりのフリゲートへと向かい、後部甲板に着艦した。

走り寄ってきた救護衛生員が、三七十をひと目見るなり言った。

「手だけじゃありません。後頭部からも出血しています。すぐ医務室へ行きましょう」

「いや。ブリッジに連れて行ってくれ。状況がまるでわからん。ここはブーゲンビル島ではなさそうだが……」

「香港ですよ。総理が乗っていた〈かが〉は攻撃を受け、大破転覆しました」

「このフネは？」

「FFM-19〈みょうけん〉です。以前、総理が艦長を務めておられたフリゲートです」

救護衛生員の発言は明瞭なれど意味不明だった。総理とはいったいなんの話だ？

肩を借りながら、どうにか艦橋まで到着するや、種々多用な喚声《かんせい》が彼を迎えた。

「総理！」「防衛大臣！」「艦長！」「山本2佐！」

そのすべてが正解ですべてが誤謬《ごびゅう》なのだが、真相は彼にはわからなかった。記憶にある八塚厚志《やつづかこうし》2佐が、艦長席からこちらを見据えて言う。

「ご無事でなによりでした。しかし、出血が酷《ひど》い様子ですな。艦医をすぐに呼びます」

「そうか……副長だった君がいまや艦長なのか。どうやら、私は時間と空間における認識能力を失ったらしい。状況を知りたい。本艦にこちらに差し迫った脅威は？〈かが〉は誰にやられた？」

司令官席に座った三七十へと、室田武雅《むろたむが》3尉が素早く応答した。

「中国原潜です。この海域は浅瀬が多いだけでなく、複数の爆発音が錯綜《さくそう》しており、本艦のソーナーではキャッチできていません。対潜ドローンのシーバットを発進させましたが発見には至っておりません」

三七十は窓外を凝視した。香港島らしき陸地に、アメリカ海軍の原子力空母が座礁しているのが見てとれた。

「米空母を撃破したのは日本人だけだったと聞くが、それは過去の記録となったか」

三七十がそう呟《つぶや》いた刹那《せつな》、仮死状態の原子力空母に動きがあった。その艦首から軍用機が射出され、急角度で上昇していったのだ。

「この状況で発進するとは骨のある奴だな。恐らくだが、敵潜をどうにかしようと考えているのだろう。艦長、あの機をバックアップしよう。反撃の機会をつかむには、それしかないと思うぞ」

八塚2佐も同意して言った。

「航海長。速力一八ノットであのスーパーホーネットを追え」

操艦を担当する原実雄紀《はらみゆうき》2佐が弾《はじ》かれたように応じた。

「了！　〈みょうけん〉はこれより友軍機の飛跡を追います！」

＊

電磁カタパルトによる射出は思いのほかに快調であった。

通常であれば母艦は風上へ走り、合成風力を得てから発艦するが、ワイアットが乗ったF／A-18Eは非武装状態で燃料も少なく、機は軽かった。〈ドリス・ミラー〉は座礁こそしたが、原子炉は稼働しており、カタパルトを打ち出す電力にも不自由はなかった。

操縦も体が覚えていた。ワイアットは機体を高度三〇〇〇メートルまで上昇させ、香港島の西部を飛行した。痕跡は？　敵潜の兆《きざ》しはないか？

まだ見えぬ敵影を求めて旋回を続ける彼は、英空母の姿を認めた。間違いなく〈プリンス・オブ・ウェールズ〉だろうが、特徴的なツイン・アイランドのうち、後方のそれが炎上しているではないか。巨艦はゆっくりと転針し、針路を北西へと向けていく。

「いったいなにをやらかす気だい？　敵潜がいるとすればそっちだぞ。空母で潜水艦狩りができるはずもあるまい。

いや、まさか……我が身を盾《たて》にする覚悟なのか？　まず敵潜に撃たせて、味方の駆逐艦に射撃を促す腹づもりなのか。さすがはジョンブルだぜ！」

ワイアット・ハルゼーの独白は現実化した。彼は目撃したのだ。海面を断ち切って乳白色のカプセルが露出するや、そこから対艦ミサイルが孵化《ふか》し、飛翔していく瞬間を。

ミサイルが露出した海面から〈プリンス・オブ・ウェールズ〉までは五〇〇〇メートル

と離れていなかった。これでは回避などできるはずもない。

そして、英国空母に残されていたもうひとつの艦橋は、無慈悲にも朱色の炎で塗り潰されてしまった……。

＊

着弾と同時にフィンリー・トーマ・シンプソンの肉体は業火に包まれた。

痛覚は感じなかった。後悔も一切なかった。場違いにも爽快感さえ抱いてしまった。

我が身の滅びが祖国の興隆に直結するのであれば、軍服を着た身として満足できる一生であった。あとは新大陸と極東の友軍に託そう。

かろうじて動く舌で、彼女は生涯最後の台詞を口にするのだった。

「アーチー……どうやらあなたの側《そば》に行けそうだわ……」

＊

「こちらワイアット・ハルゼー。上空を飛行中のスーパーホーネットを操縦中だ。英空母の崇高な犠牲の結果、敵原潜の位置がわかったぞ。ホンコン島の北西四五〇〇メートルだ。

すべての駆逐艦に告げる。ありったけのアスロックを撃ち込め！」

マイクへと叫んだが、一分待っても対潜ミサイルは一発も飛来しない。米英日の駆逐艦が六隻はいるのだが、応答はなかった。

ここは敵地である。通信妨害は当然だし、電子攻撃《EA》が仕掛けられたとしても不思議ではない。あるいは単に無線システムの不調だろうか？

ワイアットは機体をスライドさせ、さらに高度を落とす。この海域はリゾート地として名高く、海水の透明度が高い。上からなら見えるかもしれない。

そんな希望的観測は的中した。さほど深くないと思われる海中に鉄の鯨《くじら》のシルエットがくっきりと視認できたのだ。

「撃ってくれないんじゃ仕方ないぜ。ジャップの護衛艦があんな近くにいるのにな。こうなったら、この機体でカミカゼ・アタックをかけてやる！」

機体を高度二五〇〇までいったん上昇させ、急降下をしかけた。当然ながら、自殺攻撃ではない。操縦桿を固定したあと、緊急脱出装置で避難するつもりだった。

だが、しかし――射出座席が稼働《ベイルアウト》しない……。

「ここでゲームオーバーかよ！　まあ原潜と心中なら立派なほうだろうぜ！」

数秒後、ワイアット・ハルゼーの肉体はF／A－18Eと一緒に海中へと没し、凄《すさ》まじい水柱を立ち昇らせたのだった……。

＊

スーパーホーネットが逆落《さかお》としをしかけ、海面に散華《さんげ》した直後、〈みょうけん〉で観戦する山本三七十は、傷ついた巨鯨が浮上してくる決定的瞬間を目の当たりにした。

防音タイルが貼られたセイルが半壊しているのが視認できた。米軍機の体当たり攻撃を受け、損傷して浮上したに違いない。

距離は指呼の間である。二〇〇メートルと離れていないだろう。

「ＣＩＣの砲雷長へ。寄代《よりしろ》砲雷長、聞いているか？」

山本三七十は、まるで〈みょうけん〉艦長に復帰したかのように命令を下していた。

「咄嗟《とっさ》砲撃だ。委細は任せる。準備できしだい撃て。潜らせるな！　沈めろ！」

寄代砲雷長は、砲撃音をもって返答とした。艦首の六二口径五インチ単装砲が連続して吠《ほ》えた。中国原潜のセイルに数発が命中し、それを残骸《ざんがい》に変えたものの、浮力は失われていない。

「まずいぞ。弾道ミサイルの発射準備に入っているのかもしれない。一発でも撃たれたら地球の最後だ。五インチ砲では撃沈に追いやるまで時間がかかりすぎる。この間合いでは一二式魚雷も使えない。すまないが、みんなの命を貰《もら》う！」

山本三七十はそう宣言するや、大声で生涯最後の命令を下したのだった。

「機関最大戦速へ！　敵潜に体当たりを敢行する！　総員、衝撃にそなえよ！」

＊

後世に〝四帝海戦〟と称されるようになる香港沖海戦は、大勢の市民が目撃し、同時にスマホなど通信機器で実況される世紀の大事件となった。

そのクライマックスが〈みょうけん〉の突撃《チャージ》である。浮上中の潜水艦に水上船が蹂躙《じゅうりん》攻撃を仕掛けた前例はいくつかあるが、ここ百年では初めてであろう。

史天佑《シィチンヨウ》を乗せた〈長征33号〉へと吶喊《とっかん》した〈みょうけん〉は、小型とはいえ満載排水量は五五〇〇トンもある。スーパーホーネットと五インチ砲弾の直撃で中破した中国原潜に耐えられる理屈はなかった。

ＦＦＭ-19〈みょうけん〉は〈長征33号〉の中央部にのしあげると、自重で敵潜の船体を叩き折った。轟然《ごうぜん》たる爆音が響き、火柱が天を焦《こ》がした。原潜の艦首に詰め込まれていた魚雷が誘爆したのだ。

あとに残されたモノは残骸のみ。生存者など、期待するほうが無茶な相談であった。

その一部始終をプレスセンターから望見していた蜂野洲弥生は、泣き崩れる笠松絹美の大柄な体軀《たいく》を抱き留《と》めながら、自分もまた頰に涙を伝わせていた。

山本三七十と山本五十六を兼ねる存在の最大の協力者であり、理解者でもあった彼女は、自分に言い聞かせるように、こう呟《つぶや》くのだった。

「思えば……山本五十六元帥《げんすい》は最高のタイミングで戦死しました。昭和一八年四月一八日より早くても遅くても、現在のような評価は得られなかったでしょう。山本三七十２佐もきっと同じように語られていくはず。いいえ、私たちが語り継いでいかなければ」

日米英中の首脳たちの死都となった香港にて再度の講和会議が開かれたのは、それから二カ月後のことであった……。

エピローグ

提督の新たなる野望

1 そは汝のもの

――二〇三X年四月一八日

香港《ホンコン》沖大海戦から二カ月が経過した日本では、新たな戦後に向けての体制づくりが加速していた。戦争を始めた日米英中の首脳陣――いわゆる〝四帝〟がすべて死亡したのだ。これ以上の継戦を望む者はおらず、銃声は途絶えた。

意外にも停戦をもっとも強く主張したのは中国人民解放軍であった。特に無傷の陸軍と空軍は、内なる敵対勢力であった海軍が全壊したことを歓迎していた。これにて台湾解放という身分不相応な野望を放棄できると。

最後の戦場となった香港でようやく講和交渉が始まろうとしており、ネットニュースは連日連夜その話題ばかりだったが、蜂野洲睦月《はちのすむつき》はまるで関心がなかった。

鬼怒川《きぬがわ》医科大学附属病院の精神科副部長として勤務する彼は、モニターに池依駿太《いけいはやた》総理代行の姿が映るや、興味なさげに立ちあがり、ナースセンターをあとにした。ネオ・ジミンと自立民権党は大連立を成し遂げたが、課題は山積している。ただ、これまでなんとかなってきたのだから、これからもなんとかなるのではなかろうか。

睦月は入院病棟一二階の角に位置するもっとも高価な病室に向かった。

そこにはふたりの女性が入院していた。蜂野洲弥生《やよい》と笠松絹美《かさまつきぬみ》である。

妹は、卓上に広げた手書きの文章を繰り返し耽読《たんどく》していた。かつてこの部屋に入院していた山本三七十《やまもとみなと》が残した書状だ。あくまで山本五十六《いそろく》として振る舞っていた彼は自分の死を覚悟していたらしく、巻き添えにするかもしれない自衛官たちにあらかじめ詫《わ》びを入れていた。それは悔悟《かいご》の念に満ちた遺書だったのである。

また大柄なもと第二公設秘書はタブレットから視線を離さず、一心不乱に山本三七十の自伝を執筆中であった。文才はないが、書くこと自体が治療の一環なのだ。

メンタル・クリニックに入院しているが、両名とも症状は軽く、詐病《さびょう》と評してもよい。無遠慮に押し寄せるマスコミから隔離するには、他に方法がなかったのである。

現状で兄としてできるのはこれくらいだ。医師として選択が間違っていたとは思いたくないが、過酷すぎる状況に実妹を投げ込んでしまったのもまた事実。罪悪感と後悔の念が睦月を苛《さいな》んでいた。

「ヨーソロー。オカエリ。ヨーソロー。オカエリ」

部屋に吊《つる》された鳥籠のセキセイインコが声高《こわだか》に自己主張を始めた。ふたりの女性は少しだけ笑みを浮かべた。

あらゆる問題は、やがては時間が解決する。笑顔が戻ったのはよい兆候かもしれない。

睦月は両名に声をかけることなく、病室を後にするのだった……。

2　永遠の終わり

生きた空もない時空間を彷徨《ほうこう》し、光を求めた。

やがて、ぼんやりとした明かりを遠方に認めた。そこに存在が引き寄せられていくのがわかった。まるで誘蛾灯《ゆうがとう》に吸引される昆虫だ。

そして、またしても光があった。温《ぬく》もりが全身を満たし、視界が闇に包まれた。無にも等しい世界に導かれながら、彼は思った。

——そうか……私はまたしても死んだのか……。

二回目ともなれば、この次の展開は読めていた。彼は意思を四方八方へと拡散する。

――監察官とやらはいるか！　神か悪魔か知らないが、僕はＩＦ《もしも》の世界でやり直して来たぞ！　聞いているんだろう。さっさと姿を現せ！

すぐに悠久の向こうから光輝がやって来た。それは塊《かたまり》となるや、四肢を生《は》やして人形《ひとがた》を形成し、意思を発し始めた。

「少しばかりの労苦を賢《さか》しらに披露するな。不可分な時間と空間の狭間《はざま》では、お前の手柄などわずかなものなのだから。ワシの後継者が務まるか不安になってきた」

――後継者だと？　勝手なことをぬかすな！　僕はそんなモノに興味はない！

「先に来たハルゼーとフィリップスの両名は、自らの使命を理解し、次の輪廻《りんね》を甘受してくれた。そして上位存在はお前に地位を禅譲し、ワシに先に進めと命じてきた。ちなみに拒否権などない」

――貴様は？　どうやら僕と同じような立ち位置らしいが。

「如何《いか》にも。ＩＦの世界でやり直せと言われた者だ。かつて謀反《むほん》に遭《あ》い、炎上する寺で腹を切った。あれから何度現世《うつしよ》を繰り返したことか。しかし、それも終わりだ。お前にこの

役目を授《さず》け、消えるとしよう。次に史天佑《シィチンヨウ》と呼ばれた男が来る。お前が裁け」

――ひとつだけ教えろ。お前はIF《もしも》があるとすれば未来だと断言したが、時間と空間が不可分だとすれば、過去にだってIF《もしも》はあるはずだ。違うか?

「あり得たかもしれない過去を変えるか。面白い。やってみるがいい……」

神でもなければ悪魔でもなかった存在は、現れたときと同様、忽然《こつぜん》と消えた。

どうやら興味深い職務を授かったらしい。しかも次に来るのが旧敵とは面白すぎるではないか。

日中の関係を書き直すなら日清戦争からだ。黄海海戦で勝ちすぎたのが、日本増長の一因だったはず。史天佑には丁汝昌《ティジョシャウ》としての役目を演じてもらうことにするか。清にうまく立ち回りをさせれば、日露戦争さえ阻止《そし》できるかもしれない。

かつて山本五十六であった存在は、改変できない歴史を再び書き直すべく、野望を募らせていくのだった。

この博奕《ばくち》、今度は勝つまでやってやると……。

(『防衛大臣 山本五十六』完)

制作スタッフ

〔装丁〕　黒岩二三
〔装画〕　松田大秀
〔DTP〕　アルファヴィル
〔編集長〕　山口康夫
〔担当編集〕　松森敦史

防《ぼう》衛《えい》大《だい》臣《じん》 山《やま》本《もと》五《い》十《そ》六《ろく》

2023年12月1日　初版第1刷発行

〔著　者〕　吉《よし》田《だ》親《ちか》司《し》 著
〔発行人〕　山口康夫
〔発　行〕　株式会社エムディエヌコーポレーション
〒101-0051　東京都千代田区神田神保町一丁目105番地
https://books.MdN.co.jp/
〔発　売〕　株式会社インプレス
〒101-0051　東京都千代田区神田神保町一丁目105番地
〔印刷・製本〕　中央精版印刷株式会社

定価はカバーに表示してあります。

〔カスタマーセンター〕
造本には万全を期しておりますが、万一、落丁・乱丁などがございましたら、送料小社負担にてお取り替えいたします。お手数ですが、カスタマーセンターまでご返送ください。

■落丁・乱丁本などのご返送先
〒101-0051　東京都千代田区神田神保町一丁目105番地
株式会社エムディエヌコーポレーション カスタマーセンター
TEL：03-4334-2915

■書店・販売店のご注文受付
株式会社インプレス　受注センター
TEL：048-449-8040 ／ FAX：048-449-8041

内容に関するお問い合わせ先
株式会社エムディエヌコーポレーション　カスタマーセンターメール窓口
info@MdN.co.jp

本書の内容に関するご質問は、Eメールのみの受付となります。メールの件名は「防衛大臣 山本五十六　質問係」とお書きください。電話やFAX、郵便でのご質問にはお答えできません。ご質問の内容によりましては、しばらくお時間をいただく場合がございます。また、本書の範囲を超えるご質問に関しましてはお答えいたしかねますので、あらかじめご了承ください。

ISBN978-4-295-20621-7　C0030